D0660715

ENTRE CHIENS ET LOUPS

Je dédie ce livre à mon mari Neil,
avec tout mon amour, et à notre fille, Elizabeth.

Traduit de l'anglais par
Amélie Sarn

Titre original : *Noughts and Crosses*
Copyright © 2001 by Oneta Malorie Blackman
First published in Great Britain by Doubleday,
a division of Transworld Publishers

Pour l'édition française :
© 2005, Éditions Milan, pour le texte et l'illustration
300, rue Léon-Joulin, 31101 Toulouse Cedex 9, France
Loi 49-956 du 16 juillet 1949
sur les publications destinées à la jeunesse
ISBN : 978-2-7459-1849-9
www.editionsmilan.com

ENTRE CHIENS

ET LOUPS

MALORIE BLACKMAN

MILAN

L'auteur a construit sa trilogie
autour de trois grands sentiments :
L'Amour : *Entre chiens et loups*
La Haine : *La couleur de la haine*
L'Espoir : *Le choix d'aimer*

Trois volumes de la collection

MILAN

That's just the way it is.
Some things will never change.
That's just the way it is.
But don't you believe them.

Bruce Hornsby and the range

C'est ainsi.
Certaines choses ne changent pas.
C'est ainsi.
Mais surtout n'y crois pas.

Prologue

Meggie McGrégor s'essuyait les yeux.

– Ah vraiment, madame Hadley, votre sens de l'humour me tuera !

Jasmine Hadley s'autorisa un gloussement. Elle riait rarement.

– Meggie, je suis si contente que nous nous entendions, vous et moi.

Le sourire de Meggie McGrégor perdit de sa vivacité. Imperceptiblement. Elle regarda Callum et Sephy qui jouaient sur la grande pelouse. Son fils et la fille de sa patronne. Eux s'entendaient réellement bien. Aucune barrière ne se dressait entre les deux enfants. Du moins, pas encore.

C'était le début de l'été. Le ciel était clair et lumineux, sans un nuage. Chez les Hadley, en tout cas.

– Excusez-moi, madame Hadley.

Sarah Pike, la secrétaire, s'était approchée. Elle avait des cheveux mi-longs, blond paille, et de timides yeux verts qui affichaient un étonnement permanent.

– Excusez-moi de vous déranger, mais votre mari vient juste d'arriver. Il est dans son bureau.

– Kamal est là ? s'étonna Mme Hadley. Merci Sarah.

Elle se tourna vers Meggie.

– Sa quatrième visite à la maison en trois mois ! C'est un honneur !

Meggie lui adressa un sourire de sympathie et ne fit aucun commentaire. Elle voulait à tout prix éviter de se mêler des innombrables querelles entre Kamal Hadley et sa femme. Mme Hadley se leva et se dirigea vers la maison.

– Sarah…

Meggie parlait à voix basse.

– Comment était M. Hadley ? Plutôt de bonne humeur ?

Sarah secoua la tête.

– Non. Il avait l'air sur le point d'exploser.

– Pourquoi ?

– Je n'en sais rien.

Meggie digéra la nouvelle en silence.

– Je ferais mieux de retourner travailler, soupira Sarah.

– Vous voulez boire quelque chose ? demanda Meggie en désignant le pichet de bière au gingembre sur la table.

– Non merci. Je ne veux pas avoir de problème…

Sarah retourna vers la maison à grands pas, manifestement agitée.

De quoi avait-elle peur ? Meggie soupira. Malgré tous ses efforts, Sarah gardait ses distances. Meggie regarda de nouveau les enfants. La vie était si simple pour eux. Leur plus gros souci était de savoir quoi commander pour leur anniversaire, leur plus gros problème, d'aller se coucher quand leurs mères le leur demandaient… tant mieux pour eux. Meggie se forçait à penser que la vie serait plus simple pour les enfants quand ils seraient grands. Sinon, à quoi bon ?

En ces rares occasions où un moment de solitude s'offrait à elle, elle ne pouvait s'empêcher de jouer à « et si… ». Pas comme son mari qui imaginait, par exemple : « Et si un virus atteignait tous les Primas et pas les Nihils ? » ou « Et s'il y avait une révolution qui renversait les Primas ? S'ils étaient tous tués ? Éliminés de la surface de la Terre ? »... Non, Meggie McGrégor ne perdait pas son temps à ces élucubrations. Ses rêves tournaient tous autour d'un seul sujet : « Et si Sephy et Callum... », « Et si Callum et Sephy... ».

Meggie sentit un regard brûlant se poser sur elle. Elle se retourna. M. Hadley se tenait dans le patio, une étrange expression sur le visage.

– Tout va bien, monsieur Hadley ?

– Non, mais je suis sûr que tout va s'arranger.

M. Hadley s'approcha de la table et toisa Meggie.

– Vous étiez perdue dans vos pensées ? Quel était votre sujet de réflexion ?

Troublée, Meggie bafouilla :

– Je pensais à mon fils et à votre fille. Ce serait tellement bien si...

Elle se tut brusquement. Mais il était trop tard.

– Que voulez-vous dire ? demanda froidement M. Hadley.

– Si... s'ils restaient toujours comme aujourd'hui...

M. Hadley haussa un sourcil. Meggie se hâta de terminer :

– S'ils ne grandissaient pas, je veux dire. Les enfants sont merveilleux à cet âge, ils sont si... si...

– Oui, c'est vrai.

Silence.

Kamal Hadley s'assit. Mme Hadley sortit de la maison et appuya une épaule contre l'encadrement de la porte. Elle semblait en alerte. Meggie se sentit nerveuse. Elle se leva.

– Vous avez passé un bon moment, si j'ai bien compris, hier, lui lança M. Hadley en souriant.

– Hier ?

– Oui, hier soir, poursuivit M. Hadley.

– Eh bien, c'était très calme en réalité, répondit Meggie, sans comprendre.

Son regard allait de M. Hadley à Mme Hadley, qui la fixait intensément. Que se passait-il ? La température dans le jardin avait baissé de plusieurs degrés et le sourire accroché aux lèvres de M. Hadley ne parvenait pas à dissimuler sa rage. Une boule se forma dans la gorge de Meggie. Avait-elle fait quelque chose de mal ? Elle ne le pensait pas, mais Dieu savait qu'avec les Primas, on avait plutôt intérêt à marcher sur des œufs.

– À quoi vous êtes-vous occupée ? interrogea M. Hadley.

– Par… pardon ?

– Hier soir, insista M. Hadley.

Son sourire était très amical. Trop.

– Nous sommes… restés à la maison et nous avons regardé la télé, répondit lentement Meggie.

– C'est très agréable, une soirée en famille, commenta M. Hadley.

Meggie acquiesça. Que pouvait-elle répondre à ça ? M. Hadley se leva. Il ne souriait plus. Il se dirigea vers sa femme. Ils restèrent face à face sans un mot. Mme Hadley se trémoussa et, sans prévenir, M. Hadley la gifla. La violence du coup la projeta contre l'encadrement de la porte.

Meggie s'était levée. Elle poussa un cri et leva la main. Kamal Hadley jeta à sa femme un regard méprisant, puis, sans un mot, il rentra dans la maison.

Meggie se précipita aux côtés de Mme Hadley.

– Vous allez bien ?

Elle lui passa doucement la main sur la joue.

Mme Hadley la repoussa brutalement. Meggie fronça les sourcils et tendit de nouveau la main. Mme Hadley la repoussa encore.

– Laissez-moi, siffla-t-elle. Vous m'avez laissée tomber !

– Quoi ?

Meggie comprit soudain. Mme Hadley s'était servie d'elle pour se fabriquer un alibi. Elle attendait que Meggie la couvre.

Meggie baissa les bras.

– Je retourne travailler…

– Oui, c'est ça !

Mme Hadley lui jeta un regard venimeux avant de rentrer dans la maison.

Meggie se tourna vers les enfants. Callum et Sephy jouaient toujours dans le vaste jardin. Ils n'avaient rien remarqué. Elle essaya de capter une part de leur innocence et de leur joie. Elle avait besoin de réconfort. Mais même leurs rires ne parvenaient pas à éteindre l'inquiétude qui grandissait en elle.

Qu'allait-il se passer à présent ?

Ce soir-là, Meggie s'installa à la table de la cuisine pour raccommoder le pantalon de Jude.

– Je suis sûr que tu t'inquiètes pour rien, soupira son mari.

– Ryan, tu n'as pas vu ses yeux. Moi oui.

Meggie coupa le fil avec ses dents. Le pantalon de Jude allait bientôt avoir plus de pièces que de tissu.

Le téléphone commença à sonner, Meggie décrocha avant la fin de la première sonnerie.

– Allô ?

– Meggie McGrégor ?

– C'est moi.

La bobine de fil tomba aux pieds de Meggie.

– Sarah Pike à l'appareil...

Meggie perçut la note de gêne dans la voix de la secrétaire.

– Comment allez-vous, Sarah ?

– Bien... euh... j'ai de mauvaises nouvelles...

– J'écoute.

Sarah toussota.

– Mme Hadley m'a demandé de vous informer de... de votre renvoi. Elle vous paiera quatre semaines de gages et vous fournira une lettre de recommandation.

Le sang de Meggie se figea dans ses veines. Elle ne s'était pas attendue à ça. Non, pas à se faire renvoyer !

– Elle... elle... je suis renvoyée !

– Je suis désolée.

– Je vois.

– Je suis vraiment désolée.

La voix de Sarah n'était plus qu'un murmure.

– De vous à moi, je pense que c'est profondément injuste. D'un Nihil à un autre.

– Ce n'est pas votre faute, Sarah, parvint à articuler Meggie.

Elle regarda Ryan. Son visage se tendait. Le laisser à son trouble. Le laisser à sa colère. Tout ce que Meggie ressentait était... rien. Un rien qui enveloppait chaque partie de son corps.

– Je suis désolée, Meggie, répéta Sarah.

– Ce n'est rien. Merci de m'avoir prévenue. Au revoir, Sarah.

– Au revoir.

Meggie raccrocha. L'horloge sur la télé égrenait les minutes.

– Jude ne pourra plus aller en cours, soupira Meggie.

– Mais nous lui avons promis que nous lui payerions ses études, lança Ryan d'une voix blanche.

– Avec quoi ?

Meggie regarda son mari.

– Avec les feuilles des arbres ? Les poils de tes jambes ? Quoi ?

– Nous trouverons un moyen...

– Comment ? Nous avons déjà à peine de quoi survivre. Comment allons-nous faire sans mon salaire ? Jude devra oublier l'école. Il ira travailler.

– Tu vas trouver un autre emploi, tenta Ryan.

– Non. Tu penses réellement que Mme Hadley va me laisser postuler chez une de ses amies ?

L'horreur grandissait sur le visage de Ryan à mesure qu'il réalisait la situation.

– Eh oui, soupira Meggie.

Elle se leva et vint s'asseoir près de son mari sur le vieux canapé près de la cheminée. Ryan posa son bras autour de ses épaules. Ils restèrent assis en silence très, très longtemps.

– Ryan, la situation est grave, finit par lâcher Meggie.

– Je sais.

Elle se leva, déterminée.

– Je vais la voir.

– Quoi ?

– J'ai travaillé pour cette femme durant quatorze années, avant même qu'elle soit enceinte de Minerva. Elle me doit au moins de m'annoncer la nouvelle en face.

– Je ne crois pas que ce soit une bonne idée...

– Ryan. J'ai besoin de cet emploi. Si je dois la supplier, je la supplierai, insista Meggie en mettant son manteau.

Son visage semblait avoir été taillé dans du granit.

– Meggie...

– Je n'aime pas cette idée plus que toi, mais nous n'avons pas le choix.

Refusant d'écouter un argument de plus, elle ouvrit la porte.

Ryan regarda sa femme quitter la maison. Rien de bon ne sortirait de cette confrontation. Il le sentait.

Deux heures plus tard, Meggie rentrait.

Cette nuit-là, Lynette ne rentra pas.

TROIS ANS PLUS TARD
CALLUM ET SEPHY

Sephy

J'ai remué les orteils. J'aimais bien sentir le sable chaud passer entre mes doigts de pied ; je les ai enfoncés plus profondément. J'ai renversé la tête en arrière. Cet après-midi d'août était magnifique. Rien de mal ne pouvait arriver par une journée comme celle-ci. Et ce qui était encore mieux, c'est que je pouvais la partager. C'était rare et précieux. J'ai regardé le garçon assis à côté de moi. Mon sourire me faisait plisser les yeux.

– Je peux t'embrasser ?

Mon sourire s'est effacé. J'ai froncé les sourcils.

– Quoi ?

– Est-ce que je peux t'embrasser ?

– Pourquoi ?

– Pour voir ce que ça fait, a répliqué Callum.

Berk ! Double berk ! Mon nez s'est plissé malgré moi. S'embrasser ? Pourquoi est-ce que mon meilleur ami avait tout à coup envie d'un truc aussi… débile ?

– Tu en as vraiment envie ? ai-je grimacé.

Callum a haussé les épaules.

– Oui.

– Bon, d'accord.

Mon nez s'est de nouveau plissé.

– Mais fais vite !

Callum s'est tourné vers moi, j'ai levé mon visage vers le sien. Je reconnais que j'étais curieuse. J'ai penché ma tête vers la gauche. Lui aussi. J'ai penché ma tête vers la droite. Callum m'a imitée de nouveau. Il se prenait pour mon reflet. J'ai pris son visage dans mes mains pour l'immobiliser.

– Tu veux que je penche ma tête à droite ou à gauche ? lui ai-je demandé impatiemment.

– Euh… de quel côté les filles penchent la tête en général, quand elles se font embrasser ?

– Qu'est-ce que ça peut faire ? Et puis, en plus qu'est-ce que j'en sais ? Je n'ai jamais embrassé personne, je te rappelle !

– Penche vers la gauche alors.

– Ma gauche ou ta gauche ?

– Euh… ta gauche.

J'ai obéi.

– Dépêche-toi maintenant. Je vais avoir un torticolis si je reste comme ça trop longtemps.

Callum a passé sa langue sur ses lèvres et a doucement approché son visage du mien.

– Oh non ! Essuie ta bouche d'abord !

– Pourquoi ?

– Tu viens de passer ta langue dessus.

– Bon, d'accord.

Callum s'est essuyé du revers de la manche.

J'ai repris ma position. Je serrais les lèvres. Je me demandais ce que je devais faire. Avancer les lèvres, ou sourire pour paraître plus attirante ? Jusqu'à présent, je m'étais juste entraînée à embrasser mon oreiller. C'était très différent. Et tout aussi ridicule !

– Dépêche-toi, me suis-je impatientée.

J'ai gardé les yeux grands ouverts. Je voyais le visage de Callum s'approcher. Ses yeux gris étaient ouverts aussi. J'allais loucher si je continuais à le fixer comme ça. Ses lèvres ont touché les miennes. Ouah ! C'était bizarre ! Je m'étais attendue à ce que sa bouche soit plutôt dure et sèche, comme des écailles de lézard, mais ce n'était pas du tout le cas. Elle était douce. Callum a fermé les yeux. J'en ai fait autant. Nos bouches étaient toujours collées, la respiration de Callum se mêlait à la mienne. C'était chaud. Et soudain, sa langue a effleuré la mienne.

Berk !

Je me suis aussitôt reculée et je me suis essuyée.

– Pourquoi t'as fait ça ?

– C'était agréable, non ?

– Je ne veux pas sentir ta langue !

– Pourquoi ?

– Parce que...

J'ai frissonné à cette simple idée.

– Parce que ta salive va se mélanger avec la mienne.

– Et alors ? C'est le but du jeu.

J'ai réfléchi.

– Alors ? a insisté Callum.

J'ai froncé les sourcils.

– Bon d'accord ! Ah, qu'est-ce que je ne ferais pas pour toi !

Callum m'a souri. Il y avait cette lueur dans ses yeux. C'est toujours comme ça avec lui. Je ne sais jamais s'il se moque de moi ou pas. Avant que j'aie le temps de changer d'avis, j'ai senti les lèvres de Callum sur les miennes. Aussi douces que la première fois. Après un moment, j'ai commencé à trouver que ce n'était pas si désagréable. C'était même plutôt pas mal. J'ai fermé les yeux et j'ai commencé à rendre son baiser à Callum. Sa langue s'est enroulée sur la mienne. Elle était chaude et humide, mais ça ne m'a pas dégoûtée. Et même ma langue s'est mise à bouger aussi. Je me sentais bizarre. Mon cœur battait de plus en plus fort dans ma poitrine. Et tressautait. J'avais des nœuds dans l'estomac. J'ai reculé.

– Ça suffit maintenant !

– Désolé.

– Pourquoi tu t'excuses ? ai-je lancé à Callum. Tu n'as pas aimé ?

Callum a haussé les épaules.

– Si.

J'étais déçue. Je ne savais même pas pourquoi.

– Tu avais déjà embrassé des filles avant moi ?

– Non.

– Des filles primas ?

– Non.

– Des filles nihils ?

– Non, je te dis que non.

Callum a pris un air exaspéré.

– Alors pourquoi tu voulais m'embrasser ?

– On est amis, non ?

Je me suis détendue et j'ai souri.

– Ben oui, on est amis.

– Et si tu peux pas embrasser tes amis, alors qui tu vas embrasser ?

Je me suis tournée vers la mer. Elle brillait comme un miroir brisé dont chaque fragment étincellerait. Je ne me lassais jamais de la beauté de la mer et du sable. J'aimais la brise qui me caressait le visage. La plage privée de mes parents était le plus bel endroit au monde. Ces quelques kilomètres de côtes nous appartenaient. Quelques panneaux indiquant l'entrée d'une propriété privée et une clôture en bois dissuadaient les visiteurs. Callum et moi avions pratiqué une ouverture dans la clôture.

Et Callum était la personne que j'aimais le plus au monde.

Callum.

Il me regardait avec cette drôle d'expression sur son visage.

– Qu'est-ce que tu as ?

– Rien.

– Tu penses à quoi ?

– À toi et moi.

– Et ?

Callum a regardé les vagues.

– Quelquefois, j'aimerais que nous soyons seuls au monde.

– On passerait tout notre temps à se disputer, l'ai-je taquiné.

Il est resté silencieux un instant.

– Sephy, m'a-t-il soudain demandé, tu n'as jamais envie de…
t'échapper ? De sauter sur le premier bateau ou dans le premier avion venu et de fuir cet endroit…

– Pour aller où ?

– Je ne sais pas, a répondu Callum avec amertume. Le
monde est partout pareil…

– Ce n'est pas si mal ici…

– Hmm. Ça dépend de quel point de vue on se place, a répliqué Callum. Tu es du bon côté, Sephy. Pas moi.

Je n'ai rien trouvé à répondre. Nous sommes restés silencieux.

Au bout d'un moment, j'ai lancé :

– De toute façon, où que tu ailles, j'irai avec toi. Même si
tu en as marre de moi.

Callum a soupiré. Son soupir venait de loin. J'ai eu le sentiment d'avoir échoué à un test.

– On ferait mieux de travailler. Quel est le programme
pour aujourd'hui ?

J'étais déçue. Une fois encore. Mais quoi ? Qu'est-ce que
j'attendais ? Une phrase du genre : *Je n'en aurai jamais marre
de toi, Sephy, tu es si drôle, si jolie, si intelligente !*

Mais oui, bien sûr !

– Alors on fait quoi aujourd'hui ? a répété Callum, impatiemment.

– Callum… Le soleil est trop chaud et la mer trop bleue ! Je n'ai pas envie de travailler, moi ! Et puis, ça y est, tu as été reçu à l'examen d'entrée, alors pourquoi tu ne te donnes pas un peu de repos !

– Je ne veux pas que les professeurs aient une bonne excuse pour me virer.

– Tu n'as pas encore commencé les cours et tu parles déjà de te faire virer ?

J'étais déconcertée. Pourquoi se montrait-il si cynique quand il parlait de mon collège ?

– Tu n'as pas à t'inquiéter. Tu as été reçu. Tu as été accepté.

– Reçu, oui. Accepté, c'est autre chose, a lâché Callum. Et puis je veux en savoir le maximum pour ne pas passer pour un parfait crétin.

– Eh ! me suis-je soudain écriée. Tu seras peut-être dans ma classe ? Oh, ce serait génial !

– Tu le penses vraiment ?

J'ai essayé – sans y parvenir – de ne pas montrer que j'étais vexée.

– Pas toi ?

Callum m'a souri.

– Tu réponds à une question par une autre…

– Et alors ?

Me prenant par surprise, Callum m'a poussée. Je suis tombée en arrière sur le sable. Je me suis relevée sur les genoux.

– Tu me cherches ?

– Non, pas du tout, a souri Callum.

Nous avons éclaté de rire. Je me suis arrêtée la première…

– Callum… Tu ne voudrais pas être dans ma classe ?

Il a baissé la tête.

– C'est un peu humiliant pour nous, les Nihils, d'être casés dans les classes de bébés.

– Qu'est-ce que tu veux dire ? Je ne suis pas un bébé !

Je me suis redressée et je l'ai assassiné du regard.

– Sephy, j'ai quinze ans ! Dans six mois j'en aurai seize et ils me mettent avec les douze-treize. Ça te ferait quoi, à toi, de te retrouver avec des plus jeunes que toi ?

– Euh… je…

Je me suis rassise.

– Je vais avoir quatorze ans dans trois semaines, ai-je dit d'un ton boudeur.

– Ce n'est pas le problème, Sephy, tu le sais.

– Mais ils t'ont expliqué pourquoi. Vous avez tous au moins une année de retard…

– La faute à qui ? s'est exclamé Callum avec amertume. Il y a encore quelques années, nous n'avions le droit d'aller que dans des écoles réservées aux Nihils, et jusqu'à quatorze ans seulement, lesquelles écoles disposent de dix fois moins de fonds que les vôtres.

Je n'avais rien à répondre à ça.

– Je suis désolé, je ne voulais pas te vexer.

– Je ne suis pas vexée, ai-je soupiré. Est-ce que tu as des amis de ton ancienne école qui ont réussi l'examen ?

– Non, aucun. Et je n'aurais pas réussi non plus sans ton aide.

Il avait prononcé cette phrase comme une accusation. J'avais envie de m'excuser et je ne savais même pas de quoi.

Callum a soupiré.

– On travaille, maintenant ?

– D'accord.

J'ai ouvert mon cartable.

– Tu veux faire quoi ? Maths ou histoire ?

– Maths, j'aime bien les maths.

– Berk !

J'ai secoué la tête.

– Comment peut-on aimer les maths ? Moi je préfère les langues et la biolo. La sociologie aussi et la chimie. Les maths, c'est ce que je déteste le plus avec la physique. Mais bon, si tu veux faire des maths... je vais te dire ce que j'ai révisé la semaine dernière, comme ça tu pourras m'expliquer.

Callum a ri.

– Tu devrais comprendre les maths. C'est une forme de langue. C'est un langage universel.

– Qui a dit ça ?

– Toutes les personnes un peu sensées. Compte toutes les différentes langues parlées sur Terre. La seule qui ne change pas, qui soit compréhensible de tous, c'est les maths. Et c'est probablement la même chose sur les autres planètes.

– Quoi ?

– Oui, c'est grâce aux maths qu'on pourra communiquer avec les extraterrestres.

J'ai regardé Callum. Parfois, quand je discutais avec lui, les dix-sept mois qui nous séparaient me paraissaient un véritable fossé.

– Tu te moques de moi ?

Callum s'est contenté de sourire. J'ai froncé les sourcils.

– Arrête ! Tu me donnes mal à la tête. Pourquoi est-ce qu'on ne se plonge pas tout simplement dans le livre de maths au lieu de parler d'extraterrestres ?

– D'accord. Mais tu sais, Sephy, tu devrais regarder plus loin que le bout de ton nez. Tu devrais ouvrir ton esprit et penser à ce qui se passe autour de toi. Loin de toi. Dans le futur, par exemple.

– J'ai toute la vie pour penser au futur, ai-je rétorqué. Je commencerai quand je serai aussi vieille que toi. Et je te ferai remarquer que j'ai l'esprit très ouvert.

– Tu crois ça ? m'a lentement demandé Callum. Tu sais, dans la vie, il n'y a pas que nous les Nihils et vous les Primas…

J'ai eu un pincement au cœur. Les mots de Callum me blessaient. Pourquoi ?

– Ne dis pas ça…

– Quoi ?

– *Nous* les Nihils et *vous* les Primas.

J'ai secoué la tête.

– On dirait que… c'est comme si tu étais dans une maison et moi dans une autre. Et qu'un immense mur nous séparait.

Le regard de Callum s'est perdu dans les vagues.

– C'est peut-être le cas.

– Non, c'est faux. Nous pouvons décider de faire autrement.

J'aurais aimé que Callum se tourne vers moi.

– Si c'était aussi simple.

– Ça l'est.

– Peut-être de ta place à toi.

Callum a enfin posé les yeux sur moi, mais son regard m'a empêché de prononcer les mots qui me venaient. Et puis tout à coup, son visage s'est éclairé et il m'a souri.

– Tu es si jeune, Sephy.

– J'ai à peine un an et demi de moins que toi, ai-je râlé. Arrête de me rabaisser. On me le fait assez à la maison.

– D'accord, d'accord.

Callum a levé la main comme pour demander un arrêt de jeu.

– Mettons-nous aux maths.

J'ai ouvert mon livre à contrecœur. Callum s'est rapproché jusqu'à ce que nos bras se touchent. Sa peau était tiède, presque chaude… ou était-ce la mienne ? Je n'aurais pas su le dire. Je lui ai tendu le livre ouvert et la leçon sur les polygones a immédiatement capté son attention.

Callum était la seule personne au monde à qui je pouvais parler à cœur ouvert. Alors pourquoi me sentais-je aussi… à côté de la plaque ? Comme s'il me laissait en arrière. Il paraissait avoir vieilli tout à coup. Pas seulement en âge, mais en expérience.

Je ne voyais pas les choses comme lui. Je voulais que rien ne change entre nous. Jamais. Mais c'était comme demander à la mer de rester immobile.

– Comment on calcule cet angle ? m'a demandé Callum en posant le doigt sur un triangle isocèle.

Je me suis secouée. Il n'y aurait jamais de nuage entre Callum et moi. Je ne laisserai pas une chose pareille arriver. Callum non plus. Il a autant besoin de notre amitié que moi.

Besoin… C'était une étrange manière de présenter les choses. Comme si on avait besoin d'une amitié ! C'était absurde. J'avais des amis au collège. Et une grande famille avec des cousins, des oncles, des tantes, des tas de grands-trucs et de grands-machins à qui je devais envoyer des cartes pour Noël et leur anniversaire. Mais ce n'était pas pareil que Callum.

Il m'a regardée avec impatience. Je lui ai souri. Il a écarquillé les yeux et m'a souri à son tour.

– Comme ça, ai-je commencé à expliquer.

Et nous nous sommes tous deux penchés sur le livre.

– Nous ferions mieux de rentrer, avant que ta mère ne lance toutes les polices du pays à ta recherche, a dit Callum.

– Tu as raison.

J'ai pris mes sandales et je me suis levée. J'ai eu une idée :

– Pourquoi on n'irait pas chez toi ? Ça fait longtemps que je n'y suis pas allée. Je pourrai appeler ma mère et...

– Il ne vaut mieux pas, m'a interrompue Callum.

Il avait commencé à secouer la tête dès que j'avais ouvert la bouche. Il a ramassé mon sac et l'a jeté sur son épaule.

– Avant, on était tout le temps l'un chez l'autre.

– Avant, c'était avant.

– Et pourquoi je ne viens plus chez toi ? Tes parents ne veulent plus me voir ?

– Bien sûr que si.

Callum a haussé les épaules.

– Mais la plage, c'est mieux.

J'ai insisté.

– C'est à cause de Lynette ? Parce que si c'est à cause d'elle, tu sais, moi ça m'est égal de voir ta sœur... euh...

Callum marchait devant moi. Il s'est retourné.

– De voir ma sœur quoi ?

J'ai haussé les épaules.

– Rien... je suis désolée.

– Ça n'a rien à voir avec Lynette ! a affirmé Callum.

Je suis restée silencieuse. J'avais la langue un peu trop bien pendue aujourd'hui. Nous avons gravi les marches de pierres usées et polies par les années. Nous nous éloignions de la mer. J'ai regardé, par-delà la prairie, la grande maison qui surplombait la falaise. La résidence secondaire de mes parents. C'est là que ma sœur et moi vivions avec ma mère, la plupart du temps. J'ai fait semblant de ne pas remarquer que

Callum ralentissait le pas. La bâtisse se dressait comme un géant devant nous. Il n'y avait pas à s'étonner que je préfère sa maison à la mienne. Callum s'est arrêté.

– Qu'est-ce qu'il y a ? lui ai-je demandé.

– C'est juste que… ce n'est pas grave. Serre-moi contre toi.

Callum avait besoin d'affection cet après-midi. Après un moment d'hésitation, j'ai préféré ne pas poser de questions. Callum n'était pas comme d'habitude. Comme si l'étincelle de son regard s'était éteinte. Il a passé nerveusement sa main dans ses cheveux. J'ai ouvert les bras et les ai refermés sur lui. J'ai posé ma tête sur son épaule. Il m'a serrée trop fort, mais je ne me suis pas plainte. J'ai retenu ma respiration. Alors que j'allais lui demander de me lâcher, il a desserré son étreinte.

– Je m'arrête là, a-t-il dit.

– Accompagne-moi au moins jusqu'au jardin.

– Pas ce soir.

Callum a secoué la tête.

– Je dois y aller.

Il m'a rendu mon cartable.

– On se voit après les cours demain ? à l'endroit habituel ? n'ai-je pu m'empêcher de demander.

Callum a haussé les épaules. Il s'éloignait déjà.

– Callum, attends ! Qu'est-ce qui t'arrive ?

Mais Callum s'était mis à courir. De plus en plus vite. Les mains collées sur ses oreilles. Que se passait-il ? J'ai pris le chemin qui menait à la maison de mes parents, tête baissée, perdue dans mes interrogations.

– Perséphone ! Rentre à la maison ! Tout de suite !

Maman. Elle descendait les marches du perron, le visage courroucé. Comme d'habitude. Elle n'avait apparemment pas eu sa dose d'alcool. Quand elle ne buvait pas assez, elle était de mauvaise humeur. Je me suis retournée, mais Callum était déjà hors de vue. Ce n'était pas plus mal. Maman m'a saisi le bras de ses doigts osseux. On aurait dit une pince de crabe.

– Ça fait une demi-heure que je te cherche !

– Tu aurais dû crier plus fort. J'étais sur la plage.

– Ne sois pas insolente. Je t'avais demandé de ne pas t'éloigner.

Maman m'a tirée de force vers l'escalier.

– Aïe !

Je m'étais cognée contre une marche. J'ai voulu me pencher pour me frotter le tibia mais Maman continuait à monter et elle ne m'avait pas lâchée.

– Eh, arrête ! Je ne suis pas une valise !

Je me suis dégagée.

– Rentre à la maison ! Tout de suite !

– Y a pas le feu !

– Tu es punie jusqu'à la fin de la journée, a aboyé Maman en entrant dans la maison.

J'étais bien obligée de la suivre.

– Et pourquoi je suis punie ?

– Parce que je l'ai décidé !

– Qu'est-ce que j'ai...

– Cesse de poser des questions !

J'ai jeté un regard noir à Maman, mais elle ne l'a même pas remarqué. Mes colères glissaient sur elle comme de l'eau sur les plumes d'un canard. Dès que la porte d'entrée a été refermée, la maison est devenue sombre. Maman fait partie de ces femmes qui savent fermer une porte tout doucement en donnant l'impression qu'elles la claquent. Chaque fois qu'elle me regardait, je l'entendais regretter que je ne sois pas un peu plus féminine et bien élevée, comme mon affreuse grande sœur, Minerva. Je l'appelais Minnie, pour aller plus vite et aussi parce que ça la mettait hors d'elle. Minerva aimait autant cette maison que je la détestais. Elle la trouvait « majestueuse ». Je la comparais plutôt à un musée du mauvais goût, avec toutes ces fausses fleurs, et les piliers de marbre sculpté que les magazines de décoration adoraient venir photographier.

Peu importait. Grâce à Callum, j'allais passer le reste de la journée avec mon secret.

Il m'avait embrassée.

Callum m'avait embrassée.

Yahou !

Mais une pensée m'empêchait d'être complètement heureuse… si seulement Callum et moi n'étions pas toujours obligés de nous cacher pour nous voir.

Si seulement Callum n'était pas un Nihil !

Callum

« Je vis dans une maison avec des murs en or, des tours en argent et des sols en marbre… »

J'ai ouvert les yeux et j'ai regardé la façade.

Mon estomac s'est noué. J'ai refermé les paupières.

« Je vis dans un manoir, avec des millions de fenêtres à croisées de plomb, une piscine, des écuries, un parc de plusieurs hectares… »

J'ai ouvert un œil. Toujours rien.

« Je vis dans une maison à deux étages, avec une grosse cloche sur la porte d'entrée et un petit jardin dans lequel nous faisons pousser des légumes. »

J'ai ouvert l'autre œil. Ça ne marchait jamais. Je me tenais devant notre maison. Enfin, « maison » était un bien grand mot… Chaque fois que je revenais de chez Sephy, j'étais démoralisé. Pourquoi est-ce que ma famille à moi vivait dans un taudis ? Pourquoi est-ce que les Nihils n'habitaient jamais dans des demeures comme celle de Sephy ?

Un sentiment de honte, que je connaissais bien, m'a envahi. Je me suis forcé à détourner le regard. Forcé à poser les yeux sur le chêne et le bouleau qui bordent notre rue. Puis j'ai levé les yeux vers le nuage solitaire qui dansait dans le ciel et le moineau qui volait sans penser à rien.

« Tu peux le faire, tu peux… tu peux… tu peux. »

J'ai une fois de plus clos les paupières. J'ai pris une longue inspiration.

Je me suis forcé à pousser la porte et à entrer chez moi.

– Où étais-tu passé, Callum ? J'étais inquiète.

Maman s'est précipitée vers moi. Il n'y avait pas d'entrée ni de couloir, comme chez Sephy. Après avoir passé la porte d'entrée, on se retrouvait directement dans le salon, avec son tapis usé jusqu'à la corde et son minuscule canapé. Le seul meuble de valeur dans cette pièce était la table de chêne. Papa l'avait fabriquée des années auparavant. Il l'avait sculptée, montée, polie lui-même. Cette table représentait beaucoup de travail et de patience. Un jour, la mère de Sephy avait voulu l'acheter mais Maman avait refusé de s'en séparer.

– Alors ? a répété Maman. J'attends, Callum. Où étais-tu passé ?

Je me suis attablé sans regarder Maman. Papa, lui, ne se préoccupait pas de moi. Ni de rien d'ailleurs. Il était concentré sur son assiette. Jude, mon frère, âgé de dix-sept ans, m'a adressé un sourire entendu. Il était vraiment énervant. Je n'avais pas envie de le regarder, lui non plus.

– Il était avec sa petite copine primate ! a-t-il lancé.

Je l'ai assassiné du regard.

Comment osait-il parler ainsi de ma meilleure amie ? *Essaie encore une fois, Jude, et je t'aplatis le nez !*

Jude a deviné mes pensées et a souri de plus belle.

– Comment je dois l'appeler alors, hein ? C'est le mot copine qui te dérange ?

Il ne les appelait jamais les Primas. Toujours les *Primates*.

– Va te faire foutre !

– Callum ! Ne parle pas comme ça à t…

Maman n'a pas laissé Papa terminer sa phrase.

– Callum, tu étais encore avec elle ? s'est-elle écriée, une lueur féroce dans les yeux.

– Non, Maman, je me suis promené, c'est tout.

Maman a posé sans délicatesse la poêle sur la table. Papa, en se resservant, a renversé la moitié du plat à côté de son assiette. Il n'a pas fallu plus d'une seconde à Jude pour ramasser ce qui était tombé et une autre seconde pour tout enfourner.

Tout le monde l'a regardé. Même Lynette. Ce qui n'était pas rien. Ma sœur ne sortait quasiment jamais de son monde imaginaire.

– Comment se fait-il que les seules fois où tu te montres rapide, c'est quand il y a de la nourriture en jeu ? a demandé Maman, en faisant une grimace entre le dégoût et l'amusement.

– C'est ce qu'on appelle la motivation, Maman, a rétorqué Jude en souriant.

C'est le rire qui l'a emporté ; Maman n'a pas pu s'en empêcher.

– Je vais t'en donner, moi, de la motivation, mon garçon.

Pour une fois, j'étais reconnaissant envers Jude d'avoir détourné l'attention. Plus personne ne pensait à m'interroger sur mon emploi du temps de l'après-midi. Lynette était déjà repartie dans ses rêves, la tête penchée, les yeux fixés sur ses genoux.

– Eh, Lynnie… l'ai-je doucement appelée.

Elle m'a regardé, a brièvement souri et a de nouveau penché la tête.

Ma sœur me ressemble : nous avons les mêmes cheveux châtain clair, les mêmes yeux gris. Les cheveux de Jude sont noir corbeau et ses yeux brun foncé. Il tient de Maman. Lynn et moi, on ne ressemble ni à Papa, ni à Maman. C'est peut-être pour ça que nous avons toujours été proches tous les deux. Plus proches que je ne l'ai jamais été de Jude. Lynette s'occupait de moi quand Maman ne pouvait pas m'emmener au travail avec elle. À présent, elle n'était même plus capable de s'occuper d'elle-même. Elle était un peu « simple ». Elle avait l'apparence de son âge, vingt ans, mais son esprit n'était pas là. Elle est avec les fées, disait toujours Grand-Mère.

Elle n'a pas toujours été comme ça.

Il y a trois ans, elle a eu un accident. Ce jour-là, ma sœur est partie. La sœur que je connaissais a disparu. Depuis, elle n'est plus sortie et n'a presque plus parlé. Elle se contente d'être là. Elle est perdue dans son monde. Un monde auquel nous n'avons pas accès. Un monde dont elle ne sort que rarement et jamais pour très longtemps. Mais son visage serein semble indiquer que ce monde est plutôt agréable.

Parfois, je me suis demandé si ça ne valait pas le coup de devenir fou, pour être heureux. Parfois, je l'ai enviée.

– Alors, où étais-tu passé tout ce temps ?

Maman revenait à la charge.

Et moi qui croyais que je m'en étais tiré sans dommage ! J'aurais dû deviner qu'elle n'allait pas laisser tomber aussi facilement. Quand elle a un truc dans la tête...

– Je me suis promené, c'est tout. Je te l'ai déjà dit.

– Hmm...

Maman a plissé les yeux mais elle a tourné les talons pour aller chercher les steaks hachés. Intérieurement, j'ai poussé un soupir de soulagement. Maman devait être fatiguée.

Lynette m'a adressé un sourire secret. Elle a posé sa fourchette sur les spaghettis enroulés dans son assiette.

– Alors Callum ? m'a demandé Papa, avec enthousiasme. Tu es prêt pour l'école demain ?

C'était comme s'il n'avait même pas remarqué la tension qui régnait.

– Oui, Papa. Tout à fait prêt, ai-je marmonné en me servant un verre de lait pour éviter de croiser son regard.

– Ça sera dur, mon fils, mais c'est un début. Mon fils va au collège de Heathcroft ! C'est incroyable !

Il a bombé le torse et m'a regardé avec fierté.

– Je pense toujours que c'est une erreur, a lâché Maman.

– Pas moi, a déclaré Papa.

Il ne souriait plus.

– Callum n'a pas besoin d'aller dans une école de Primas. Nous avons des établissements pour nous, a répliqué Maman. Nous n'avons pas besoin de nous mélanger avec eux.

– Qu'est-ce qu'il y a de mal à se mélanger ? ai-je demandé, surpris.

– Ça ne marche pas ! a affirmé Maman d'un ton sans réplique. Tant que les collèges seront dirigés par des Primas, les Nihils y seront traités comme des moins que rien. Nous devrions créer nos propres écoles au lieu de tout attendre des Primas.

– Tu ne pensais pas ainsi avant, a dit Papa.

– Je ne suis plus aussi naïve, c'est tout !

J'ai ouvert la bouche, mais les mots sont restés au fond de ma gorge. C'était très confus dans ma tête. Si j'avais entendu un Prima tenir ce genre de propos, je l'aurais traité de tous les noms. Il me semblait que notre société pratiquait la ségrégation depuis des siècles et que ça n'avait rien donné de bon. Quelle solution pourrait satisfaire les Primas et les Nihils qui partageaient l'avis de Maman ? Des pays séparés ? Des planètes séparées ? Pourquoi la différence effrayait-elle autant ?

– Meggie, si notre fils veut réussir dans la vie, il doit suivre les cours d'un collège de Primas. Apprendre à jouer leur jeu avec leurs règles à eux. Il devra apprendre à être meilleur qu'eux, c'est tout.

– C'est tout ?

– Est-ce que tu ne désires pas qu'il réussisse là où nous avons échoué ? a lâché Papa, agacé.

– Comment oses-tu me demander une telle chose ? Si tu crois…

– Je suis sûr que tout va bien se passer, Maman, suis-je intervenu. Ne t'inquiète pas.

Maman a serré les dents. L'orage grondait. Elle a ouvert le réfrigérateur, a pris une bouteille d'eau et a refermé la porte violemment. Elle était en colère. Mon entrée au collège des Primas était le seul sujet de dispute que je connaissais à mes parents. Maman a dévissé le bouchon et a versé l'eau dans la cruche en grès qu'elle avait modelée la semaine précédente. L'eau a coulé en éclaboussant la table, mais Maman n'y a prêté aucune attention.

– Tu vas bientôt te croire trop bien pour nous ! s'est exclamé mon frère en me donnant un coup de poing dans le bras. Fais gaffe de ne pas prendre la grosse tête.

– Ça ne lui arrivera pas ! a souri Papa. Hein, mon fils ? Et tu te tiendras bien dans ton nouveau collège. Tu seras notre représentant, à nous, les Nihils !

Pourquoi est-ce que je devais représenter tous les Nihils ?

Pourquoi est-ce que je ne pouvais pas me contenter de me représenter moi ?

– Tu dois leur montrer qu'ils se trompent à notre sujet ! Prouve-leur que nous sommes des gens bien, a continué Papa.

– Il n'a pas besoin d'aller dans ce fichu collège pour leur prouver ça ! a grommelé Maman.

Du lait, de l'eau, de l'eau, du lait. C'est tout ce que nous avions comme boisson. À moins que l'argent vienne à manquer et en ce cas, nous n'avions plus que de l'eau. J'ai levé mon verre de lait sous mon nez. Je pouvais presque sentir le parfum du jus d'orange qu'ils buvaient chez Sephy. Sa mère et son père buvaient du vin, les enfants des jus de fruits ou de la bière au gingembre. Je n'avais pas oublié la première fois que Sephy m'avait fait goûter du jus d'orange. C'était glacé et si doux ; j'avais gardé longtemps chaque gorgée dans ma bouche. Après ça, Sephy m'en faisait boire dès qu'elle le pouvait. Elle ne comprenait pas pourquoi j'aimais autant ça. Elle n'a toujours pas compris, je pense.

J'ai fermé les yeux et j'ai bu une gorgée. Ici, le jus de fruit venait manifestement des pis d'une vache. Je n'avais pas assez d'imagination pour transformer du lait en jus d'orange.

– Il sera bientôt aussi crétin que les Primates, a lancé Jude en me frappant de nouveau exactement au même endroit.

J'ai posé mon verre et je l'ai regardé.

– Allez viens, a murmuré Jude de façon à ce que je sois le seul à l'entendre.

J'ai posé mes mains sur mes cuisses.

– Alors t'as un problème ? m'a taquiné Jude.

Sous la table, mes jointures étaient douloureuses tellement je serrais les poings. Depuis que j'avais réussi l'examen d'entrée de Heathcroft, Jude n'arrêtait pas de me chercher. Il me provoquait sans cesse, essayant de me pousser à me battre avec lui. Jusqu'à présent, j'avais résisté à la tentation, mais de justesse. Si nous en arrivions à nous battre, ce ne serait pas pour rire. Je le détestais. J'avais tout le temps envie de fuir. De fuir loin. Je ne pouvais pas me lever et sortir de table, alors je fuyais autrement…

Sephy… Sephy sur la plage… les maths… notre baiser. J'ai souri en me rappelant comme elle avait insisté pour que je m'essuie la bouche avant de l'embrasser. Elle m'avait fait rire.

C'est bien, Callum… retrouve Sephy… sors de cette maison… Elle m'avait fait rire…

– Tu n'as pas écouté un mot de ce que je viens de te dire, Callum, n'est-ce pas ?

La voix de Maman m'a ramené à la réalité.

– Si, j'écoutais, ai-je prétendu.

– Alors ?

– Mon nouvel uniforme est sur ma chaise, je dois me lever très tôt et prendre une douche avant de m'habiller. Mes cahiers sont dans mon cartable sous mon lit, ai-je débité.

– Tu m'as entendue, ce qui ne veut pas dire que tu m'écoutais, a répliqué Maman.

J'ai souri.

– C'est quoi la différence ?

– Ma réaction !

Maman a souri à son tour avant de s'asseoir. L'ambiance n'était pas au beau fixe, mais c'était mieux que cinq minutes plus tôt.

Papa a secoué la tête.

– Un de mes fils à Heathcroft ! C'est incroyable ! a-t-il répété.

– Tais-toi et mange ! l'a rembarré Maman.

Papa l'a regardée et a éclaté de rire. Tout le monde l'a imité, sauf Lynette.

J'ai enfourné une grosse bouchée de pâtes et de steak. J'avais hâte d'être au lendemain. J'entrais au collège. J'avais une chance de faire quelque chose de ma vie. Une chance de devenir quelqu'un. Quand j'aurai des diplômes, plus personne ne pourra se retourner sur moi et affirmer : « Tu n'es pas assez intelligent ! » Plus personne. J'étais dans l'ascenseur. Quand j'aurai des diplômes, plus rien ne me séparera de Sephy. Plus rien.

Sephy

J'ai fermé les programmes et attendu que mon ordinateur s'éteigne, en bâillant. J'avais l'impression que ça lui prenait une éternité. L'écran a fini par s'obscurcir. J'ai déconnecté le moniteur et les haut-parleurs. Un verre d'eau et au dodo.

Demain, c'était la rentrée. Cette seule idée m'a démoralisée. J'allais retrouver mes amis et nous allions discuter des éternels mêmes sujets : les endroits où nous avions passé les vacances, les films que nous avions vus, les fêtes auxquelles nous avions été invités, et très vite, j'aurai l'impression de ne jamais avoir quitté le collège. Les mêmes visages, les mêmes professeurs, les mêmes, les mêmes !

Mais ce n'était pas tout à fait vrai. Demain, il y aurait une grande nouveauté : quatre Nihils, dont Callum, avaient été admis dans mon collège. Callum serait peut-être dans ma classe. Et si ce n'était pas le cas, nous aurons forcément quelques cours en commun. J'allais retrouver mon meilleur ami, demain, au collège. Cette seule pensée me donnait envie de sourire comme une imbécile.

– Oh mon Dieu, faites que Callum soit dans ma classe, ai-je murmuré.

Je suis sortie de ma chambre.

Callum dans ma classe. Ce serait génial !

J'avais hâte de lui montrer les terrains de sport, la piscine, les salles de musique, la cantine et les labos de science. Je lui présenterai tous mes amis. Quand ils le connaîtront, ils le trouveront formidable.

J'ai descendu les marches en prenant garde de ne pas les faire grincer. Je n'avais aucune envie de croiser Maman. Elle était si mal dans sa peau. Je ne la comprenais pas. Je me rappelais quand elle était souriante, qu'elle nous faisait des câlins, qu'elle riait. Mais c'était il y a bien longtemps. Depuis trois ans, elle avait complètement changé. Son sens de l'humour avait disparu et ses lèvres, à présent, ne se desserraient que pour crier et se plaindre.

J'ai secoué la tête. Si c'était ça vieillir, je préférais éviter. Mais bon, Papa, lui, était toujours drôle. Enfin, quand il était à la maison, ce qui était plutôt rare. Tous les adultes que je rencontrais pour la première fois me disaient à quel point mon père était intelligent, charmant et amusant. Et qu'il était évident qu'il occuperait un jour un poste encore plus important qu'aujourd'hui. J'aurais aimé découvrir ces aspects de sa personnalité par moi-même. Un homme aux mains moites et à l'haleine fétide avait passé toute une soirée, lors de la dernière fête organisée par mes parents, à m'expliquer que bientôt mon père accéderait au poste de Premier ministre. Et que je devais être fière de lui. Ce type aurait pu gagner le concours de la personne la plus ennuyeuse du monde. Qu'est-ce que ça pouvait me faire que Papa devienne Premier ministre ? Je ne le voyais déjà presque pas. S'il devenait Premier ministre, je serais obligée de le regarder à la télé pour me rappeler à quoi il ressemblait.

– Ces pourritures de gauchistes de la communauté pangéenne me rendent malade ! Ils ont exigé que nous ouvrions nos écoles aux Nihils, nous l'avons fait. Ils ont voulu que la police et l'armée recrutent des Nihils, nous avons obéi. Et ils ne sont toujours pas satisfaits. Quant à la Milice de libération, on aurait pu croire que laisser entrer quelques Néants dans nos collèges les aurait calmés, mais ça n'a servi à rien !

Je me suis immobilisée au bas des escaliers. C'était la voix de Papa. Il était en colère.

– Ils n'en ont jamais assez. Maintenant que nous avons accédé à une de leurs demandes, ils en veulent plus. Et ils ne s'arrêteront jamais !

Une autre voix. Papa avait un invité.

– Bon sang ! Je savais que plier devant les exigences de la Communauté économique pangéenne était une erreur. Que Dieu nous préserve des gauchistes et des Néants !

J'ai grimacé. La voix de Papa était vénéneuse. Je ne l'avais jamais entendu parler de cette façon. *Les Néants*. Quelle horrible expression. Mon ami Callum n'était pas un « Néant ». Il était...

– La Milice de libération s'impatiente. Ils exigent...

– Mais qui sont-ils au juste ? a interrompu Papa. Qui dirige cette organisation ?

– Je ne sais pas, monsieur. Nous avons essayé de les infiltrer mais ils sont très prudents. Chaque groupe de la Milice est séparé en sections. Ils ont de multiples points de chute. Ils ne communiquent jamais directement entre eux. Impossible de deviner qui sont les dirigeants.

– Je ne veux pas d'excuses, mais des réponses. C'est pour ça que je vous paye ! Je ne vais quand même pas risquer ma place au gouvernement à cause de terroristes minables !

– Ils se nomment eux-mêmes les combattants de la liberté.

– Je me fiche de savoir s'ils se prétendent descendants de l'ange Shaka. Ils me dérangent, et je veux qu'ils soient éliminés. Tous.

Silence.

– J'y travaille, monsieur.

Papa a émis un ricanement.

– Monsieur, à propos de nos réunions... C'est de plus en plus risqué. Nous devrions trouver un autre moyen de communiquer.

– J'ai besoin de vous rencontrer au moins une fois par mois.

– Mais je mets ma vie en danger, à chaque fois, a protesté l'homme.

– Je ne veux pas le savoir. Vous pouvez m'envoyer des mails ou me téléphoner aussi souvent que vous le souhaitez, mais je veux continuer à vous voir une fois par mois ! C'est bien compris ?

L'homme a laissé un silence avant de murmurer :

– Bien, monsieur.

Sur la pointe des pieds, je me suis approchée du bureau de mon père. Je voulais savoir à qui il parlait.

– Des Néants entrent au collège de ma fille demain…

J'imaginais Papa en train de secouer la tête.

– … si mon plan ne fonctionne pas, j'aurai bien du mal à me faire réélire l'an prochain. Ils n'hésiteront pas à me crucifier.

– Seuls trois ou quatre ont été admis à Heathcroft, je crois ? a demandé l'homme mystérieux.

– C'est trois ou quatre de trop, a lâché Papa d'un ton dégoûté. Je ne pensais pas qu'ils réussiraient cet examen d'entrée. Sinon, je n'aurais jamais fait voter cet amendement à la loi sur l'éducation.

Chacun de ses mots me blessait profondément. Mon cœur se brisait en petits morceaux. Papa… mon père…

– Moins d'une vingtaine de Nihils ont été reçus à l'échelle nationale, a fait remarquer l'homme. Ce n'est pas beaucoup.

– Quand je voudrai votre avis, je vous le demanderai, l'a rembarré Papa.

Savait-il que Callum était un des Nihils qui avaient réussi l'examen ? Est-ce que ça lui importait ? Sans doute pas. Je me suis approchée un peu plus. J'ai capté le reflet de Papa dans le grand miroir de l'entrée. Je ne voyais que le dos de son invité. C'était un Nihil. Il avait des cheveux blonds attachés en queue-de-cheval. Il portait une veste en mouton retourné et de grosses bottes ornées de chaînes argentées. C'était la première fois que je voyais un Nihil chez nous, si j'exceptais les domestiques. Qu'est-ce qu'il faisait là ? Qui était-il ? C'était absurde. Leur conversation était absurde.

J'ai fait encore un pas. Je ne quittais pas le grand miroir des yeux. Je n'aurais pas dû.

Je me suis pris le pied dans le fil du téléphone. Le combiné a glissé, mais n'est pas tombé. Ça n'a pas fait beaucoup de bruit, mais suffisamment pour que Papa tourne la tête et m'aperçoive dans le miroir.

– Sephy! Au lit! Tout de suite.

Papa n'a pas attendu que je remonte pour se lever et claquer la porte de son bureau. Je n'avais pas encore réagi quand la porte s'est rouverte. Papa venait vers moi. Il avait pris soin de refermer derrière lui.

– Qu'as-tu vu? m'a-t-il demandé d'une voix sèche.

– Quoi?

– Qu'as-tu vu?

Papa m'a attrapée par l'épaule. Il me postillonnait dans le visage.

– R... rien.

– Qu'as-tu entendu?

– Rien, Papa. J'avais soif. Je suis descendue me chercher un verre d'eau.

Les yeux de Papa étincelaient de rage. On aurait dit qu'il avait envie de me frapper.

– Je te jure, je n'ai rien vu, rien entendu.

Papa a laissé passer un long moment, une éternité, avant de me lâcher. Son visage s'est lentement apaisé.

– Je peux aller me chercher à boire, maintenant?

– Oui. Et remonte te coucher.

Je suis allée jusqu'à la cuisine, mais je n'avais plus soif du tout. Mon cœur cognait violemment contre mes côtes, mes oreilles bourdonnaient. Je savais que Papa m'observait. Je me suis versé un verre d'eau. Je n'étais plus dans le champ de vision de mon père, mais j'avais l'impression qu'il avait le pouvoir de voir à travers les murs.

Je suis ressortie, le verre à la main.

– Princesse, attends, m'a rappelée Papa.

Je me suis immobilisée.

– Je suis désolé de m'être énervé.

Papa a eu un sourire forcé.

– ... j'ai beaucoup de travail en ce moment.

– Ce n'est pas grave, ai-je murmuré.

– Tu es toujours ma princesse, tu sais.

Papa m'a prise dans ses bras.

J'ai acquiescé en essayant d'oublier la boule qui obstruait ma gorge. Et en essayant de ne pas renverser mon verre.

– Va au lit, maintenant.

J'ai remonté les marches. Papa est resté au bas de l'escalier à surveiller chacun de mes gestes.

Callum

J'ai vidé mon cartable sur mon lit. Pour la millième fois au moins. Règle, trousse, crayons, stylos, livres, cahiers, calculatrice. J'ai passé en revue la liste fournie par le collège. Tout était en ordre. Pourtant, j'avais le sentiment étrange qu'il me manquait quelque chose. J'ai frotté la calculatrice avec un coin de ma couverture. Mais je pouvais faire ça toute la nuit, elle n'en paraîtrait pas neuve pour autant. Je me suis frotté les yeux.

Ne sois pas ingrat. Au moins tu en as une, calculatrice.

Oui, c'est déjà bien.

J'ai remis une à une mes affaires de classe dans mon cartable.

Oui, j'ai de la chance. J'ai beaucoup de chance.

Je me répétais cette phrase un milliard de fois par jour. On a frappé à ma porte. Ce ne pouvait être que Maman ou Lynette. Ce n'était pas le genre de Jude de frapper et Papa ne venait jamais. Quand il voulait me parler, il m'appelait. J'espérais que c'était Lynette.

Maman a passé la tête dans l'entrebâillement de la porte.

– Je peux entrer ?

J'ai haussé les épaules en glissant ma calculatrice dans mon cartable. Maman a refermé la porte derrière elle. Je savais déjà ce qu'elle allait faire. Et ça n'a pas manqué : elle a vidé mon cartable sur mon lit. Puis elle a soigneusement rangé mes affaires une à une. Sans un mot. Puis elle a dit :

– Quoi qu'il arrive demain, je te félicite d'avoir réussi cet examen d'entrée à Heathcroft.

Je ne m'attendais pas à ça.

– Qu'est-ce que tu veux dire par « quoi qu'il arrive demain » ?

– Rien.

Le sourire de Maman a tremblé. Puis a disparu.

– C'est juste que… je veux que tu sois… bien.

– Je le suis.

– Je ne veux pas qu'on te fasse du mal.

De quoi parlait-elle ?

– Maman, je vais juste au collège, pas à l'armée.

Maman a essayé de retrouver le sourire. Elle n'a pas réussi.

– Je sais, mais je crois que ton père et toi sous-estimez le défi que tu t'es lancé. Je ne veux pas te faire peur, mais… j'ai entendu des rumeurs…

– Quelles rumeurs ?

– Beaucoup de Primas ne sont pas très contents que des Nihils aient accès à leurs écoles. Certains sont décidés à créer des émeutes. Quoi qu'il arrive, ne réponds pas aux provocations. Ne leur donne aucune raison de te frapper ou de s'en prendre à toi.

– C'est ça qui t'inquiète ?

Maman n'a pas répondu.

– Ne t'en fais pas, ai-je repris. Je suis à Heathcroft et rien, même de la dynamite, ne pourrait m'en déloger.

– C'est bien.

Maman m'a caressé la joue. J'ai repoussé sa main.

– Maman !

– Tu es trop vieux pour ça ? s'est moquée Maman.

– Beaucoup trop vieux, ai-je répliqué.

– Trop vieux aussi pour que je t'embrasse ?

J'étais sur le point de répondre oui, mais l'expression sur son visage m'en a empêché. J'ai compris que ce baiser n'était pas pour moi, mais pour elle.

– Allez vas-y, ai-je grommelé en tendant la joue.

Silence.

Je me suis tourné pour voir pourquoi le baiser n'arrivait pas, et Maman a éclaté de rire.

– Qu'est-ce qu'il y a de drôle ?

– Je t'adore !

Maman m'a serré contre elle et a appuyé ses lèvres sur ma joue comme une forcenée. Brrr.

– N'oublie pas de mettre ton réveil !

– Je ne me couche pas tout de suite, Maman. Je descends regarder la télé.

– Pas trop longtemps alors. Tu as école demain.

Maman a dressé l'index. Puis elle a souri.

– Tu as école demain, a-t-elle répété. C'est bien. Je suis contente de pouvoir prononcer ces mots.

– Oui. Moi, je suis content de les entendre.

Nous sommes sortis de ma chambre et nous avons descendu l'escalier. Maman s'est arrêtée soudainement. J'ai failli lui rentrer dedans.

– Cal ?

– Oui, Maman ?

– Ne crois pas que je ne suis pas fière de toi... je le suis, tu sais.

– Je sais, Maman.

Elle a repris sa marche. J'ai pensé à ses derniers mots. À vrai dire, jusqu'à présent, je l'avais soupçonnée de souhaiter mon échec à l'examen. Mais j'avais réussi. Et personne ne pouvait m'enlever ça. *J'avais réussi.*

Dans le salon, Jude était attablé devant ce qui ressemblait à une carte. Maman s'est assise près de Papa et moi à côté de Lynette. Le canapé était minuscule mais confortable.

J'ai demandé à ma sœur :

– Ça va ?

Elle a acquiescé. Puis elle a froncé les sourcils. Son regard a changé. Ce regard que je connaissais si bien. J'ai détourné les yeux.

Non Lynette, non, pas ce soir.

– Lynnie, tu te rappelles l'anniversaire de mes sept ans ? ai-je débité. Tu m'avais emmené au cinéma. Nous étions seulement tous les deux et tu étais fâchée après moi parce que je ne voulais pas quitter l'écran des yeux, même pour une seconde. Tu te souviens que tu me disais que je pouvais fermer les yeux et que l'écran n'allait pas disparaître ? Lynnie...

– Pourquoi suis-je ici ?

Les yeux gris de ma sœur se sont agrandis.

– Je ne devrais pas être ici. Je ne suis pas comme vous. Je suis une Prima.

J'ai eu la nausée, comme si je me trouvais dans un ascenseur qui aurait descendu quarante étages en moins de trente secondes. Chaque fois que je me disais que Lynette allait mieux, elle refaisait une crise. Elle nous regardait comme des étrangers et prétendait ne pas être des nôtres.

– Qu'est-ce que t'as encore ? a grogné Jude. Tu es une Nihil. Regarde la couleur de ta peau. Tu es aussi blanche que nous. Plus même.

– Non, c'est faux !

– Jude, arrête ! a ordonné Papa.

– Non, je n'arrête pas. J'en ai marre de ce cirque ! Lynette nous met mal à l'aise en répétant à tout le monde qu'elle est une Prima ! Et Callum n'est pas mieux ! Il se croit meilleur que nous et l'égal des Primas, même s'il n'ose pas le clamer à haute voix.

– Tu ne sais pas de quoi tu parles, ai-je sifflé.

– Non ? Je t'ai vu regarder notre maison à ton retour de chez ta copine primate. Je t'ai vu la détester et nous détester tous ! a craché Jude. Je suis le seul de nous trois à m'accepter tel que je suis.

– Tu n'es vraiment qu'un crétin…

Jude s'est levé d'un bond.

– Tu veux te battre ? m'a-t-il défié.

J'ai marché vers lui, les poings fermés, mais Papa s'est précipité entre nous.

– Vous voyez, a crié Lynette. Je ne suis pas comme vous, je ne me comporte pas de cette façon ! Je ne suis pas une Nihil. Je suis une Prima ! Une Prima !

Mon agressivité a disparu. Je me suis rassis.

– Lynette… a commencé Maman d'une voix douce.

– Regardez ma peau, a poursuivi Lynette comme si Maman n'existait pas. Elle est si noire, si merveilleuse. J'ai tant de chance d'être une Prima. Je suis ainsi plus près de Dieu.

Lynette nous a regardés en souriant. Elle arborait un sourire heureux qui illuminait son visage et me serrait le cœur.

– Pauvre crétine, a marmonné Jude.

– Ça suffit ! a hurlé Papa.

Jude s'est assis, le visage fermé. Lynette a regardé ses mains et les a frottées l'une sur l'autre. Elle avait de petites mains pâles, des veines bleues qui couraient sous sa peau presque translucide. Elle a levé les yeux vers moi et m'a souri. J'ai souri en retour. C'était un sourire forcé.

– Est-ce que tu ne me trouves pas belle, Callum ? m'a murmuré Lynette.

– Si, ai-je répondu honnêtement. Très.

Sephy

Je regardais, par la vitre de la voiture, les arbres et le ciel se mélanger. Premier jour du trimestre. J'étais assise bien droite. Je souriais. Callum… sa présence rendait ce jour différent des autres. Excitant.

– Tout va bien, miss Sephy ?

– Oui, Harry, merci.

J'ai souri à Harry, notre chauffeur nihil. Il me regardait dans le rétroviseur.

– Nerveuse ?

J'ai ri.

– C'est sûr.

– Je m'en doutais, a répondu Harry.

– Harry, est-ce que vous pourriez me déposer…

– Au coin, juste avant le collège ?

– Oui, si ça ne vous dérange pas.

– Eh bien…

Harry a secoué la tête.

– Si votre mère venait à l'apprendre…

– Elle n'en saura rien.

– Mais…

J'ai soupiré. Lors du trimestre dernier, Harry et moi avions cette conversation à peu près trois fois par semaine.

– Harry, je vous ai déjà expliqué : mes amis se moquent de moi. Ils disent que mes pieds sont trop fragiles et trop précieux pour le trottoir… ou alors ils me demandent quand est-ce que je vais me faire poser des ailes… Et je n'ai pas envie d'entendre ce genre de commentaires dès la rentrée.

– Mais…

– S'il vous plaît ?

– Bon, d'accord.

– Merci Harry.

– Si j'ai des problèmes…

– Vous n'en aurez pas, je vous le promets.

Harry s'est garé dans l'allée des Cerisiers, deux rues avant le collège. Je suis sortie de la voiture, mon cartable sur le dos.

– À ce soir, Harry.

– Oui, mademoiselle Sephy.

J'ai attendu que la voiture ne soit plus en vue. Il m'avait eue une fois comme ça. Il avait fait semblant de s'éloigner et, quand j'avais tourné le dos, il avait fait demi-tour. Je me suis dirigée vers le collège. Une étrange rumeur me parvenait. Comme si quelqu'un était en train d'écouter la radio très fort, mais assez loin pour que je ne distingue pas les paroles. Quand je suis arrivée au coin, les cris de colère m'ont atteinte comme une vague déferlante. Mais même à ce moment-là, je ne pouvais pas imaginer ce qui se passerait ensuite, et...

Et.

Au bout de la rue, une foule était agglutinée devant les grilles du collège. Les gens scandaient des mots que je ne comprenais pas. Je me suis immobilisée et puis, je me suis mise à courir. Que se passait-il ?

J'ai vite compris.

PAS DE NÉANTS DANS NOS ÉCOLES !

PAS DE NÉANTS DANS NOS ÉCOLES !

Voilà le slogan qu'ils clamaient.

Des policiers essayaient de frayer un chemin parmi les manifestants à Callum et à trois autres Nihils. D'autres policiers, armés, bras croisés, jambes légèrement écartées, formaient une barrière devant le collège pour empêcher la foule de passer les grilles. J'ai couru plus vite, mais plus je m'approchais, moins je voyais ce qui se passait. J'ai joué des coudes et je me suis enfoncée dans la foule.

– Callum ! Callum !

PAS DE NÉANTS DANS NOS ÉCOLES !

Les officiers de police faisaient leur possible pour éloigner les adultes et les élèves qui voulaient empêcher les Nihils de passer.

LES NÉANTS DEHORS !

J'ai atteint l'entrée du collège. J'ai monté les marches du perron. Je surplombais la foule. Je voyais Callum et les autres Nihils. Ils ne regardaient ni à gauche, ni à droite. Ils avançaient sans ciller.

PAS DE NÉANTS DANS NOS ÉCOLES !

J'ai repéré Juliana, Adam et Ezra dans la foule. Ils étaient tous les trois mes amis. Ma sœur Minnie était là aussi. Elle criait aussi fort que les autres.

PAS DE NÉANTS DANS NOS ÉCOLES !

Le grondement qui enflait dans ma tête s'accordait avec le grondement des manifestants. J'étais au milieu du chaos. Callum et les autres continuaient d'avancer vers le collège. La colère de la foule me faisait aussi mal que si l'on m'avait frappée en pleine face. Quelqu'un a poussé un cri. La tête de Callum a disparu, les têtes des policiers ont suivi.

– L'un d'entre eux est blessé !

Callum ! Ce n'était pas Callum ?

– Un Néant est blessé !

La nouvelle s'est propagée dans la foule comme un virus.

HOURRA !

La clameur a été spontanée. Les policiers ont été renversés par la force de la foule. Du haut du perron, j'étais aux premières loges. Je n'avais jamais assisté à une telle furie. Une femme policier a trébuché et j'ai aperçu Callum accroupi devant une fille nihil qui semblait en mauvais état. Du sang coulait de son front et ses paupières étaient closes.

M. Corsa, le proviseur, est apparu près de moi. Il a regardé la foule – la masse –, il a semblé choqué.

– M. Corsa, il faut aider cette fille ! ai-je crié. Elle est blessée !

Il n'a pas fait un mouvement. J'ai répété ma demande, mais il est resté immobile. J'étais prise dans un cyclone. Tout ce bruit et cette fureur autour de moi menaçaient de me faire exploser la tête.

– Arrêtez ça ! Arrêtez ça !

Rien.

– Arrêtez ! Vous vous comportez comme des animaux, ai-je hurlé si fort que ma gorge m'a immédiatement fait mal. Pire que des animaux ! Comme des… Néants !

La foule s'est doucement calmée.

– Regardez-vous… Arrêtez…

Callum s'était tourné vers moi, une étrange expression peinte sur le visage.

Callum, ne me regarde pas comme ça. Je ne parlais pas de toi. C'était pour les autres. Je voulais qu'ils arrêtent. Je ne parlais pas de toi…

Callum

Elle n'a pas prononcé ces mots. Non. C'est impossible. Pas Sephy. Je vais me réveiller. Me réveiller loin de ce chaos, de ce cauchemar. Je vais me réveiller et rire – ou hurler – à ce sale tour que me joue mon esprit.

Pourtant, si. Elle l'a dit.

Je ne suis pas un Néant. Je suis un Nihil, oui, mais je suis un être humain. Je ne suis pas un rien du tout, un zéro, un espace vide. Je ne suis pas un Néant !

Sephy…

Sephy

Les vagues léchaient la plage. C'était une belle soirée d'automne. Une jolie soirée pour une journée atroce. Je ne m'étais jamais sentie aussi mal. Callum était assis près de moi, mais il aurait aussi bien pu être assis sur la lune.

– Tu ne veux pas parler ?

J'ai d'abord cru qu'il ne me répondrait pas.

– Que veux-tu que je dise ?

– Je me suis excusée, ai-je murmuré.

– Je sais.

J'ai observé le profil de Callum – indéchiffrable et implacable. C'était ma faute. Je comprenais, sans vraiment comprendre, l'horreur que j'avais commise.

– Ce n'est qu'un mot, Callum.

– Ce n'est qu'un mot, a-t-il répété doucement.

– Je ne voulais pas… ai-je plaidé.

– Sephy, si tu m'avais frappé, ou giflé, ou même poignardé, la douleur aurait fini par s'effacer, mais jamais je ne pourrai oublier ce que tu as dit. Jamais. Même si je vis jusqu'à cinq cents ans.

Je me suis essuyé les joues, mais ça ne servait à rien parce que mes larmes continuaient à couler.

– Je ne parlais pas de toi, Callum. Je ne parlais pas de toi… Je voulais que ça s'arrête.

Le regard que Callum m'a jeté a fait couler mes larmes de plus belle.

– Je suis désolée, ai-je sangloté.

J'avais si peur de ce qu'il allait dire maintenant.

– Sephy, peut-être que nous devrions arrêter de nous voir.

– Callum, je me suis excusée.

– Et ça efface tout, c'est ça ?

– Non. Non, pas du tout, mais ne m'abandonne pas. Tu es mon meilleur ami. Je ne saurais pas quoi faire sans toi.

Callum a détourné les yeux. J'ai retenu ma respiration.

– Tu dois me faire une promesse, a-t-il murmuré.

– Tout ce que tu veux.

– Tu dois me promettre que tu ne prononceras plus jamais ce mot.

Pourquoi ne comprenait-il pas que je ne parlais pas de lui ? Que ce n'était qu'un mot. Un mot que Papa avait utilisé. Un mot qui avait blessé mon meilleur ami, un mot qui me faisait souffrir. Je n'avais pas encore compris que les mots avaient un tel pouvoir. Ceux qui affirmaient que les mots ne pouvaient pas faire mal se trompaient.

– Promets, a insisté Callum.

– Je promets.

Nous avons regardé la mer. Je savais qu'il fallait que je rentre à la maison. J'étais tellement en retard pour le dîner que ça serait bientôt l'heure du petit déjeuner. Maman allait être folle. Mais je ne voulais pas partir la première. Je n'avais pas envie de me lever. J'ai frissonné, pourtant la soirée n'était même pas fraîche.

Callum a enlevé sa veste et me l'a posée sur les épaules. Elle sentait le savon, les chips et… Callum. Je me suis blottie dedans.

– Et toi ? ai-je demandé.

– Quoi, moi ?

– Tu ne vas pas avoir froid ?

– Je survivrai.

J'ai posé ma tête sur son épaule. Il s'est d'abord raidi, et puis il s'est détendu. Il ne m'a pas prise dans ses bras mais il ne m'a pas repoussée non plus. Un mot, un seul mot avait eu le pouvoir de creuser un fossé entre nous. Même si je vivais cinq millions d'années, plus jamais je ne prononcerais ce mot. Jamais. Le soleil commençait à disparaître à l'horizon. Le ciel était rose et orange. Nous sommes restés silencieux un moment.

– J'ai beaucoup réfléchi… a soudain dit Callum, nous pouvons toujours nous voir en dehors après les cours, mais au collège, tu ne devrais pas m'adresser la parole.

J'étais stupéfaite.

– Pourquoi ?

– Je ne veux pas que tu perdes tous tes amis à cause de moi. Je sais qu'ils sont importants pour toi.

– Tu es mon ami aussi.

– Pas quand nous sommes au collège, a répliqué Callum.

– Mais c'est idiot.

– Je ne crois pas.

J'ai ouvert la bouche et je l'ai refermée, comme un poisson hors de l'eau. Callum s'est levé.

– Je dois rentrer maintenant. Tu viens ?

J'ai secoué la tête.

– Ta mère va être folle de rage.

– On est lundi, elle est en visite.

– Et ton père ?

– Il n'est jamais à la maison pendant la semaine.

– Et Minerva ?

– J'en sais rien. Sans doute avec son petit ami. Ne t'inquiète pas pour moi, Callum, je vais rester un petit peu et je rentrerai.

– Pas trop longtemps, d'accord ?

– D'accord.

Je lui ai tendu sa veste.

Il a hésité avant de la prendre. Puis il est parti. Je l'ai regardé s'éloigner en souhaitant de toutes mes forces qu'il se retourne. Mais il ne l'a pas fait. C'était comme si j'étais hors de mon corps et que je nous voyais tous les deux. De plus en plus, je me sentais spectatrice de ma propre vie. Je devais faire un choix. Je devais décider quelle sorte d'amie j'étais. Ce qui me faisait le plus mal, c'était d'avoir à y réfléchir.

Callum

– Est-ce que tu sais quelle heure il est ? a râlé Maman quand je suis entré.

C'était notre sujet de conversation favori ces derniers temps.

– Désolé, ai-je marmonné.

– Ton dîner est dans le four, complètement sec et immangeable.

– Ça va aller, Maman.

– Et où étais-tu passé jusqu'à dix heures du soir ? m'a lancé Papa.

J'étais surpris. En général, il ne disait rien quand je rentrais tard. C'était le boulot de Maman.

– Alors ? a-t-il insisté.

Que voulait-il que je réponde ? *J'ai passé deux heures à dire au revoir à Sephy sur la plage. Ensuite, je me suis caché et je l'ai suivie jusque chez elle pour m'assurer qu'elle rentrait sans encombre. Après, il m'a fallu une heure pour arriver jusqu'ici.*

Oh oui, cette sortie ferait son petit effet.

– J'ai marché. J'avais besoin de réfléchir.

C'était vrai.

– Est-ce que tu vas bien ? s'est enquis Papa. Je me suis rendu à Heathcroft dès que j'ai su ce qui se passait. Mais la police m'a empêché d'approcher.

– Pourquoi ?

– Je n'avais pas de « raison officielle d'être présent sur les lieux. » C'est ce qu'ils m'ont dit.

La voix de Papa était amère.

– Ces connards de flics primates...

– Jude, pas à table, a grondé Maman.

Jude avait assez de colère en lui pour toute la famille. Il me jetait des regards noirs, comme si c'était moi qui avais empêché Papa de s'approcher du collège.

– Et les cours, mon fils ? a demandé Papa. Comment c'était ?

Il voulait la vérité ?

– Ça allait, Papa, ai-je menti. Une fois que nous sommes entrés dans le collège, tout s'est bien passé.

Sauf que les profs nous avaient totalement ignorés, que les élèves avaient passé leur temps à nous bousculer et à jeter nos livres par terre. Et même les Nihils employés à la cantine avaient fait en sorte de nous servir après tout le monde.

– Tout s'est bien passé.

– Tu y es à présent, Callum. Ne te laisse pas impressionner par ces salauds. D'accord ?

– D'accord.

– Excuse-moi, a lancé Maman à Papa, mais quand j'interdis les grossièretés à table, tu es concerné.

– Pardon, ma chérie, s'est faussement excusé Papa en m'adressant un clin d'œil.

– On t'a vu à la télé, a annoncé Jude. Ta petite amie aussi. Tout le monde l'a entendue...

– Elle ne voulait pas dire ça...

J'avais parlé sans réfléchir. Grossière erreur.

– Ah oui, et elle voulait dire quoi ? a ricané Jude. Tu es devenu stupide ? Que pouvait-elle bien vouloir dire ?

– Ils sont tous pareils dans cette famille, a lâché Maman. J'ai vu Sephy grandir et elle est comme sa mère.

Je me suis mordu la lèvre. Il valait mieux ne pas répondre.

– Je suis bien content que tu ne travailles plus pour eux, s'est exclamé Papa.

– Et moi donc ! a acquiescé Maman. Le salaire me manque, mais je ne retournerais dans cette maison pour rien au monde. Les gens qui arrivent à supporter cette harpie sont dotés de plus de patience que moi.

– Vous étiez pourtant amies, ai-je fait remarquer en enfournant une bouchée de purée toute sèche.

– Amies ? Nous n'avons jamais été amies ! Elle me donnait des ordres et j'obéissais parce que j'avais besoin d'un travail ! C'est tout !

Cette version ne correspondait pas à mes souvenirs. Quelques années plus tôt, une éternité plus tôt, Maman et Mme Hadley avaient été très proches. Maman avait été la gouvernante de Minerva, puis celle de Sephy, et elle s'occupait d'un peu tout dans la maison de Mme Hadley. J'étais à cette époque plus proche de Sephy que de ma propre sœur. Quand j'étais petit et Sephy encore un bébé, j'aidais Maman à lui donner son bain et à lui changer sa couche. Quand elle a grandi, j'ai joué avec elle à cache-cache et à chat dans le jardin des Hadley. Pendant ce temps, Maman et Mme Hadley discutaient et riaient. Je ne sais pas ce qui s'est passé mais tout s'est arrêté brutalement. Du jour au lendemain, Maman n'a plus été la bienvenue chez les Hadley. C'était il y a trois ans.

Quelquefois, je me demande comment Mme Hadley a pu penser que Sephy et moi cesserions de nous voir. Nous avions été élevés ensemble. Sephy a essayé de lui expliquer que c'était impossible ; j'ai dit la même chose à ma mère. Elles n'ont pas écouté. Mais on s'en fichait. Sephy et moi avons continué de nous rencontrer. Nous nous sommes promis que nous resterions toujours amis. Promesse que nous avons scellée de notre sang. Nous devions juste garder nos rencontres secrètes. Nous nous sommes créé notre propre monde, nos lieux secrets où personne ne pouvait nous trouver.

– Chut ! Les infos ! s'est exclamé Papa.

J'ai retenu ma respiration.

Les événements de Heathcroft n'ont pas fait la une. Le premier sujet parlait de la Milice de libération.

Ce matin, Kamal Hadley, ministre de l'Intérieur, a déclaré que les membres de la Milice de libération ne pourraient plus se cacher bien longtemps. Il les traquerait, où qu'ils se trouvent.

Le visage du présentateur a laissé place à celui du père de Sephy, le parlement en toile de fond. Il semblait remplir l'écran.

– Est-ce vrai, monsieur Hadley, que la décision du gouvernement de laisser entrer les Nihils dans nos écoles a été prise sous pression de la Milice de libération ?

– Absolument pas, a aussitôt répondu le père de Sephy. *Notre gouvernement ne se laisserait pas dicter sa conduite par un groupement terroriste. Nous avons agi sur les directives de la Communauté économique pangéenne, et c'est un amendement à la loi que le gouvernement avait de toute façon prévu.*

Mon père a émis un ricanement.

– *Nous avons voulu faire accéder certains Nihils, et seulement les meilleurs, à notre système éducatif pour des raisons sociales et économiques. Dans une société civilisée et égalitaire...*

J'ai cessé d'écouter. Le père de Sephy n'avait pas changé depuis la dernière fois où je l'avais vu. Langue de bois et compagnie. Je ne l'aimais pas beaucoup. C'était un crétin pompeux. D'ailleurs, je n'appréciais aucun des membres de la famille de Sephy. Minerva était une snob, sa mère une méchante femme, et son père, un hypocrite. Ils nous regardaient tous de haut.

– *Les membres de la Milice de libération sont des Nihils induits en erreur, et nous ne relâcherons pas nos efforts tant qu'ils ne seront pas tous en prison...*

Bla bla bla.

J'allais une fois de plus le zapper mentalement, mais Jude m'a brutalement sorti de ma rêverie.

– Longue vie à la Milice de libération ! a-t-il crié en levant le poing.

– Bravo mon fils !

Papa et Jude ont échangé un regard entendu. J'ai froncé les sourcils et je me suis tourné vers Maman. Elle a immédiatement baissé les yeux. J'ai regardé de nouveau Jude et Papa. Il se passait quelque chose. Qui avait un rapport avec la Milice de libération. La Milice, mon père et mon frère. Ça m'était égal. Ce qui ne m'était pas égal, c'était d'être exclu.

– *Des sources non confirmées rapportent que la bombe trouvée au centre de commerce international avait été déposée par la Milice de libération*, a repris le présentateur. *Quelles actions sont menées pour retrouver les coupables ?*

– Je peux vous assurer que notre priorité aujourd'hui est d'arrêter les coupables et de les traduire en justice. Le terrorisme politique est à l'origine de nombreux morts. La mort d'un seul Prima est un crime qui doit être sévèrement puni. Les coupables seront condamnés à la pendaison...

Et bla bla bla. Le père de Sephy a continué son petit discours pendant encore une bonne minute. Le présentateur ne pouvait plus en placer une. J'ai de nouveau zappé en attendant qu'il finisse. J'aurais voulu zapper pour toujours.

Sephy

– Sephy, ton père est à la télé !

Ma mère a passé sa tête dans l'entrebâillement de la porte de ma chambre.

Qu'est-ce que ça pouvait bien me faire ? Ma mère pensait que j'avais encore cinq ans et que voir mon père dans le petit écran était un événement excitant.

– Sephy !

– Oui, Maman, je regarde !

J'ai changé de chaîne sur la télé dans ma chambre. Pour avoir la paix. Je suis tombée tout de suite sur la bonne. Quelle chance !

– ... sont dans l'erreur.

Papa n'avait pas l'air très content.

– Le ministre Pelango est très jeune et il n'a pas encore bien compris que tout changement dans notre société devait être prudemment mené et lentement...

– *Si nous ralentissons encore*, est intervenu Pelango, *nous allons reculer.*

J'ai souri. Papa a froncé les sourcils.

– *Nous nous prétendons civilisés mais nous accordons moins de droits aux Nihils que dans tous les pays de la Communauté pangéenne*, a continué Pelango.

– *Et je pourrais citer de nombreux pays où ils ont beaucoup moins de droits que dans le nôtre*, a lancé Papa.

– *Ce qui nous donne l'autorisation de mal les traiter, c'est ce que vous pensez ?*

– *Si M. Pelango n'est pas d'accord avec la ligne politique du parti qu'il est censé représenter, peut-être devrait-il tout simplement démissionner ?* a dit Papa.

– *Certainement pas !* a rétorqué l'autre. *Trop de ministres de ce gouvernement vivent dans un passé révolu. C'est mon devoir de leur éclairer le chemin vers le présent et d'assurer pour tous, Nihils et Primas, un futur honorable.*

Maman est sortie de ma chambre. J'ai immédiatement changé de chaîne. Au hasard. N'importe quel programme ferait l'affaire. J'avais grandi avec la politique. J'en avais ras-le-bol. Je ne voulais plus en entendre parler. Pourquoi est-ce que Maman n'était pas capable de le comprendre ?

Callum

Quand Kamal Hadley s'est enfin tu, les images de Heathcroft sont apparues sur l'écran. Bien sûr, les journalistes n'ont pas jugé utile de montrer que les policiers, censés nous protéger de la foule, nous avaient laissés à la portée des coups de poing et des coups de pied. Bizarrement, aucune caméra n'était placée comme il fallait, pour montrer que le dos de ma veste était constellé de crachats.

Les Nihils admis à Heathcroft ont dû subir une certaine hostilité à leur arrivée ce matin... a commencé le reporter.

Une certaine hostilité ? Ce journaliste devait avoir reçu le prix de l'euphémisme !

Des officiers de police ont été dépêchés sur place pour éviter tout débordement...

Jude s'est mis à marmonner je ne sais quoi. Je ne pouvais pas lui en vouloir. Même moi j'étais dégoûté. Lynette m'a pris la main. Elle m'a souri et la colère m'a quitté. Seules Lynette et Sephy me faisaient cet effet-là : elles permettaient à ma rage de s'apaiser, jusqu'à disparaître. Mais parfois, parfois, j'étais tellement en colère que je m'effrayais moi-même.

Sur l'écran, on a vu Shania tomber au milieu de la foule. L'image qui a suivi montrait Sephy qui criait. Une voix off précisait :

Perséphone Hadley, la fille du ministre de l'Intérieur Kamal Hadley, a contribué à mettre fin au chaos.

Je me suis levé.

– Je monte, j'ai des devoirs.

C'était trop tard. Les mots de Perséphone ont jailli. Je les connaissais mais je n'ai pas pu m'empêcher de grimacer. J'ai quitté la pièce avant que qui que ce soit ait le temps de me faire une réflexion. Mais je savais que toute la famille me regardait. J'ai refermé la porte derrière moi et je me suis adossé au mur. Le souffle court.

Sephy.

– Tous pareils, a ragé Jude. Les Primas et les Nihils ne vivront jamais en paix. Callum se trompe lourdement s'il croit que cette fille en a quoi que ce soit à faire de lui. Elle le laissera tomber dans pas longtemps.

– Toi et moi le savons, pas lui, a lâché Papa.

– Plus tôt il le comprendra, mieux ce sera, a soupiré Maman.

– Et c'est toi qui vas le lui dire ? a demandé Papa. Parce que moi, je ne m'y risquerai pas.

– On ne peut faire confiance à aucun Prima ! a déclaré Jude.

Personne ne l'a contredit.

– Quelqu'un devrait raconter la vérité à Callum. Un jour, il nous en remerciera.

– Tu te portes volontaire ? l'a défié Papa.

– Si tu veux.

– Non. Non, je le ferai moi, a dit Maman.

– Quand ?

– Bientôt.

Je n'ai pas voulu en entendre plus. Je suis monté dans ma chambre. J'avais l'impression de porter un fardeau de deux cents tonnes sur les épaules. Pour la première fois, je me suis demandé si ma famille n'avait pas raison. C'était peut-être moi qui me trompais.

Sephy

C'était l'heure du cours d'histoire. Je détestais l'histoire. C'était une perte de temps. Il n'y avait qu'un seul point positif. C'est un cours où je retrouvais Callum. Mon amie Claire a voulu s'asseoir à côté de moi.

– Euh, Claire… tu peux te mettre ailleurs, aujourd'hui ? Je garde la place pour quelqu'un.

– Qui ?

– Quelqu'un.

Claire m'a lancé un regard méprisant.

– Va te faire voir, a-t-elle lâché en s'éloignant.

J'ai soupiré et fixé la porte. Callum et les autres Nihils sont arrivés en dernier. Les autres élèves les bousculaient en les doublant. Callum ne réagissait pas. Moi, je ne me serais pas laissé faire.

J'ai souri à Callum et je lui ai montré la place libre à côté de moi. Il a détourné le regard et s'est assis dans le fond de la salle près d'un autre Nihil. Les élèves de ma classe l'ont dévisagé puis m'ont dévisagée aussi. Mon visage était brûlant d'humiliation. Comment osait-il me traiter de cette façon ? Je n'avais pas oublié ce qu'il avait dit la veille mais je voulais justement lui montrer que c'était lui que je choisissais devant tous mes autres amis. Pourquoi me tournait-il le dos ?

M. Jason est entré et a entamé le cours avant même de refermer la porte. Il était de mauvaise humeur. Encore plus que d'habitude. Il n'allait rien laisser passer à personne et surtout pas aux Nihils.

– Qui peut m'expliquer la signification des événements de l'année 146 avant Jésus-Christ ?

146 avant Jésus-Christ ? Qui en avait quelque chose à faire ? J'ai décidé de poser ma tête dans mes bras et de me réveiller quand le cours serait terminé. Du coin de l'œil, j'ai aperçu Callum se pencher pour prendre quelque chose dans son cartable.

Bang !

M. Jason a violemment posé son livre d'histoire sur le bureau de Callum.

– Alors, mon garçon ? Serais-tu trop pauvre pour te sentir concerné par mon cours ?

Callum n'a pas répondu. Dans la classe, il y a eu quelques ricanements. Quand M. Jason est passé devant moi, je lui ai jeté un regard noir pour lui faire comprendre ce que je pensais de son attitude.

Dans les vingt minutes qui ont suivi, il m'a engueulée deux fois. Je m'en fichais. M. Jason n'avait aucune importance. J'avais d'autres soucis en tête : je me demandais comment prouver à Callum que je me fichais que tout le monde sache que nous étions amis. Et non seulement ça. Que j'étais fière que nous soyons amis. Et tout à coup… Eurêka ! J'avais hâte que le cours se termine. Je ne pensais plus qu'à l'heure du déjeuner, je voulais être une des premières à arriver au self. Quand enfin, la sonnerie a retenti, j'ai bondi de ma chaise et je suis sortie en courant, sans un regard pour le professeur.

– Mademoiselle Hadley ?

– Excusez-moi, monsieur, je suis pressée.

Mais il ne m'a pas laissée passer.

– Eh bien, je crois que vous allez quand même sortir la dernière.

– Mais monsieur…

M. Jason a levé la main.

– Encore une réflexion et vous n'irez pas manger du tout.

Je me suis tue. M. Jason avait vraiment mauvais caractère. Alors j'ai attendu. Les autres me souriaient moqueusement en passant devant moi.

Callum et les autres Nihils étaient déjà attablés devant leurs plateaux quand je suis enfin entrée dans le réfectoire.

Pendant que j'attendais mon tour, mon cœur battait comme s'il était sur le point d'exploser. Je n'avais pourtant rien décidé d'extraordinaire. J'ai pris une part de tourte aux champignons, un flan au caramel et une petite brique de lait. Et je me suis dirigée vers la table de Callum. Callum et les autres Nihils ont levé les yeux vers moi. Et les ont baissés aussitôt.

– Je peux m'asseoir avec vous ?

Ils ont eu un air choqué. Ce n'était même pas drôle. Je me suis assise avant que Callum ait le temps de me dire de partir.

– Qu'est-ce que tu fais ? a-t-il lancé à mi-voix dès que j'ai été installée.

– Je déjeune, ai-je répondu en coupant ma tourte.

J'ai tenté un sourire à l'adresse des autres Nihils, mais ils ont gardé le nez sur leur assiette.

– Bonjour, je m'appelle Sephy Hadley.

J'ai tendu la main à une fille nihil assise à côté de moi. Elle avait un pansement marron foncé sur le front.

– Bienvenue à Heathcroft.

Elle a regardé ma main comme si c'était une bombe. Et puis, elle s'est essuyée sur sa tunique et me l'a serrée.

– Je m'appelle Shania, s'est-elle présentée d'une petite voix.

– C'est un joli prénom. Qu'est-ce qu'il veut dire ? ai-je demandé.

Shania a haussé les épaules.

– Rien.

– Ma mère m'a raconté que le mien veut dire « nuit sereine », ai-je ri. Mais Callum vous dira que je ne suis pas du tout sereine.

Shania m'a souri. Un sourire bref, mais c'était déjà ça.

– Comment va ta tête ? lui ai-je demandé, montrant le pansement.

– Ça va. Il m'en faut plus que ça. J'ai le crâne dur.

J'ai souri.

– Ton pansement n'est pas très discret.

– Ils n'en vendent pas de roses, a lâché Shania. Seulement des marron.

Je n'y avais jamais pensé. Mais elle avait raison. Les pansements avaient la couleur de notre peau. Il n'en existait pas de la couleur de la peau des Nihils.

– Sephy, qu'est-ce que tu fabriques ?

Mᵐᵉ Bawden, la conseillère d'éducation, est apparue de nulle part et s'est plantée devant moi.

– Excusez-moi ?

– Qu'est-ce que tu fais ?

– Je déjeune.

– Ne sois pas insolente.

– Je ne suis pas insolente, je déjeune, c'est tout.

– Retourne à ta table. Immédiatement ! a aboyé Mᵐᵉ Bawden.

J'ai regardé autour de moi. J'étais le centre de l'attention générale.

– Mais c'est ma table ! ai-je balbutié.

– Retourne à ta table ! Immédiatement !

Quelle table ? Je n'avais pas de table à moi. Et tout à coup, j'ai compris ce qu'elle voulait dire ; elle ne me demandait pas de regagner ma table mais de rejoindre les gens de la même couleur que moi. Callum et les autres avaient baissé les yeux sur leurs assiettes.

– Je suis assise avec mon ami Callum, ai-je murmuré.

J'entendais à peine ma propre voix. Mais Mᵐᵉ Bawden, elle, m'a très bien entendue. Elle m'a attrapée par le bras et m'a levée de ma chaise.

Je n'avais pas encore lâché mon plateau et il est tombé par terre.

– Perséphone Hadley, suis-moi ! a jappé Mme Bawden en me tirant par le bras.

J'ai essayé de me dégager mais elle me serrait aussi fort qu'un boa constrictor nourri aux stéroïdes. Est-ce que personne n'allait protester ? Non, manifestement. J'ai regardé vers Callum. Il s'est empressé de baisser les yeux. Alors j'ai cessé de me débattre. J'ai suivi Mme Bawden dans son bureau.

Callum m'avait laissée tomber. Le reste m'était égal. Il m'avait laissée tomber.

J'avais reçu le message. Il m'avait fallu du temps, mais cette fois, j'avais compris.

Callum

Il fallait que je sorte. J'ai abandonné mon plateau et j'ai traversé le réfectoire sans un mot ni un regard pour les autres. *Il fallait que je sorte.*

Je suis sorti du réfectoire, du bâtiment, de l'école. Je marchais de plus en plus vite et en atteignant le portail du collège, je courais.

J'ai couru jusqu'à en avoir mal partout, jusqu'à ce que mon cœur soit sur le point d'exploser. Et même à ce moment-là, je ne me suis pas arrêté.

J'ai couru jusqu'à la plage. Je me suis jeté sur le sable. J'étais en nage. Je me suis allongé sur le ventre et j'ai donné des grands coups de poing dans le sable. Jusqu'à ce que mes doigts saignent, écorchés par les galets et les coquillages.

Et je voulais plus que tout au monde que le sable soit le visage de Sephy.

Sephy

La Mercedes m'attendait à sa place habituelle : juste devant le collège. Quand je suis arrivée, un homme que je ne connaissais pas en est sorti et m'a ouvert la portière arrière. Il avait des cheveux châtains un peu longs. Et des yeux bleu acier.

– Qui êtes-vous ?

– Karl, le nouveau chauffeur.

– Où est Harry ? ai-je demandé en montant dans la voiture.

– Il a déménagé.

– Sans me prévenir ?

Karl a haussé les épaules et a refermé la portière. Il s'est assis au volant et a tourné la clé de contact.

– Où travaille-t-il maintenant ?

– Je l'ignore, mademoiselle.

– Pourquoi a-t-il déménagé ?

– Je ne le sais pas non plus.

– Où habite-t-il ?

– Pourquoi voulez-vous le savoir, mademoiselle Sephy ?

– Je voudrais lui envoyer un petit mot. Pour lui dire au revoir.

– Vous n'avez qu'à me le confier, mademoiselle, et je m'assurerai qu'il le reçoit.

Karl m'a regardée dans le rétroviseur.

– D'accord, ai-je fini par lâcher.

Que pouvais-je dire d'autre ?

Harry ne serait pas parti sans me dire au revoir. J'en étais sûre et certaine. Une idée horrible m'a traversé l'esprit.

– Vous… vous êtes mon nouveau chauffeur ?

– Oui, mademoiselle Sephy. Votre mère m'a embauché ce matin. Je peux vous montrer ma carte d'identité si vous le désirez.

– Non, c'est bon.

Je me suis adossée contre la banquette et j'ai bouclé ma ceinture de sécurité.

La voiture a démarré. J'ai vu les autres me montrer du doigt et ricaner. L'esclandre du midi avait fait le tour du collège. J'allais en entendre parler longtemps. M. Corsa m'avait menacée d'envoyer un courrier à mes parents. Il pouvait aussi bien tout raconter à la reine mère, si ça lui chantait. Tout ça n'aurait eu aucune importance si Callum ne m'avait pas laissée tomber. Je ne lui pardonnerai jamais. Il avait détourné les yeux, comme s'il ne me connaissait pas. Peut-être que Maman avait raison, après tout. Peut-être que les Primas et les Nihils ne pouvaient pas être amis. Peut-être y avait-il trop de différences entre nous.

Mais je ne parvenais pas à m'en convaincre.

Callum

Je ne sais pas combien de temps je suis resté sur la plage. J'ai vu le soleil disparaître derrière la ligne d'horizon. La nuit est tombée. Pourquoi ma vie était-elle soudain devenue si compliquée ? L'an dernier, je ne rêvais que d'une chose : être admis au collège de Sephy. J'ai passé du temps à réviser, à travailler. Et je n'ai pas pensé à ce qui se passerait une fois que j'y serais. Je n'avais pas réalisé que je serais aussi… indésirable. Et à quoi ça servirait, de toute façon ? Suivre ces cours ne m'ouvrait aucune possibilité d'obtenir un travail intéressant. Les Primas ne m'emploieraient que pour des fonctions subalternes. Alors pourquoi est-ce que je me donnais tant de mal ?

J'avais envie d'apprendre. Un gouffre au fond de moi demandait à être nourri de savoir, de mots, d'idées… comment pourrais-je être heureux à présent si je n'ai plus accès à toute cette masse de connaissances ?

J'essayais de toutes mes forces de comprendre pourquoi le monde fonctionnait de cette manière. On prétendait que les Primas étaient plus proches de Dieu. C'est ce qu'affirmait le livre sacré. Le fils de Dieu avait la peau noire comme eux. Les mêmes yeux qu'eux, les mêmes cheveux qu'eux. C'est ce qu'affirmait le livre sacré. Le livre sacré affirmait tant de choses. Il demandait aux êtres humains d'« aimer leur prochain » et de « ne pas faire aux autres ce que l'on ne voulait pas qu'ils nous fassent ». Est-ce que le message le plus important du livre sacré n'était pas « vivre et laisser vivre » ? Alors comment les Primas pouvaient-ils se prétendre élus de Dieu et nous traiter de cette façon ? C'est vrai, l'esclavage n'existait plus, mais Papa disait que seul le mot avait disparu. Papa ne croyait pas aux paroles du livre sacré. Maman non plus. Ils disaient que ce livre avait été écrit et traduit par des Primas et qu'ils l'avaient modifié à leur avantage. Mais comment modifier la vérité ?

Nihil. Même le mot était négatif. Nihil. Néant. Négation. Néant. Ce n'est pas nous qui nous étions choisi ce nom. Pourquoi nous l'avoir octroyé ?

– Je ne comprends pas…

Les mots sont sortis de ma bouche et se sont envolés vers le ciel.

Je ne sais pas combien de temps je suis resté assis. Ma fureur grondait en moi comme un tonnerre. Ma tête était douloureuse, ma poitrine était douloureuse. Et puis je me suis levé d'un bond. Quelqu'un m'observait. Une décharge d'électricité statique m'a traversé le corps. Sephy était un peu plus loin sur la plage, parfaitement immobile. Le vent soulevait les pans de sa veste et plaquait sa jupe contre ses jambes. Moins d'une dizaine de mètres nous séparaient. Dix mille années-lumière.

Puis Sephy a fait demi-tour et est partie.

– Sephy, attends !

J'ai couru derrière elle.

Elle ne s'est pas arrêtée.

– Sephy, s'il te plaît, attends.

Je l'ai rattrapée et l'ai obligée à se retourner vers moi. Elle s'est écartée comme si j'étais contagieux.

– Quoi ?

– Arrête, ai-je demandé.

– Arrête quoi ?

– Reste.

– Non.

– Pourquoi ?

J'ai d'abord cru qu'elle n'allait pas répondre.

– Je ne reste pas quand on ne veut pas de moi.

Sephy m'a de nouveau tourné le dos. Je l'ai contournée et je lui ai fait face.

– J'ai agi ainsi pour ton bien.

– Ah oui. Pour mon bien, ou parce que tu avais peur de ce que les autres allaient penser de toi ?

– Un peu des deux, ai-je reconnu.

Sephy n'a pas répondu.

– Je suis désolé.

– Moi aussi. À plus tard, Callum.

Sephy a essayé de faire un pas, mais je l'en ai empêchée. La peur me tordait les entrailles. Si elle partait maintenant, ce serait la fin. Pourtant, quelques heures plus tôt, c'est exactement ce que je désirais.

– Sephy.

– Quoi ?

– Si nous allions au parc samedi ? Nous pourrions pique-niquer.

Les yeux de Sephy ont étincelé d'envie mais elle essayait de n'en rien montrer. J'ai intérieurement poussé un soupir de soulagement.

– Au parc...

– Oui. Rien que toi et moi.

– Et tu n'auras pas honte de te promener avec moi ?

– Ne sois pas ridicule.

– À quelle heure ?

– Dix heures et demie devant la gare.

– D'accord, a accepté Sephy.

Elle a repris sa marche.

– Qu'est-ce que tu fais ? lui ai-je demandé.

– Je rentre à la maison.

– Pourquoi tu ne restes pas un peu ?

– Je ne veux pas te déranger.

– Sephy, arrête, ai-je grogné.

– Arrête quoi ? Tu es un snob, Callum. Je ne m'en étais jamais aperçue avant aujourd'hui, a lancé Sephy avec colère. J'ai pensé que tu étais différent des autres. Un peu plus malin. Mais je me suis trompée. « Les Primas et les Nihils ne doivent pas s'afficher ensemble. Les Primas et les Nihils ne devraient même pas vivre sur la même planète. »

– Tu sais très bien que je ne pense pas ces conneries !

– Je n'en suis pas si sûre.

Sephy a secoué la tête.

– Si tu n'es pas un snob, tu es un hypocrite, ce qui est pire. « Je veux bien te parler mais seulement si personne ne nous voit. »

– Chut, tais-toi…

– Pourquoi, la vérité te blesse ? a glapi Sephy. Alors Callum, tu es quoi ? Un snob ou un hypocrite ?

– Lâche-moi, Sephy.

– Avec plaisir.

Et cette fois, quand Sephy s'est éloignée, je ne l'ai pas retenue. Je l'ai juste regardée s'éloigner.

Sephy

Il y a un proverbe qui dit : « Attention à ce que tu souhaites, tu pourrais l'obtenir. » Je n'avais jamais vraiment compris ce qu'il voulait dire. À présent oui. Tous ces mois à aider Callum pour qu'il réussisse l'examen d'entrée à Heathcroft. À souhaiter de toutes mes forces qu'il soit reçu pour que nous allions à la même école, peut-être dans la même classe.

Tout s'était réalisé et c'était pire qu'un cauchemar.

Je ne pouvais pourtant pas rester enfermée dans les toilettes toute la journée. Et de qui voulais-je me cacher de toute façon ? De tous ces gens qui me montraient du doigt et parlaient à voix basse sur mon passage ? Oui. Et je me cachais aussi pour ne pas croiser Callum. J'avais peur de me trouver face à lui. J'avais peur qu'il ne veuille plus être mon ami. Si nous ne nous voyions pas, je pourrais faire comme si rien n'avait changé. Après tout, je pourrais peut-être rester assise sur le couvercle des toilettes pour toujours. La cloche a annoncé la fin de la récréation. J'ai pris une grande inspiration.

– Allons, courage, me suis-je murmuré.

J'ai levé le loquet et j'ai poussé la porte.

J'allais sortir quand c'est arrivé. Lola, Joanne et Dionne m'ont poussée dans les toilettes et se sont jetées sur moi.

– On veut te causer, a commencé Lola.

– Ici ? ai-je demandé.

Joanne m'a poussée. J'ai vacillé et je me suis cognée contre le mur.

– On sait ce que tu as fait hier, a dit Joanne.

– J'ai fait des tas de choses hier.

Mon cœur cognait dans ma poitrine, mais je n'avais pas l'intention de montrer ma peur.

– Au réfectoire, a repris Joanne. Tu t'es assise avec les Néants.

– Et qu'est-ce que ça peut te faire ?

Lola m'a giflée. J'ai porté la main à ma joue. Elle ne m'avait pas frappée très fort, mais c'était la première fois que je recevais une claque. Même Minerva ma sœur ne m'en avait jamais donné.

– Je me fiche que ton père soit ministre ou Dieu tout-puissant ! a craché Lola. Ne te mélange pas avec les Néants. Si tu recommences, tout le monde au collège te traitera comme eux.

– Alors réfléchis bien et choisis ton camp, a ajouté Joanne.

– D'ailleurs pourquoi tu traînes avec eux ? est intervenue Dionne. Ils puent et ils mangent des trucs dégueus. Ils ne savent pas ce qu'est le savon.

– Quelles conneries !

Les mots étaient sortis de ma bouche sans que je puisse les retenir.

– Callum prend une douche chaque matin et il ne pue pas. Aucun d'entre eux ne pue !

Dionne, Lola et Joanne se sont regardées.

Lola m'a poussée et je me suis retrouvée assise sur l'abattant des toilettes.

La porte va s'ouvrir et Callum va apparaître. Il va me sortir de là. Il va m'aider. Callum...

J'ai essayé de me redresser mais Lola m'a poussée de nouveau et a posé ses mains sur mes épaules pour que je ne puisse plus bouger.

– Ne répète jamais ce que tu viens de dire, a-t-elle sifflé. Choisis bien tes amis. Si tu parles de nouveau aux Néants, tu n'auras plus un seul ami dans tout le collège.

– Pourquoi vous les détestez autant ? ai-je voulu savoir. Je parie qu'aucune de vous n'a parlé à un Nihil de toute sa vie.

– Bien sûr que si ! a claironné Joanne. J'ai parlé à un tas de Nihils dans ma vie : quand ils nous servent dans les magasins ou les restaurants...

– Et au réfectoire...

– Exactement ! Et de toute façon, on n'a pas besoin de leur parler. On les voit à la télé tous les jours. Ils appartiennent tous à la Milice de libération et ils commettent des tas de vols et de crimes...

Je n'en revenais pas. Elles ne pouvaient pas croire à ce qu'elles disaient. L'expression de mon visage ne laissait aucun doute sur ce que je pensais.

– La télé dit la vérité, a affirmé Lola.

– La télé ment sans arrêt. Ils nous disent ce que nous voulons entendre.

Callum n'arrêtait pas de me le répéter. Jusqu'à présent, je n'avais pas compris. Maintenant oui.

Joanne a écarquillé les yeux.

– Qui t'a dit ça ? Ton père ?

– Mais non ! Je parie que c'est un de ses petits copains néants, a lâché Lola sur un ton méprisant. Les Néants ! C'est pas pour rien qu'on les appelle comme ça.

– Ouais ! a renchéri Dionne. C'est pour ça qu'ils nous servent. On est supérieurs.

– C'est complètement idiot ! me suis-je révoltée. Les Nihils sont comme nous. C'est vous qui êtes stupides et ignorantes et...

Lola m'a giflée de nouveau, mais cette fois je m'y attendais. Elle ne l'emporterait pas au paradis. Je lui ai balancé un coup de poing dans l'estomac. Elle a vacillé en lâchant un « ouch » de surprise et de douleur. J'ai cogné avec mes poings, mes pieds, mes coudes, mes épaules, mais Joanne et Lola ont vite réagi : elles m'ont immobilisée et Dionne s'est jetée sur moi. Dionne avait l'habitude de se battre, tout le monde le savait au collège. Mais si elle croyait que j'allais me mettre à pleurer ou à supplier, elle pouvait attendre longtemps. Elle m'a lancé un sourire satisfait.

– Pute à Blancs, a-t-elle lâché. Tu as bien cherché ce qui te tombe dessus !

Et elle s'est mise à me frapper. De toutes ses forces.

SOUVENIRS

Callum

–Callum, attends !

C'était la fin d'une nouvelle journée au collège. Une journée où j'avais encore appris à quel point les Primas nous détestaient et nous méprisaient. Je me répétais que seuls quelques Primas m'insultaient, mais ça ne m'aidait pas beaucoup. Après tout, les autres ne faisaient rien pour les en empêcher.

–Callum, attends !

Shania courait derrière moi, son sac de classe tressautait sur sa hanche.

–Qu'est-ce qu'il y a ?

–Tu es au courant ? m'a-t-elle demandé.

–Quoi ?

–Pour Sephy.

–Eh bien, quoi ?

–Elle a été battue, a dit Shania avec un grand sourire. On l'a retrouvée en train de pleurer dans les toilettes des filles.

Mon cœur a cessé de battre. Il a vraiment cessé de battre. J'ai regardé Shania. Je n'aurais pas pu dire un mot, même si ma vie en avait dépendu.

–C'est bien fait pour elle, a ri Shania. Tu as vu comme elle est venue à notre table hier. Pour nous en mettre plein la vue.

–Ce n'est pas ce qu'elle a fait.

C'était ma voix ? Si froide ?

–Bien sûr que si. Elle voulait nous rabaisser. Nous montrer que même si elle est plus jeune que nous, c'est elle qui mène le jeu. C'est bien. On n'a même pas eu besoin de lui donner une leçon, ceux de sa race s'en sont chargés pour nous.

–Tu te trompes. Elle n'est pas comme ça.

– Tout ça parce que son père est au gouvernement, elle n'en peut plus de sa vie. Je suis sûre qu'elle s'est lavé la main après m'avoir dit bonjour.

– Où est-elle ?

– Ils ont appelé sa mère mais personne ne savait où elle était. Sûrement en train de se faire les ongles ou un truc comme ça. Alors, ils ont prévenu son chauffeur et c'est lui qui est venu la chercher…

Je n'écoutais plus. J'ai repris ma marche.

– Eh Callum, attends-moi. On va manger une glace à…

Je me suis mis à courir. Si vite que mes pieds touchaient à peine le sol. J'ai couru, couru jusqu'à la maison des Hadley. J'ai sonné à la porte. J'ai gardé mon doigt sur la sonnette jusqu'à ce que quelqu'un vienne m'ouvrir.

– Oui ?

C'était Sarah Pike, la secrétaire de Mme Hadley. Elle m'a dévisagé avec un air soupçonneux.

– Je voudrais voir Sephy. S'il vous plaît.

– Le médecin a demandé qu'elle ne soit pas dérangée.

Sarah a essayé de me fermer la porte au nez. J'ai mis mon pied pour l'en empêcher.

– Je veux voir Sephy.

– Elle a été violemment frappée et elle est choquée. Le médecin a exigé qu'elle reste à la maison jusqu'à la fin de la semaine.

– Que s'est-il passé ? Pourquoi…

– Sarah ? Qui est-ce ?

Au son de la voix de Mme Hadley, Sarah m'a presque broyé le pied en essayant de refermer la porte. J'ai repoussé le battant et Sarah a été obligée de s'écarter. Mme Hadley s'est arrêtée dans l'escalier en me voyant. Elle m'a immédiatement reconnu.

– Tu es le fils McGrégor, n'est-ce pas ?

– Oui, madame Hadley.

Elle le savait parfaitement.

– Qu'est-ce que tu veux ?

Sa voix était glaciale.

– J'ai appris ce qui est arrivé. Je voudrais voir Sephy. S'il vous plaît.

– Tu ne crois pas que tu en as assez fait ?

J'ai froncé les sourcils. De quoi parlait-elle ?

– Ma fille a été battue parce qu'elle s'est assise à ta table hier, a poursuivi Mme Hadley. Tu dois être fier de toi.

J'ai secoué la tête. J'ai essayé de trouver une repartie, mais rien n'est venu.

– Et elle m'a raconté que tu lui as tourné le dos et lui as demandé de partir, a continué Mme Hadley. Est-ce vrai ?

Mme Hadley ne comprenait pas. Personne ne comprenait. Même pas Sephy.

– Vous croyez que j'aurais dû la laisser s'asseoir à ma table sans rien dire ? Je savais ce qui allait se passer. C'est pour ça que je ne voulais pas qu'elle s'affiche avec nous. C'est seulement pour ça.

– C'est ce que tu dis.

Mme Hadley a fait volte-face et a remonté les marches.

– Si je l'avais accueillie à la table des Nihils avec le sourire, vous auriez été la première à me le reprocher. Et à le lui reprocher à elle.

– Sarah, fais partir ce garçon. Et assure-toi qu'il ne remette jamais les pieds chez moi.

Mme Hadley a donné cet ordre sans même prendre la peine de se retourner. Elle a juste continué à monter les marches, avec nonchalance.

– S'il vous plaît, laissez-moi voir Sephy, ai-je supplié.

– Tu dois partir, maintenant, a dit Sarah, sur un ton d'excuse.

– S'il vous plaît…

– Je suis désolée.

Sarah a doucement mais fermement repoussé mon pied et fermé la porte.

Désespéré, j'ai passé ma main sur mon visage en sueur.

Personne ne me comprenait. Personne.

Même moi je ne me comprenais pas.

Sephy

Il n'y avait rien à la télé. J'avais le choix entre des dessins animés débiles, un jeu stupide, les infos ou un film de guerre. En soupirant, j'ai mis les infos. J'ai regardé d'un œil distrait. Le journaliste parlait d'un banquier emprisonné pour fraude et de trois cambrioleurs nihils qui avaient attaqué une bijouterie en fracassant la vitrine avec des motos. Ils s'étaient enfuis avec des bijoux et des montres pour une valeur d'un million. Pourquoi est-ce que le journaliste précisait que c'étaient des Nihils ? Le banquier, lui, était prima et le journaliste n'avait pas jugé utile de le mentionner.

– C'était qui ?

Minnie venait d'entrer dans ma chambre.

– Qui t'a fait ça, Sephy ? a-t-elle répété. Qui t'a tapée ? Je vais les tuer.

J'ai éteint la télé et tourné la tête vers le mur. *Va-t-en, Minnie*, ai-je pensé.

Sa colère était réconfortante. Et surprenante. Mais je voulais rester seule. Tout mon corps me faisait mal. Sauf peut-être trois cils... la dernière chose dont j'avais envie était de parler, je ne voulais pas risquer de rouvrir les plaies sur mes lèvres.

– Combien étaient-ils ?

J'ai levé trois doigts.

– Des filles ? Tu les reconnaîtrais si tu les croisais ?

J'ai haussé les épaules.

– Est-ce que tu les reconnaîtrais ?

– Je ne sais pas. Peut-être. Va-t'en.

Je parlais comme si j'avais la bouche pleine de graviers. De graviers pointus.

– Personne n'a le droit de frapper ma sœur et de s'en tirer comme ça. Personne.

– Pourtant, c'est ce qui s'est passé.

– Je vais trouver qui c'est et... elles vont regretter de t'avoir fait mal.

Le regard implacable de ma sœur prouvait qu'elle ne plaisantait pas. Pas du tout même. Pour la première fois depuis que les trois salopes m'avaient cognée, je me sentais presque bien. Minnie n'avait jamais pris parti pour moi comme ça avant. Ça valait presque le coup de s'être fait casser la figure...

– Personne ne touche un Hadley, personne ! a tempêté Minnie. S'ils pensent pouvoir te régler ton compte sans avoir de problème, ils ne seront pas longs à s'en prendre à moi...

Ah, c'était donc ça.

– Va-t'en, Minnie, sors de ma chambre.

J'ai craché les mots et même s'ils n'étaient pas tout à fait compréhensibles, mon regard était sans équivoque. Minnie a obéi sans un mot. Elle a claqué la porte.

J'ai fermé les yeux pour me concentrer sur autre chose que mes bleus. Callum. Penser à lui ne m'apportait plus de réconfort. Tout le monde s'en fichait. Tout le monde se fichait de ce que j'étais au fond de moi, de ce que je ressentais au fond de moi. Même mon meilleur ami m'avait laissée tomber. Je savais que je m'apitoyais sur mon propre sort mais je ne pouvais pas m'en empêcher. Je n'avais plus personne à qui parler. Je n'avais plus rien.

Sales Nihils… tout était leur faute. Si je n'avais pas voulu me montrer sympa avec eux… Quant à Lola et aux deux autres, elles ne perdaient rien pour attendre. J'ai ouvert les yeux et j'ai fixé le plafond. La haine me remplissait. Minnie et moi avions plus en commun que je ne l'aurais cru. Et ça me convenait assez bien.

Callum

Des maths ! Oui, je pouvais me concentrer sur un exercice de maths. Voilà au moins une chose dans le monde qui n'était pas absurde. Mme Paxton m'avait pris à part pour m'annoncer que je pourrais suivre le programme de mon âge dès Noël. Mme Paxton était une des rares professeurs qui ne me traitaient pas comme un rien du tout. Elle m'avait même proposé des cours particuliers pendant la pause du midi. J'étais au beau milieu d'une équation quand un bruit dans la classe m'a fait lever le nez.

Sephy.

Mon cœur a bondi dans ma poitrine. Sephy était de retour. Je ne l'avais pas vue depuis cinq jours. Elle semblait aller bien. Une de ses pommettes était un peu enflée, mais c'est tout. Il y avait ses yeux aussi. Ils n'avaient pas de marques, mais elle prenait garde de ne pas les diriger vers moi.

– Nous sommes heureux de vous retrouver parmi nous, Perséphone, l'a accueillie Mme Paxton.

– Merci, a faiblement souri Sephy.

– Asseyez-vous.

Mme Paxton avait recommencé à écrire au tableau.

Observée par les autres élèves, Sephy a cherché une place. Il n'en restait qu'une : à côté de moi. Sephy a croisé mon regard, et a baissé les yeux aussitôt. J'ai courbé la nuque.

Mme Paxton s'est retournée.

– Quelque chose ne va pas, Perséphone ?

– Il n'y a plus de place, madame Paxton, a calmement répondu Sephy.

– Mais si, près de Callum. Eh, ça suffit, les autres, cessez de chuchoter !

– Mme Bawden m'a interdit de m'asseoir près des Nihils.

– Mme Bawden ne parlait que du réfectoire, a déclaré Mme Paxton. Il n'y a plus qu'une place dans la classe, alors, à moins que vous ne préfériez vous asseoir par terre, je vous suggère de vous y installer.

En traînant les pieds, Sephy est venue s'asseoir. Pas une fois, elle n'a levé les yeux vers moi.

Je me sentais mal.

J'avais envie de la regarder mais je n'osais pas.

J'ai croisé les bras, penché la tête, fermé les yeux.

Je sais que nous, les Nihils, ne sommes pas censés croire en vous et encore moins prier, car vous êtes en réalité le Dieu des Primas, mais s'il vous plaît ne laissez personne s'interposer entre Sephy et moi. Je vous en supplie. Si vous existez, écoutez-moi.

Sephy

Le temps passe aussi lentement que s'il traînait une énorme baleine bleue derrière lui. Callum aurait pu dire ça. J'ai souri mais mon sourire n'a duré que quelques secondes. Callum aurait pu dire ça. Quand il me parlait encore. Quand nous étions amis. Mme Paxton nous abreuvait d'équations comme si nous étions des ordinateurs. Je ne comprenais rien. Je ne cherchais pas à comprendre. J'attendais la sonnerie. Allez… vite… Ah, enfin !

Je n'ai pas pris le temps de ranger mes affaires de classe. J'ai tout enfourné dans mon cartable.

– Sephy, attends.

Je me suis immobilisée. Et rassise.

– Comment vas-tu ?

– Bien, merci.

Je ne pouvais pas le regarder. J'allais me relever quand la main de Callum s'est posée sur mon bras. Il n'aurait pas dû me toucher.

– Je suis content.

– Ah oui ? Qu'est-ce que ça peut te faire ?

Callum a écarquillé les yeux.

Tous les élèves dans la classe tendaient l'oreille. Ils faisaient semblant de ne pas écouter mais ils n'en perdaient pas une miette.

J'ai baissé la voix. C'était la dernière fois que je m'adressais à Callum.

– Tu fais semblant de t'inquiéter pour moi alors que tu n'es pas venu me voir une seule fois. Tu ne m'as même pas envoyé un petit mot.

Le visage de Callum s'est éclairé.

– Je suis venu chaque jour, a-t-il murmuré. Ta mère avait donné des ordres pour que je ne puisse pas entrer, j'attendais devant chez toi chaque soir après les cours. Demande à ta mère, si tu ne me crois pas. Non, demande à Sarah plutôt.

Silence.

– Tu es venu ?

– Chaque jour.

– C'est vrai ?

– Demande à Sarah.

Je n'avais pas besoin de demander à Sarah.

– Sephy, une armée n'aurait pas pu m'empêcher de venir.

Nous nous sommes regardés, sans sourire.

– Je dois y aller.

Nous attirions beaucoup trop l'attention. Callum s'est levé.

– Retrouvons-nous à l'endroit habituel ce soir, après le dîner. Nous pourrons discuter.

Je n'ai pas répondu.

– Sephy, si tu ne viens pas, je comprendrai.

Callum

Elle ne viendra pas. Pourquoi ferait-elle cet effort après tout ce qu'elle a vécu ? Après que je l'ai laissée tomber. Si je cessais de me mentir, je devais reconnaître que ma réaction au réfectoire avait plus pour but de me protéger moi-même que Sephy. J'avais peur. Peur de me faire remarquer. Peur d'être trop grand, peur d'être trop petit. Peur d'être avec

93

Sephy, peur de ne pas l'avoir à mes côtés. Incapable de rire, de mentir, de lever la tête, d'ignorer les autres. J'avais peur, peur, peur.

J'étais fatigué d'avoir peur tout le temps. Je voulais que ça s'arrête.

– Bonsoir Callum.

Sephy.

– Bonsoir, Sephy. Comment vas-tu ?

Elle regardait la mer.

– Bien, merci. C'est une belle soirée, n'est-ce pas ?

– Ah oui ? Je n'avais pas remarqué.

J'ai regardé dans la même direction qu'elle. Elle avait raison. Le ciel était embrasé, les vagues, blanches et argent, se brisaient contre les rochers. Mais j'avais autre chose en tête.

– Perséphone, tu dois me croire. Je suis venu chez toi, je te le jure…

– Je sais, a souri Sephy.

– Tu as demandé à Sarah ?

– Ce n'était pas la peine.

– Je ne comprends pas.

– Je n'avais pas besoin de lui demander parce que je te crois.

J'ai observé son visage et j'ai vu. J'ai vu que Sephy, ma Sephy, était de retour. Le soulagement m'a enveloppé, doux comme les ailes d'un ange. Mes mains ont tremblé sans que je puisse les empêcher.

– Et puis, ce que tu as dit sur Maman sonne juste, a ajouté Sephy.

Je voulais lui demander qui, pourquoi, comment, mais je n'y arrivais pas. Je ne voulais pas la blesser. Nous sommes restés assis l'un à côté de l'autre. Silencieux. Mais le besoin de me faire pardonner me rongeait.

– Je suis désolée, je n'ai pas pu venir au parc samedi dernier, a soupiré Sephy. J'en avais pourtant très envie.

– Une autre fois...

Encore un silence.

– Tu te rappelles, Sephy, la dernière fois que nous sommes allés au parc ?

– Pour pique-niquer ? Cet été ?

J'ai acquiescé.

– Oui, bien sûr, je me souviens. Pourquoi ?

– De quoi tu te rappelles ?

Sephy a haussé les épaules.

– Nous avons pris le train, trouvé un endroit isolé, mangé notre pique-nique, joué à des jeux idiots, et puis nous sommes rentrés à la maison. C'était une chouette journée.

– C'est tout ?

– Oui.

J'ai examiné Sephy. Disait-elle la vérité ? Sa vision des choses était-elle si différente de la mienne ? Une chouette journée... Était-ce vraiment tout ce qu'elle se rappelait ? C'était étrange. Je n'avais pas tout à fait les mêmes souvenirs...

LE PIQUE-NIQUE

Sephy

Nous nous étions bien amusés au parc. J'avais menti à Maman. Elle croyait que je passais la journée avec Héléna et ses parents. Je savais qu'elle ne vérifierait pas. Les parents d'Héléna étaient aussi riches que nous et, dans la tête de Maman, ça signifiait que je ne pouvais pas mentir. Pourquoi mentirais-je en affirmant que je passais l'après-midi avec la fille la plus riche et la plus ennuyeuse de ma classe ? Enfin, de ma classe... Nous ne nous adressions jamais la parole.

La famille d'Héléna était comme la mienne – c'est l'expression que Maman utilisait. Je pouvais passer autant de temps avec elle que je le désirais.

Alors j'ai menti. J'ai retrouvé Callum devant la gare. Le parc était magnifique. La journée, fantastique.

Enfin, sauf le trajet en train...

Callum

Je ne savais pas si Sephy viendrait. En fait, je n'étais jamais sûr et pourtant, elle venait toujours. Et à chaque fois, je me disais : tu vois, tu devrais avoir plus confiance en elle. Je me promettais : la prochaine fois. La prochaine fois, je ne douterai pas.

Mais la fois suivante, je m'inquiétais et me demandais si Sephy allait me laisser tomber.

– À quoi tu penses ? m'a-t-elle demandé.

Sa voix m'a fait sursauter. Elle a enfoncé son doigt dans mes côtes.

– Sephy, ne fais pas ça ! ai-je râlé.

– Tu adores !

Sephy souriait en marchant à mes côtés.

– Non, je déteste.

– Eh bien, je vois que tu es de bonne humeur !

J'ai pris une grande inspiration et j'ai souri. Ce n'était pas moi, mais mes doutes qui me mettaient de mauvaise humeur. Mais elle était là, à présent. Elle était là.

S e p h y

Un de ces jours, Callum se laissera aller et aura l'air content de me voir. Faut juste que je sois patiente, c'est tout.

– Tiens, ton ticket.

Je le lui ai tendu. J'avais vidé mon compte en banque pour acheter deux places en première classe. J'aurais pu demander de l'argent à Maman ou à Sarah, mais elles auraient posé des questions. C'était beaucoup mieux comme ça. Ce jour n'appartenait qu'à moi et Callum.

– Cette journée va être parfaite.

Je le sentais au fond de moi.

Callum

Le trajet a été un cauchemar. Un cauchemar qui a gâché toute la journée. Qui *m'a* gâché toute la journée. Nous allions au parc. Il ne nous restait que trois arrêts quand ils sont montés. Les policiers. Ils étaient deux. Leur visage reflétait un profond ennui.

– Cartes d'identité, s'il vous plaît.

Sephy a eu l'air surpris. Pas moi. Nous avons sorti nos cartes d'identité pendant que les policiers contrôlaient les autres voyageurs. J'étais le seul Nihil dans le wagon. Allaient-ils me poser des questions ? *Eh, à ton avis, Callum ? Est-ce que la merde de cochon pue ?*

Un des policiers, grand et musclé, une fine moustache sous le nez, s'est arrêté devant moi. Il a regardé ma carte sans un mot. Puis il a aboyé :

– Ton nom ?

Tu ne sais pas lire ?

– Callum McGrégor.

– Ton âge ?

– Quinze ans.

Tu sais pas lire les chiffres non plus, on dirait.

– Où tu vas ?

Ça te regarde pas.

– Au parc.

– Pourquoi ?

Me couper les ongles de pied.

– Pique-niquer.

– Où habites-tu ?

Sur la lune.

– Quartier des Prairies.

Quel joli nom. En réalité mon quartier devrait plutôt s'appeler le quartier des ordures. Le policier a observé ma carte et m'a dévisagé de nouveau. L'empreinte de mon pouce était sur la carte. Allait-il sortir une loupe et me demander de tendre la main droite pour comparer ? Je n'en aurais pas été plus surpris que ça.

– T'es loin de chez toi, mon garçon.

Je me suis mordu l'intérieur de la joue. Il valait mieux que je ne réponde pas. L'autre policier avait rejoint le premier. Ils étaient si près de moi qu'on n'aurait pas pu glisser une feuille de papier à cigarette entre leurs jambes et mes genoux. J'ai soupiré.

Mesdames et messieurs, pour vous aujourd'hui une nouvelle représentation du célèbre spectacle : tu es un Nihil et on va faire ce qu'il faut pour que tu ne l'oublies pas, Néant.

– Ton titre de transport.

J'ai tendu mon ticket.

– Comment as-tu eu l'argent pour acheter ce ticket ?

Je les ai regardés sans répondre. Qu'est-ce qu'ils cherchaient ? De toute façon, quoi que je fasse, ils avaient décidé de s'en payer une tranche à mes dépens.

– Je t'ai posé une question, a insisté Moustache.

Comme si j'avais oublié.

– C'est toi qui as acheté ce ticket ? a demandé le compère de Moustache.

Que répondre ? Un mensonge ou la vérité ? Je ne pouvais pas voir Sephy. Les frères Débiles se tenaient entre nous.

– Je t'ai posé une question. Est-ce que tu as acheté ce ticket ?

– Non.

– Suis-nous.

Voilà, j'allais me faire descendre du train à coups de pied aux fesses.

Comment un Nihil osait-il s'asseoir en première classe ? C'était une honte. C'était écœurant ! Désinfectez cette place immédiatement !

– Monsieur l'agent. Il est avec moi. C'est moi qui ai acheté les tickets.

Sephy s'était levée.

– Il y a un problème ?

– Qui êtes-vous ?

– Perséphone Hadley, la fille du ministre de l'Intérieur, Kamal Hadley. Callum est mon ami, a déclaré Sephy sans trembler.

– Ah oui ?

– Parfaitement.

La voix de Sephy était coupante comme un rasoir. Je ne l'avais jamais entendue parler ainsi.

– Je vois, dit Moustache.

– Je peux vous donner le numéro de téléphone de mon père, si vous voulez, a ajouté Sephy. Il réglera le problème très rapidement. Vous verrez tout ça avec Juno Ayelette, sa secrétaire personnelle.

Attention Sephy. N'en fais pas trop.

– Alors, monsieur l'agent, y a-t-il un problème ?

Le ton de Sephy s'était fait menaçant.

Moustache m'a rendu ma carte d'identité.

– Voulez-vous vérifier la mienne ? a demandé Sephy en tendant sa carte.

– Ce ne sera pas nécessaire, mademoiselle Hadley.

Moustache s'était presque incliné devant elle.

– Mais si, j'insiste.

Sephy a collé sa carte sous le nez de Moustache.

– Ce ne sera pas nécessaire, a répété Moustache en regardant Sephy droit dans les yeux.

Sephy s'est rassise.

– Très bien.

Elle a regardé par la fenêtre. Moustache était ainsi congédié. Il pouvait disparaître. La mère de Sephy aurait été fière de sa fille. Moustache m'a jeté un coup d'œil accusateur, comme si j'étais responsable de son humiliation. Il crevait d'envie de rétablir son autorité mais il ne pouvait pas.

Le train s'est arrêté. Les deux policiers sont descendus.

Sephy m'a adressé un clin d'œil.

– Ça va ? a-t-elle demandé.

– Oui, ai-je menti. On a bien ri.

Sephy a haussé les épaules.

– Je n'avais pas envie de rire, mais il était hors de question que quelqu'un me gâche cette journée.

J'ai baissé les yeux. Je ne voulais pas regarder Sephy. Pas tout de suite. Ce n'était pas sa faute si les policiers m'avaient traité comme un chien. Comme un Nihil, tout simplement. Ce n'était pas sa faute si les vigiles me suivaient partout dès que je passais la porte d'un magasin. J'avais arrêté d'entrer dans les librairies et les boutiques de jouets. Tous les Primas savaient que les Nihils étaient des voleurs. Ce n'était pas la faute de Sephy si tout le monde pensait, au premier regard, que j'étais stupide et mal élevé. Ce n'était pas sa faute si elle était une Prima.

Alors j'ai gardé la tête appuyée contre la vitre et j'ai repoussé mon angoisse loin au fond de moi. Tout au fond. Comme je le faisais d'habitude.

Je ne voulais pas regarder Sephy. Pas maintenant. Pas maintenant.

FRACAS

Sephy

— Tu penses à ces policiers dans le train, n'est-ce pas ? ai-je demandé.

Callum n'a pas nié.

Je le comprenais. Si j'avais été à sa place, j'aurais également été ennuyée de l'attitude de ces policiers.

Ennuyée ? Sephy, sois honnête. Callum était bien plus qu'ennuyé.

— Pourquoi voulais-tu que je me rappelle cette journée au parc ? ai-je insisté.

Callum a haussé les épaules. Puis souri.

— Parce que c'était une belle journée. Quand nous sommes arrivés au parc, nous étions rien que nous deux.

Il mentait. Il avait pensé à quelque chose. Dans sa tête, il y avait un lien entre les policiers du train et le fait que ma mère ne voulait pas le laisser me voir. Je ne suis pas complètement stupide. Je ne suis plus aussi naïve qu'avant. J'ai grandi ces derniers jours. Je voulais que Callum me dise ce qu'il pensait réellement, mais je reconnais qu'une part de moi avait peur de l'entendre. Alors j'ai juste hoché la tête.

Ce n'était pas grave si je ne disais rien à Callum. Je n'avais pas oublié la manière dont les policiers l'avaient traité. J'avais eu honte.

J'avais eu honte à plusieurs reprises, ces derniers temps.

Et je ne pouvais m'empêcher d'en vouloir à Callum.

J'en avais assez de me sentir coupable d'exister et c'est l'impression que je commençais à avoir quand j'étais avec lui.

Je me posais des milliers de questions qui ne m'avaient jamais effleurée jusqu'à présent. Pourquoi dans les vieux films en noir et blanc, les hommes nihils étaient-ils toujours des brutes, des alcooliques ou les deux ? Et les femmes nihils, des servantes idiotes ? Les Nihils avaient été nos esclaves, mais l'esclavage était aboli depuis longtemps. On n'entendait jamais parler des Nihils à la télé sauf dans les faits divers aux infos.

Pourquoi est-ce que je me posais des tas de questions sur les gens, quand je les croisais ?

J'observais les gens. Les Nihils comme les Primas. Leur visage, le langage de leur corps, leur façon de parler avec ceux de leur espèce, leur façon de parler avec les autres.

Entre eux, les Nihils étaient détendus, ce qui n'était jamais vraiment le cas quand ils étaient en présence de Primas. Les Primas semblaient toujours méfiants quand ils se trouvaient avec des Nihils. Les femmes serraient leur sac contre leur poitrine et accéléraient le pas.

Les Nihils et les Primas se croisaient sans jamais se regarder vraiment.

Je ne me rappelle pas quand nos vies ont commencé à devenir compliquées. Il y a quelques années, peut-être même seulement quelques mois, tout était plus facile. Mais la douleur dans ma poitrine me disait que ce temps était révolu.

– C'était une belle journée, a répété Callum.

Il m'a fallu une seconde pour comprendre.

– Oui. C'était une belle journée.

C'était presque vrai.

Parle, Callum. Quoi que tu aies sur le cœur, dis-le. Je suis prête à entendre.

Mais il n'a rien dit.

Nous sommes restés silencieux pendant une ou deux minutes.

– Ce sera bientôt l'hiver, ai-je soupiré.

En hiver, c'était toujours plus difficile de trouver des excuses pour sortir de la maison. Aux beaux jours, Maman acceptait que je me promène sur la plage parce qu'elle pensait que j'étais une rêveuse. Et puis, je ne risquais rien sur la plage privée.

Mais en hiver, il n'en était plus question. Je reconnais que moi-même, je n'aimais pas tellement me retrouver là, comme ce soir, en pleine nuit, dans le vent. Ces ombres me rendaient nerveuse.

– Qui t'a frappée ?

– Quoi ?

– Qui t'a frappée ? a répété Callum.

– Tout le monde me pose la même question. Si on laissait tomber ?

– Tu ne veux quand même pas qu'ils s'en tirent aussi facilement ?

– Non. Mais que veux-tu que je fasse ? Je pourrais les dénoncer au proviseur et les faire renvoyer. Ou semer des punaises dans leurs chaussures, ou leur sauter dessus quand elles sont seules. J'en avais envie, mais ça ne vaut pas le coup. Ce qui m'est arrivé, j'ai envie de l'oublier.

– Dis-moi qui t'a fait ça et ensuite tu pourras tout oublier, a dit Callum.

J'ai froncé les sourcils.

– Tu ne vas pas faire un truc idiot ?

– Bien sûr que non. Je veux juste savoir qui c'est.

– Lola, Joanne et Dionne. Elles sont dans la classe de Mme Watson, ai-je fini par lâcher. Mais ça m'est égal maintenant.

– D'accord.

– Callum…

– J'étais juste curieux. Et de toute façon, qu'est-ce que je pourrais faire ? Ce sont des Primas et je ne suis qu'un Nihil.

– Arrête…

– Quoi ?

– Callum, c'est moi, Sephy. Je ne suis pas ton ennemie.

J'ai pris son visage dans mes mains.

– Regarde-moi, Callum.

– Je suis désolé, a-t-il fini par chuchoter.

– Moi aussi. Moi aussi.

Callum

Quand je suis rentré, la maison était en effervescence. Mais ça n'avait rien à voir avec moi. Lynette avait une crise et Jude, comme d'habitude, la houspillait.

Je l'entendais crier. J'ai pensé : toujours la même histoire. Mais je me trompais.

Pour la première fois, Lynette répondait à Jude. Mon frère et ma sœur se faisaient face, mon père se tenait entre eux. La lèvre de Jude saignait…

– Tu n'es qu'un sale con ! hurlait Lynette.

– Oui, mais moi au moins, je ne me raconte pas d'histoires !

– Qu'est-ce que tu veux dire par là ?

– Jude, arrête. Lynette, s'il te plaît.

C'est tout ce que Papa réussissait à dire.

J'ai cherché Maman des yeux. Mais elle devait être sortie. Elle ne les aurait jamais laissés se disputer de la sorte. Papa était toujours aussi faible.

– Papa, qu'est-ce qui se passe ? ai-je demandé.

Papa s'est tourné vers moi. Il n'en a pas fallu plus à Jude pour se jeter sur Lynette. Elle l'a frappé aussitôt. Une seconde plus tard, Papa était de nouveau en train d'essayer de les séparer. C'était la première fois que je voyais Jude et Lynette se battre depuis l'accident de Lynette.

– Regarde-toi, a craché Jude, tu te crois trop bien pour respirer le même air que nous. Eh bien, j'ai une petite nouvelle pour toi, quand les Primates te regardent, ils te voient aussi blanche que moi.

Primates. Encore ce mot.

– Je ne suis pas comme toi, je suis différente. Je suis noire ! Regarde-moi ! Regarde !

Jude a poussé Papa et attrapé le bras de Lynette. Il l'a tirée jusqu'au miroir. Il a collé sa joue contre la sienne. Lynette a essayé de s'écarter mais il l'en a empêchée.

– Regarde ! a-t-il rugi. Tu as la même couleur que moi ! Pour qui te prends-tu ? J'en ai marre que tu me méprises. Tu es pathétique. Si tu ne t'aimes pas comme tu es, alors fais quelque chose. Meurs, c'est tout ce qui te reste. Et si Dieu existe, il te réincarnera en Primate. Comme ça, je pourrais arrêter de me sentir coupable de te détester !

Jude a repoussé Lynette. Elle a chancelé et est tombée contre le miroir.

– Papa, fais quelque chose ! ai-je crié.

– Jude, ça suffit ! a dit Papa.

– Non ! Ça ne suffit pas, a rétorqué Jude. Il est temps qu'elle entende la vérité. Et qui va la lui dire, si ce n'est pas moi ? Toi ? Qui n'ose jamais prononcer un mot plus haut que l'autre ? Maman, qui a peur de faire du mal à sa petite fille adorée ? Callum, qui ne se préoccupe que de sa petite copine primate ?

– Et qui es-tu pour dire aux gens ce qu'ils sont vraiment ?
ai-je défié mon frère. Tu es toujours si sûr de toi ! Tu me
dégoûtes. Lynette n'est pas la seule ici qui ne te supporte pas.

Jude m'a regardé. Et sans prévenir, il a poussé un hurlement et s'est jeté sur moi. Je n'ai pas eu le temps de m'écarter. Jude m'a frappé dans le ventre et je me suis affalé. Sonné,
je me suis demandé pourquoi il n'en profitait pas pour me
frapper mais j'ai découvert qu'il était tombé en même temps
que moi. Je me suis redressé et je l'ai tiré par le bras pour
qu'il se relève aussi. Je lui ai enfoncé le genou dans le bas du
dos. Il a grogné et m'a envoyé un coup de poing, je me suis
protégé le visage des deux bras.

Et puis Jude a été tiré en arrière.

– Non, mais qu'est-ce que tu as dans le crâne ? a crié Papa
à Jude.

J'étais de nouveau prêt à me battre, Jude a essayé de me
frapper encore mais Papa l'en a empêché.

– Regarde-moi quand je te parle !

– Lâche-moi, Papa !

Jude s'éloignait et Papa a fait quelque chose qui nous a tous
étonnés. Il a tourné Jude vers lui et l'a giflé. Parfois Maman
nous donnait une claque quand nous étions insolents avec
elle, mais jamais Papa n'avait levé la main sur nous.

– Ne me parle plus jamais comme ça !

Le ton de Papa était calme et menaçant.

– Je suis trop vieux et j'ai vécu trop d'expériences difficiles
dans ma vie pour supporter que mes fils me manquent de
respect. Tu ne sais rien de la souffrance de ta sœur, alors comment oses-tu la juger ?

– Pourquoi, qu'est-ce qu'elle a eu, Lynette ? a bégayé Jude.

Il n'avait plus dix-sept ans mais sept.

– Il y a trois ans, Lynette et son petit ami ont été agressés. Par des Nihils. Trois ou quatre hommes.

Papa avait du mépris dans la voix.

– Tu te rappelles quand ta mère a perdu son emploi et que tu as dû quitter l'école ? À cette période, Lynette n'était pas à la maison.

– Tu disais qu'elle était chez tante Amanda.

J'avais presque crié.

– Tu nous as dit que tante Amanda était malade et que Lynette s'était proposée pour s'occuper d'elle.

– Ta mère et moi vous avons raconté ce que nous avions à vous raconter. Ces hommes ont presque battu le petit ami de Lynette à mort, et ils ont frappé Lynette si violemment qu'elle est restée deux semaines à l'hôpital. Elle nous a supplié de ne pas vous dire ce qui lui était arrivé.

– Je... je ne savais pas, a dit Jude d'une toute petite voix.

– Et vous savez pourquoi Lynette a été attaquée ? a continué Papa comme si Jude n'avait pas ouvert la bouche. Parce que son petit ami était un Prima. Votre sœur a été battue et laissée pour morte parce qu'elle sortait avec un Prima. Elle ne nous l'avait pas dit. Elle avait peur de notre réaction. Ce n'est pas étonnant qu'elle ne supporte plus l'idée d'être une Nihil. Elle n'a pas recouvré toute sa raison parce que la réalité est insupportable pour elle. Alors laissez-la tranquille ! Vous m'avez entendu ? Vous m'avez entendu ?

Jude a acquiescé. Moi aussi, même si Papa ne s'adressait pas directement à moi. J'ai regardé Lynette. Ma sœur Lynette.

– Papa, elle saigne, ai-je murmuré.

Papa s'est précipité vers elle. Les paumes de Lynette étaient entaillées par les bris de miroir. Lynette observait les taches écarlates qui s'élargissaient dans ses mains, comme si elle voyait son sang pour la première fois. Elle a levé les yeux vers ce qui restait du miroir. On aurait dit qu'elle se voyait pour la première fois.

– Où est Jed, Papa ? a-t-elle demandé.

– Jed ?

Papa a pâli.

– Jed ? Mais chérie, Jed est parti, il y a longtemps. Très longtemps. Laisse-moi te nettoyer la paume.

Lynette a réuni ses mains sur sa poitrine ; l'expression de paix qui se lisait habituellement sur son visage avait disparu.

– Où suis-je ?

– À la maison, a souri Papa.

Son sourire sonnait faux.

– Tu es en sécurité. Je vais m'occuper de toi.

– Où est Jed ?

– Chérie, Jed et ses parents ont déménagé, il y a très longtemps. Ils sont partis. Il est parti.

– Non, hier… la semaine dernière…

La voix de Lynette était à peine audible.

– C'était il y a des années, a insisté Papa.

– J'ai… j'ai dix-sept ans ?

– Non, ma chérie, tu as eu vingt ans, en avril dernier, a articulé Papa. Viens.

– Je croyais que j'avais dix-sept ans ou dix-huit.

Lynette s'est pris le visage dans les mains. Ses joues ont été barbouillées de sang.

– Je ne sais plus…

– Lynette, ma chérie…

– Lynette, je ne savais pas…

Jude a tendu la main vers elle. Elle l'a frappée.

– N'approche pas ta sale main de moi, a-t-elle crié.

Jude a baissé le bras.

– Tu veux dire ma sale main blanche de Nihil, c'est ça ?

Silence. Lynette a regardé ses mains de nouveau.

– Mes mains sont comme les tiennes. Comme les leurs !

Elle a éclaté en sanglots et a couru dans sa chambre, avant qu'aucun de nous trois n'ait eu le temps de réagir.

Papa et Jude ont échangé un regard perdu. J'avais envie de pleurer. Mes yeux me piquaient mais je n'ai pas cligné des paupières, j'ai attendu que mes émotions s'apaisent. Si je me laissais aller, j'allais devenir fou. En tournant la tête, pour que Jude et Papa ne me voient pas, je me suis aperçu dans le miroir.

J'avais la même expression que Papa et Jude. Mes pensées, mes peurs, mes haines étaient les mêmes que les leurs.

Je ne m'en étais jamais rendu compte jusqu'à présent.

Sephy

J'étais appuyée dans l'encadrement de la porte. Je regardais Maman siroter son vin blanc. Ça faisait longtemps que je ne l'avais pas vue sans un verre de chardonnay à la main.

– Maman, je peux organiser une fête pour mon anniversaire ?

Maman a levé les yeux de son magazine. Elle faisait la même chose toute la journée : lire et boire, faire de la gym, aller à la piscine, acheter des vêtements, lire et boire. Et sa seule lecture consistait en revues débiles sur les couvertures desquelles posaient des filles à la beauté lisse, à la peau ébène, qui semblaient n'avoir jamais eu un problème dans leur vie... et qui ne mangeaient manifestement pas à leur faim...

Des femmes aux dents qui brillaient comme de la neige dans un rayon de soleil.

Je n'avais jamais vu de Nihil dans ces magazines. Pas un. Aucun visage blanc ou rose, nulle part. Ah si, ils en avaient fait tout un plat aux infos quand, lors de la présentation de la dernière collection, un mannequin nihil avait fait son apparition. Je ne m'étais pas attardée sur le sujet à l'époque.

– Une fête ? Pourquoi pas ? a lâché Maman.

J'étais sciée. Je m'étais attendue à une longue discussion, voire une dispute.

– Après tout, a repris Maman, on n'est pas adolescent toute sa vie. Il faut en profiter.

Je me suis demandé combien de verres elle avait bus pour être de si bonne humeur. J'en voulais à l'alcool de réussir à rendre ma mère souriante, alors que ni Minnie ni moi n'y parvenions.

– Où veux-tu donner cette fête ? a souri Maman.

– Eh bien, ici, à la maison.

Maman a haussé les épaules.

– D'accord. Nous engagerons un extra pour servir. Tu voudras un magicien ou un humoriste ?

– Maman, je vais avoir quatorze ans.

Maman a haussé un sourcil.

– Et alors ?

– Alors, je veux bien un humoriste ! ai-je souri.

Maman m'a souri en retour. Pour une fois, nous étions sur la même longueur d'ondes.

– Combien d'invités comptes-tu accueillir ? a-t-elle demandé.

– Toute ma classe. Et mes cousins. Et quelques autres amis du cours de danse et de l'équitation. On sera... quarante, je pense.

– Très bien. Va prévenir Sarah. Dis-lui de s'occuper de tout.

Maman s'était déjà replongée dans son magazine.

J'aurais dû deviner qu'elle ne voudrait pas se mêler de l'organisation. Et pourquoi le ferait-elle ? Elle avait une secrétaire personnelle, un chauffeur, des domestiques... mais j'aurais aimé qu'elle s'intéresse, par exemple, à ce que je souhaitais comme cadeau d'anniversaire. Oh, Papa et Maman n'oubliaient jamais de m'offrir un cadeau pour Noël et mon anniversaire, mais ils ne les achetaient jamais eux-mêmes. Ils ne les choisissaient même pas. Sarah Pike avait très bon goût. Chacun des cadeaux qu'elle avait soigneusement sélectionnés pour moi, était dans le fond de ma garde-robe ou sous mon lit. Et ni Papa, ni Maman ne me demandaient jamais si j'aimais ce qu'ils m'avaient fait offrir. Ils ne s'étonnaient pas de ne jamais revoir ces objets, ces vêtements ou ces bijoux. Ça leur était égal. Peut-être que moi, je leur étais égale. Une seule personne se préoccupait réellement de moi. Il avait tant fait pour moi, dans le passé. À présent, c'était à mon tour.

Je préparais une petite surprise pour Maman et les autres. Personne n'oublierait ma fête d'anniversaire.

J'allais au-devant des ennuis mais je m'en fichais. J'en avais assez de ce « vivre et laisser vivre... tant que ce n'est pas chez moi ».

Je ne me croyais pas meilleure que les autres, mais quelqu'un devait les mettre face à leur hypocrisie.

Pourquoi pas maintenant ?

Et pourquoi pas moi ?

Callum

– Ryan, ce n'est pas le bon moyen de changer les choses, Alex Luther dit que…

– Alex Luther, mon cul !

– Ryan ! a protesté Maman.

– Meggie, reviens sur Terre, a repris Papa. Alex Luther est la preuve vivante que le combat par la paix est vain. Ce Néant est en prison depuis des siècles !

– Ne prononce pas ce mot ! s'est fâchée Maman. C'est déjà assez désagréable quand les Primas nous appellent comme ça !

– Nous sommes des Néants ! a clamé Papa.

– C'est absurde. Si nous utilisons cette expression, les Primas penseront qu'ils peuvent le faire également. Et en ce qui me concerne, je considère Alex Luther comme un grand homme…

– Je suis d'accord, mais le général se bat, lui, et obtient des résultats !

– Oui, c'est ça, d'ailleurs, notre situation a bien changé depuis qu'il s'occupe de la révolution ! a raillé Maman.

– Pourquoi te moques-tu ? Le général est…

– Un terroriste ! Rien de plus !

Le ton méprisant de Maman ne laissait aucun doute sur ce qu'elle pensait du général, le dirigeant clandestin de la Milice de libération.

– C'est sûr que poser des bombes et tuer des gens est plus impressionnant que prononcer des discours pacifistes, a-t-elle continué. Mais il n'a aucune légitimité.

– Le général…

– Je ne veux plus entendre un mot sur cet homme ! Tu parles de lui comme s'il était le frère de Dieu !

– Il est la meilleure chose que… a tenté Papa.

Mais pour toute réponse, Maman a débité une série de mots que je n'avais encore jamais entendus dans sa bouche. J'ai laissé mes parents se disputer à propos des mérites comparés du général et d'Alex Luther et je suis monté dans ma chambre. Est-ce qu'ils n'avaient pas envie de dormir ? Ça faisait une demi-heure que j'attendais qu'ils aillent se coucher. Combien de fois allaient-ils répéter la même litanie ? Et ils ne faisaient pas semblant de se mettre en colère. À quoi bon ?

J'ai jeté un œil à l'horloge du salon. Deux heures et demie du matin. Un peu plus tôt, Sephy avait laissé le code qui me prévenait qu'elle voulait me parler. Nous avions mis au point un signal : elle appelait trois fois et laissait, à chaque fois, le téléphone sonner deux fois avant de raccrocher. Comme ça, elle n'était pas obligée de parler à Maman, ni à personne de la maison. Évidemment, ces sonneries énervaient Papa et Maman, mais nous ne le faisions pas trop souvent. De mon côté, j'agissais de la même façon. Sauf que dans la journée, ce n'était pas facile, parce qu'il y avait toujours un domestique chez Sephy qui décrochait très vite. Quand j'avais entendu le signal, je savais que Sephy m'appellerait entre deux heures et demie et trois heures du matin. Elle arrivait presque toujours à se glisser hors de sa chambre pour utiliser un des téléphones de la maison. Si c'était moi qui avais appelé, je la retrouvais dans sa roseraie à peu près à la même heure. C'est pour ça que je tournais autour du téléphone, comme un vautour autour d'un cadavre, pour me précipiter au premier frémissement de notre seul et unique téléphone avant qu'il ne dérange tout le monde à la maison.

Trois heures moins le quart. Trois heures. À trois heures et demie, j'ai décidé que Sephy ne m'appellerait pas. Elle n'avait sans doute pas pu. J'allais me coucher quand la première sonnerie a retenti. Je me suis précipité.

– Callum ?

– Chut, ai-je murmuré.

J'ai regardé vers le couloir dans l'attente d'un bruit. Une porte de chambre, un grincement du parquet... rien.

– Sephy ?

– Je suis désolée, je suis en retard, mais Maman est montée il y a seulement dix minutes.

– Ce n'est pas grave.

Nous chuchotions. J'étais dans le salon, le combiné collé à l'oreille, dans le noir. J'avais l'impression d'être un hors-la-loi.

– Callum...

– Je suis content que tu aies téléphoné, ai-je lancé. On a quoi comme cours demain ?

– Deux heures de maths, histoire, anglais, sport, techno et musique. T'as pas ton emploi du temps ?

– Oublié au collège... Histoire, tu dis ?

– Oui, quoi ?

– M. Jason va encore s'en prendre à moi, comme à chaque fois, me suis-je plaint.

– Pourquoi tu dis ça ?

– Laisse tomber.

Le silence s'est installé entre nous.

– T'es toujours là, Sephy ?

– Oui.

– Pourquoi tu m'as appelé ? Qu'est-ce qu'il y avait de si urgent ?

– Tu fais quoi le 27 septembre ? C'est samedi dans quinze jours.

– Ben rien... Pourquoi ?

– On se voit pour mon anniversaire ?

– Si tu veux, mais ton anniversaire, c'est le 23, non ?

– Oui, mais j'organise une fête à la maison ; je t'invite.

J'avais dû mal entendre.

– Chez toi ?

– Oui.

– Je vois.

– Quoi ?

– Tu veux que je vienne chez toi ?

– C'est bien ce que j'ai dit.

– Je vois.

– Arrête de répéter ça tout le temps.

Et qu'est-ce que je pouvais dire d'autre ? Elle m'invitait chez elle et, dès que j'arriverais, sa mère me ferait mettre à la porte. À quoi ça servait ? Qu'est-ce qu'elle avait en tête ?

– Tu es sûre que tu veux que je vienne ?

– Oui. Pourquoi ? Tu ne veux pas venir ?

– Ta mère sait que je suis invité ?

Sephy n'a pas répondu tout de suite.

– Non, a-t-elle fini par souffler.

– Mais tu vas la prévenir ?

– Bien sûr.

– Avant que j'arrive ?

– Arrête de faire le malin, s'est énervée Sephy. Alors, est-ce que tu viendras ?

– Si tu veux que je vienne… ai-je prononcé lentement.

– Oui, je veux. Je te donnerai tous les détails demain après les cours. D'accord ?

– D'accord.

– À demain, Callum.

J'ai raccroché. Mes yeux s'étaient accoutumés à l'obscurité. Sephy voulait que je vienne à sa fête d'anniversaire. Elle savait que ça allait créer des problèmes.

Je ne voyais qu'une explication à son petit manège. Et si j'avais raison, ça voulait dire que pour Sephy, j'étais d'abord un Nihil et que tout le reste passait après.

Sephy

Je n'arrivais pas à dormir. Je me tournais et me retournais dans mon lit. Une fois sur le dos, une fois sur le ventre, une fois sur le côté. Je me serais mise sur la tête si ça avait pu m'aider. Ce qui m'avait semblé une bonne idée, m'apparaissait à présent super compliqué. Je voulais que Callum soit présent à mon anniversaire. Si la situation était différente, il serait le premier sur ma liste d'invités.

Mais…

Je me suis allongée sur le ventre et j'ai bourré mon oreiller de coups de poing.

Pourquoi est-ce que rien n'était jamais simple ?

Callum

– Le but de ce cours d'histoire est de vous montrer que les grands scientifiques, inventeurs, artistes et autres célébrités, sont des gens comme vous et moi.

– On le sait, monsieur, a dit Shadé. Qu'est-ce que ça pourrait être d'autre ?

Je me posais la même question.

– Quand nous pensons à des explorateurs, des inventeurs, des acteurs, nous les imaginons parfois comme appartenant à un autre monde. Un monde inaccessible. Je veux juste que vous compreniez que ces gens sont comme nous. Ce qui signifie que chacun d'entre nous peut devenir un grand homme ou une grande femme. Dans cette classe, peut-être qu'un d'entre vous deviendra chercheur ou astronaute ou tout ce qu'il veut d'autre, à condition qu'il travaille dur et qu'il soit déterminé.

M. Jason ne me quittait pas des yeux. Avec cet air de mépris qu'il me réservait toujours. Qu'est-ce qu'il avait contre moi ? Est-ce que la couleur de ma peau le dégoûtait à ce point ? Je ne pouvais pas plus m'empêcher d'être blanc que lui d'être noir. Et puis, il n'était pas si noir, d'ailleurs. Plutôt marron clair ; très clair. Il n'avait pas de quoi se vanter. Je me suis rappelé la comptine stupide que Papa récitait parfois : *Si tu es noir, je te sers à boire, si tu es marron, c'est encore bon, si tu es blanc, va-t'en.*

Mme Paxton qui, elle, est noire, du moins marron foncé, me traitait comme une vraie personne. Elle ne voyait pas seulement ma couleur de peau. Je l'aimais bien. Elle était une oasis dans le désert.

– Est-ce que quelqu'un peut me donner le nom de l'inventeur des feux de signalisation ? Il a également inventé les masques à gaz utilisés par les soldats durant la Première Guerre mondiale.

Personne n'a répondu. J'ai lentement levé la main. M. Jason m'a vu mais a détourné le regard. Personne d'autre ne s'est manifesté.

– Callum ? a-t-il fini par demander avec réticence.

– Garrett Morgan, monsieur.

– Exact. Bon, et qui connaît le nom de l'inventeur du système de banque du sang ?

Cette fois encore, j'ai été le seul à lever la main.

– Oui, Callum ?

Le ton de M. Jason était sarcastique.

– Dr Charles Drew.

– Et je suppose que tu connais également le nom du premier médecin qui a réussi une opération à cœur ouvert ?

– Dr Daniel Hale Williams.

– Le premier homme à atteindre le pôle Nord ?

– Matthew Henneson.

Tout le monde me regardait. M. Jason m'a lancé un regard noir.

– Pourquoi ne viens-tu pas faire le cours à ma place ? a-t-il lâché.

Qu'est-ce qu'il me voulait ? Il posait des questions, je répondais. Est-ce que j'étais censé rester là à faire semblant de ne rien savoir ?

– Est-ce que quelqu'un peut me dire ce que ces scientifiques pionniers dans leur domaine ont en commun ? a demandé M. Jason.

Quelques doigts se sont levés cette fois. M. Jason n'était pas le seul à être soulagé. Enfin, de toute façon, je n'aurais plus répondu.

– Harriet ?

– C'étaient tous des hommes ?

– Dans les exemples que nous avons choisis oui, mais il y a eu également beaucoup de femmes, a souri M. Jason. Alors, un autre point commun ?

Il y a eu d'autres suggestions comme « ils sont tous morts », « ils ont tous reçu le prix Nobel » et « ils ont gagné beaucoup d'argent ». Mais aucune n'était la bonne. Pourtant la réponse était évidente. Je n'ai pas pu résister, j'ai levé la main.

– Ah, je me demandais si nous allions vous entendre de nouveau, a lancé M. Jason. Alors, Callum ?

– C'étaient tous des Primas !

Le sourire de M. Jason s'est élargi jusqu'à ses oreilles.

– Exactement. Bravo, Callum.

Il a commencé à faire des allers-retours sur l'estrade. J'étais rouge pivoine.

– Dans l'histoire, depuis que nos ancêtres ont entamé, en partant de la Cafrique, la découverte de la planète, et appris ainsi de différents pays et d'autres cultures, la fabrication de la poudre à fusil, l'écriture, le montage d'armes, les arts et beaucoup d'autres choses, nous sommes la race dominante dans le monde. Nous avons été explorateurs, nous avons su imposer notre civilisation aux autres peuples…

Je ne pouvais pas le laisser continuer. J'ai de nouveau levé la main.

– Oui, Callum ?

– J'ai lu quelque part que les Nihils avaient eux aussi apporté quelques améliorations significatives dans notre façon de vivre aujourd'hui…

– Ah oui ? Et quoi donc ?

M. Jason a croisé les bras sur la poitrine.

– Eh bien, quand Matthew Henneson a atteint le pôle Nord, il n'était pas seul, Robert E. Peary l'accompagnait.

– Qui ça ?

– Robert Peary. Il est le codécouvreur du pôle Nord géographique.

– Et comment se fait-il que je n'ai jamais entendu parler de lui ?

– Parce que les livres d'histoire sont écrits par les Primas et vous ne parlez jamais que de vous-mêmes. Les Nihils ont apporté beaucoup, mais je suis sûr que personne dans la classe…

– Ça suffit ! m'a coupé M. Jason.

– Mais monsieur…

– Comment oses-tu proférer de tels mensonges, à propos de prétendus inventeurs et scientifiques nihils ?

M. Jason avait les mains sur les hanches et il me jetait un regard furieux.

– Ce ne sont pas des mensonges, ai-je protesté.

– Qui t'a rempli le crâne de ces absurdités ?

– Ce ne sont pas des absurdités. C'est mon père qui m'a dit tout ça.

– Et où a-t-il pêché ces informations ?

– Dans… euh…

– Voilà ! a triomphé M. Jason. Maintenant sors. Va dans le bureau du proviseur. Et ne reviens en cours que quand tu te seras sorti toutes ces bêtises de la tête !

J'ai pris mon sac et je me suis levé brutalement. Ma chaise est tombée. J'ai regardé Sephy qui a aussitôt baissé les yeux. Je n'ai pas relevé ma chaise, je suis sorti en claquant la porte. Je savais que ce petit acte de rébellion ne me procurerait que plus de problèmes. Je me suis dirigé vers le bureau de M. Costa, blanc comme un linge, les mains tremblantes. Je n'avais pas menti. Il y a des siècles, des Primas venus du Sud avaient traversé la Pangée du Nord et de l'Est. Durant leur périple, ils avaient appris comment fabriquer des armes à feu et comment s'en servir. Ils avaient acquis la force. Mais pas forcément le droit. Ils nous avaient réduits, nous les Nihils, en esclavage pendant très longtemps. Et même si l'esclavage était aboli depuis cent ans, je ne voyais pas beaucoup d'amélioration dans notre condition. Ils acceptaient seulement maintenant que nous suivions les mêmes cours qu'eux. Le nombre de Nihils qui avaient une position de dirigeant dans le pays se comptait sur les doigts d'une seule main. Si on oubliait le pouce ! Ce n'était pas juste !

Je savais qu'il n'était écrit nulle part que la vie devait être juste, mais mon sang bouillonnait de rage. Pourquoi devrais-je me montrer reconnaissant qu'ils m'autorisent à entrer dans un de leurs précieux collèges ? À quoi ça allait me servir ? Jude et Maman avaient raison. C'était une perte de temps.

J'ai ralenti le pas. Je ne savais pas quoi faire. Étais-je censé attendre devant la porte de la secrétaire ou entrer ? J'ai hésité et j'ai décidé que M. Jason souhaitait sans doute que j'aie un maximum de problèmes. J'ai entrebâillé la porte du secrétariat. Il était vide. C'était déjà ça. Je suis entré et j'ai refermé la porte derrière moi. Doucement. J'avais claqué assez de portes pour la matinée.

La voix de M. Costa m'est soudain parvenue par sa porte entrouverte. Il était en colère.

– Je vous répète que vous devez agir !

C'était Mme Paxton.

– Combien de temps comptez-vous laisser la situation en l'état ?

– Si les Néants trouvent que c'est trop dur pour eux, je ne les retiens pas ! a tempêté M. Costa.

Je me suis immobilisé, l'oreille aux aguets.

– Monsieur Costa, les *Nihils* sont l'objet de brimades constantes, a rétorqué Mme Paxton, en insistant sur le mot. Un jour, l'un d'entre eux répondra à ces provocations.

– Pas dans mon collège ! a affirmé M. Costa.

– C'est à nous de régler le problème à la base. Si nous, les professeurs, interdisons clairement ce genre de comportement, les élèves suivront notre exemple.

– Madame Paxton, êtes-vous si naïve ? Les Nihils sont traités dans ce collège, exactement comme ils sont traités à l'extérieur…

– C'est à nous de transformer ce lieu en havre, en sanctuaire pour les Nihils et les Primas. Nous devons apprendre à nos élèves le respect et l'égalité des chances.

– Ah oui ? a lâché M. Costa. Vous faites des montagnes de petits problèmes sans importance !

– Mieux vaut surestimer les problèmes que les ignorer !

Mme Paxton était agacée et ne cherchait pas à le dissimuler.

– Ça suffit ! On ne leur a pas demandé de venir !

– Moi, oui ! a répliqué Mme Paxton. Et je ne suis pas la seule. Il y a eu d'autres professeurs et des membres du gouvernement…

– Le gouvernement n'a fait qu'obéir aux obligations édictées par la Communauté pangéenne. Il a eu peur des sanctions.

– Peu importe. Les Nihils sont là maintenant et si nous ne réagissons pas tout de suite, il y aura des problèmes.

Mme Paxton a fait une pause.

– Peut-être est-ce ça que vous voulez ? Pour pouvoir affirmer que l'expérience a été un échec ?

Mme Paxton livrait un combat perdu d'avance et elle ne s'en rendait même pas compte. Je ne supporterais pas d'entendre un mot de plus. J'ai rouvert la porte du secrétariat et je suis sorti sur la pointe des pieds. Moins d'une minute plus tard,

Mme Paxton est sortie à son tour. Elle s'est arrêtée en me voyant.

– Callum, qu'est-ce que tu fais ici ?

– M. Jason m'a renvoyé du cours.

– Pourquoi ?

Je me suis mordu la lèvre.

– Pour quelle raison, Callum ?

– Nous… nous nous sommes disputés…

Mme Paxton attendait la suite.

– Sur l'histoire…

– Ah oui ?

– Ce n'est pas juste, madame Paxton, j'ai lu des dizaines de livres d'histoire et pas un ne mentionne les Nihils sauf pour dire qu'ils ont été battus par les Primas. Je croyais que l'histoire était censée relater la vérité.

– Ah !

Mme Paxton a hoché la tête.

– Et toi, Callum, tu as exprimé ton point de vue…

– Oui.

– Je vois… Callum, parfois, il vaut mieux tenir sa langue.

– Mais c'est ce que tout le monde fait… du moins presque tout le monde, me suis-je corrigé en pensant à ce que je venais d'entendre. Et tout ce qui n'est pas dit finit par être oublié. C'est pour ça qu'il n'y a pas de Nihils dans les livres d'histoire. Il n'y en aura jamais à moins que les Nihils puissent devenir historiens. M. Jason n'a pas apprécié que j'affirme que les Nihils avaient également participé à la construction de notre civilisation. Mais de toute façon, il me déteste !

– C'est absurde. M. Jason a seulement peur que tu te fasses renvoyer. Et s'il est dur avec toi, c'est seulement parce que…

Mme Paxton a cherché le mot adéquat.

– Il essaie juste de t'endurcir un peu.

– Oui, bien sûr.

Je n'ai pas caché mon scepticisme.

Mme Paxton m'a pris le menton et a levé mon visage vers elle.

– Callum, nous attendons ce changement de politique depuis longtemps. Crois-moi. Ni M. Jason ni moi n'avons la moindre envie de vous voir échouer.

– C'est lui qui vous a dit ça ?

Mme Paxton a laissé retomber sa main.

– Il n'a pas eu besoin.

– Évidemment.

Mme Paxton a réfléchi un instant.

– Callum, ce que je vais te révéler doit rester un secret entre toi et moi. Je te fais confiance. D'accord ?

J'ai acquiescé.

– M. Jason n'est pas ton ennemi. Tu sais pourquoi ?

– Non…

– Sa mère était une Nihil.

Sephy

– Je ne te laisserai pas me traiter de cette façon, Kamal.

– Va te chercher une autre bouteille de vin. Tu n'es plus bonne qu'à ça de toute façon.

J'ai grimacé. Papa était si méprisant. Minnie et moi étions assises dans l'escalier et nous écoutions nos parents se disputer. C'était rare. C'était rare, parce que Papa n'était jamais à la maison. Et quand il y était, Maman planait trop pour répondre à ses attaques. Nous avions terminé de dîner et Maman nous avait envoyées, Minnie et moi, faire nos devoirs. Ça nous avait suffi pour comprendre qu'il se passait quelque chose. Elle ne s'occupait jamais de nos devoirs. Elle voulait seulement nous éloigner.

– Tu ne t'en défends même pas ? a demandé Maman.

– Pour quoi faire ? Il est temps que tu regardes la vérité en face. Grand temps !

– Kamal, qu'est-ce que j'ai fait pour mériter ça ? a soudain gémi Maman. J'ai toujours été une bonne épouse et une bonne mère.

– Oh oui, a accordé Papa d'un ton ironique. Tu t'es montrée une excellente mère pour tous mes enfants.

J'ai froncé les sourcils. Qu'est-ce que Papa voulait dire ?

– J'ai fait de mon mieux.

Maman semblait sur le point de pleurer.

– De ton mieux ? Eh bien, ce n'est pas brillant.

– J'étais censée faire quoi ? Accepter ton bâtard chez moi ? a crié Maman.

– Oh non, surtout pas ! La grande Jasmine Adeyebe-Hadley aurait élevé l'enfant de son mari comme le sien ? Quelle horreur ! Dieu n'aurait jamais accepté que tu risques de te casser un ongle ou de salir une de tes chemises à t'occuper de mon fils !

– J'aurais dû l'accueillir à la maison, a pleurniché Maman. Mais quand tu m'as annoncé son existence, je me suis sentie trahie. J'ai commis une erreur.

– Moi aussi, en t'épousant, a rétorqué Papa. Tu as voulu me punir d'avoir eu un fils avant de te connaître. Tu as passé des années à essayer de me punir, mais cette fois, c'est fini.

Papa avait un fils ! Minnie et moi avions un frère ! Ma sœur m'a regardée, les yeux écarquillés. Nous avions un frère...

– Kamal, je... j'espérais que nous pourrions recommencer, toi et moi... a bégayé Maman d'une toute petite voix. Nous pourrions partir en voyage... rien que toi et moi...

– Jasmine, ne sois pas ridicule, l'a interrompue Papa. C'est fini. Accepte cet état de fait. Et puis, regarde-toi ! Tu te laisses aller, vraiment !

Je me suis étranglée. Minnie aussi.

– Tu es cruel, a pleuré Maman.

– Et toi, tu es une alcoolique, a répliqué Papa. Pire, tu es une alcoolique ennuyeuse !

Minnie s'est levée. Je ne pouvais pas lui en vouloir. J'aurais dû en faire autant. Arrêter d'écouter ça. Partir avant de détester mes parents. Mais je suis restée.

– C'est grâce à moi que tu es devenu député puis ministre, a lâché Maman.

– Oh, ça va ! Ne prétends pas que tu m'as aidé pour me faire plaisir. Tu n'as pensé qu'à toi. Un peu aux enfants et beaucoup à ton image, ta position sociale face aux voisins et à tes amies. Ce que moi, je voulais, ce dont je pouvais avoir besoin était le cadet de tes soucis.

– Tu ne t'es jamais plaint quand j'organisais des fêtes destinées à te faire connaître dans les milieux importants.

– Je ne me suis pas plaint, a reconnu Papa. Mais tu en as retiré une satisfaction personnelle.

– Et maintenant, tu veux me quitter pour... Pour cette...

– Elle s'appelle Grace, a terminé Papa. Et je ne te quitte pas maintenant, Jasmine. Je t'ai déjà quittée depuis longtemps. Tu n'as pas voulu le voir, c'est tout. Toi et les enfants aurez tout ce dont vous aurez besoin. Je m'en assurerai personnellement. Et j'exige de voir mes filles régulièrement. Je les aime trop pour te laisser leur pourrir l'esprit. Après les prochaines élections, j'annoncerai notre séparation.

– Tu ne t'en tireras pas comme ça… je demanderai le divorce ! a menacé Maman. Je préviendrai tous les journaux…

– Tu veux divorcer ? a ricané Papa.

J'ai plaqué mes mains sur mes oreilles et je les ai retirées aussitôt.

– Jasmine, le jour où tu demanderas le divorce sera le plus beau jour de ma vie.

– Un homme dans ta position ne peut pas se permettre un tel scandale ! Cette carrière que tu me dois !

– Si j'avais gagné un penny à chaque fois que tu as prononcé cette phrase, je serais l'homme le plus riche du monde.

Le parquet a grincé. Papa s'apprêtait à sortir du salon. Je me suis levée et j'ai couru dans ma chambre. Je me suis adossée à la porte et j'ai fermé les yeux… je ne pleurais pas. Je n'avais pas la moindre envie de pleurer. J'ai pris ma veste. J'avais besoin de m'éclaircir les idées. Je suis sortie, et j'ai couru, couru. J'ai traversé la roseraie. La prairie… vers la plage. Si je courais assez vite, peut-être que mes idées se remettraient en place.

Papa avait une autre femme. Il nous quittait. J'avais un grand frère. Plus vieux que Minnie. Toute ma vie était construite sur des mensonges. Je n'avais rien à quoi me raccrocher. Il ne me restait rien…

Callum…

Callum était là. À notre place habituelle. J'ai couru encore et je me suis laissée tomber près de lui. Il a posé son bras sur mes épaules. Nous ne nous sommes pas parlé. Je regardais son profil. Il semblait triste.

– Je suis désolée pour ce qui s'est passé avec M. Jason, ai-je dit.

– Ne t'excuse pas pour lui, a lancé Callum. Tu ne peux pas t'excuser pour tous les crétins du monde !

– Euh… au moins pour les crétins primas, ai-je souri.

– Même pas, a souri Callum. Ne t'excuse pas pour les crétins primas et moi, je ne m'excuserai pas pour les Nihils imbéciles, ça te va ?

– D'accord.

Callum et moi nous sommes serré la main.

Allez, vas-y, me suis-je encouragée. J'ai pris une grande inspiration :

– Callum, j'ai un aveu à te faire. À propos de ma fête d'anniversaire.

Il a retiré son bras de mon épaule.

– Je t'ai invité pour… de mauvaises raisons.

– Lesquelles ?

– Je voulais embêter ma mère et mes soi-disant amis, ai-je débité. Je voulais régler des comptes avec eux.

– Je vois.

– Non, tu ne vois pas. Je te le dis parce que je ne veux plus t'inviter.

– Pourquoi ?

– Parce que… parce que…

J'espérais que Callum comprendrait sans que j'aie besoin d'expliquer. Il a juste marmonné sèchement :

– Merci.

– De rien ! On fera autre chose tous les deux pour mon anniversaire. Rien que tous les deux.

– D'accord.

– C'est dur de grandir, ai-je soupiré.

– Et ça ne va pas s'améliorer, a renchéri Callum d'une voix sombre.

J'ai ouvert la bouche pour lui demander ce qu'il voulait dire, mais je l'ai refermée sans parler. J'avais trop peur de sa réponse.

Callum

Il était tard. Onze heures et demie. J'étais allongé sur mon lit et j'essayais de mettre de l'ordre dans les propos de Mme Paxton.

La mère de M. Jason était une Nihil. Il y avait un truc que je ne saisissais pas. Mme Paxton était sûre que M. Jason était de mon côté et pourtant, à chaque fois qu'il m'adressait la parole…

Il me détestait.

J'en étais certain. Presque. J'étais peut-être parano. Ou lâche. C'était pratique de penser *a priori* que tous les Primas m'en voulaient. Comme ça, en cas d'échec, je pourrais toujours prétendre que ce n'était pas ma faute, mais la leur. Mme Paxton, elle, ne m'en voulait pas. Sephy non plus. Je me suis passé la main sur le front. Mes pensées tournoyaient dans ma tête. Je n'étais plus sûr de rien.

Quelqu'un a frappé à ma porte. Je me suis assis dans mon lit.

– Qui est-ce ?

– Lynnie, a répondu ma sœur. Je peux entrer ?

– Bien sûr.

Lynette a refermé la porte derrière elle.

– Comment vas-tu ? lui ai-je demandé.

Elle a secoué la tête.

– Mal. Et toi ?

– Pareil, mais je fais comme si de rien n'était.

Lynette m'a dévisagé. Puis elle a souri. Depuis la bagarre, mon frère et ma sœur ne s'étaient plus adressé la parole. Lynette s'est assise au bout de mon lit. Elle a commencé à tripoter le bord effiloché de ma couette. Je ne savais ni quoi dire, ni quoi faire.

– Comment ça se passe au collège ?

– Oh, j'apprends beaucoup.

Ce n'était pas un mensonge.

– C'est dur, n'est-ce pas ?

– Encore plus que ça, ai-je admis.

– Tu tiens bon ?

– J'y suis, j'y reste !

Lynn m'a adressé un sourire admiratif.

– Comment fais-tu, Callum ?

– Comment je fais quoi ?

– Pour avancer.

J'ai haussé les épaules.

– Je ne sais pas.

– Oh si, tu sais.

J'ai souri. Lynette semblait persuadée que j'étais mené par une force de caractère hors du commun.

– Je suppose que je m'accroche parce que je sais ce que je veux.

– Qu'est-ce que tu veux, Callum ?

– Devenir quelqu'un. Me distinguer.

– Tu préfères quoi ?

136

– Hein ?

– Devenir quelqu'un ou te distinguer ?

J'ai souri. Lynette a froncé les sourcils.

– Qu'est-ce qu'il y a de drôle ?

– Rien. Notre discussion me rappelle le bon vieux temps. Nous avions souvent ce genre d'échange à propos de tout et de rien. Ça m'a manqué.

Lynette a souri à son tour.

– Tu n'as pas répondu à ma question et n'essaie pas de te défiler. Dis-moi ce qui est le plus important : devenir quelqu'un ou te distinguer ?

– Je ne sais pas. Devenir quelqu'un, je crois. J'aimerais vivre dans une grande maison et avoir de l'argent. Je voudrais être respecté. Quand j'aurai des diplômes et un métier, personne ne me méprisera plus. Ni les Primas, ni les Nihils.

Lynnie a réfléchi.

– Tu veux devenir quelqu'un, hein ? J'aurais parié que tu m'aurais répondu que le plus important pour toi était de te distinguer.

– Ça ne sert à rien de se distinguer si on n'est pas riche.

Lynnie a haussé les épaules. Elle semblait… triste pour moi.

– Et toi, lui ai-je demandé, tu as des projets ?

Lynette a souri mystérieusement. Elle était perdue dans ses pensées.

– Lynnie ? l'ai-je appelée.

Ma sœur s'est levée et s'est dirigée vers la porte. J'ai pensé que notre conversation était terminée, mais elle s'est tournée vers moi.

– Tu veux savoir quels sont mes projets, Cal ? a-t-elle soupiré. J'ai envie de redevenir folle. Ça me manque, c'était plus simple…

– Lynnie, ne dis pas ça ! Tu n'étais pas folle !

– Tu crois ? Alors pourquoi est-ce que je me sens si vide ? Je sais que je vivais dans un monde imaginaire, mais au moins… au moins, j'étais quelque part. Aujourd'hui, je ne suis nulle part.

– C'est faux !

– Pourtant…

– Lynnie, tu vas bien ? Dis-moi que tu vas bien.

Je posais une question dont je connaissais la réponse.

– Je vais bien, j'ai juste besoin d'un peu de temps. Callum… est-ce que parfois la vie ne te semble pas terriblement inutile ?

– Que veux-tu dire ?

– Ce que je dis, rien de plus. Nous sommes sur Terre mais nous pourrions aussi bien être des robots. Nous pourrions même ne pas exister du tout.

– Les choses vont s'améliorer…

– Tu y crois réellement ?

– Oui ! Après tout j'ai été admis à Heathcroft. Il y a quelques années, c'était impensable.

– Mais tu ne pourras pas aller à l'université.

J'ai secoué la tête.

– Tu n'en sais rien. Quand j'aurai l'âge, les universités nous seront peut-être ouvertes.

– Et après ?

– Je trouverai un bon travail et plus rien ne pourra m'arrêter.

– Ça te servira à quoi ?

– Tu parles comme Maman, Lynnie !

– Pardon, je ne voulais pas.

Ma sœur a posé la main sur la poignée.

– N'oublie pas une chose, Callum, quand tu flottes dans une bulle, la bulle finit toujours par éclater. Et plus la bulle t'a emmené haut, plus la chute est douloureuse.

Lynette est sortie sans même prendre la peine de refermer la porte derrière elle. Je me suis levé pour le faire moi-même. J'étais fâché contre elle. Ma sœur aurait dû comprendre mes rêves et les encourager. J'étais complètement démoralisé. J'allais claquer ma porte quand j'ai aperçu Lynette devant sa chambre. Son visage reflétait une intense et profonde tristesse. Au bord des larmes, j'ai voulu sortir sur le palier et je me suis enfoncé une écharde dans le pied. Je me suis penché pour l'enlever. Quand je me suis redressé, Lynette était partie.

S e p h y

– Minnie ? Je peux entrer ?
– S'tu veux, a grommelé ma sœur.

J'ai poussé la porte et j'ai regardé ma sœur avec surprise. Elle était en train de pleurer. Je n'avais jamais vu ma sœur pleurer.

– Minnie, tu es… ?
Je n'ai pas terminé ma question.
Je connaissais la réponse.
– Combien de fois je t'ai demandé de ne pas m'appeler Minnie ? a aboyé ma sœur. Je m'appelle Minerva. M-I-N-E-R-V-A !
– Oui, Minnie, ai-je souri.

Ma sœur a levé les yeux vers moi et a haussé les épaules.
– Bon, qu'est-ce que tu veux, tête de grenouille ?

Je me suis assise sur la chaise, face à la coiffeuse.

– Papa et Maman vont divorcer.

– Non. Ils ne le feront pas, a affirmé Minnie.

– Comment peux-tu en être aussi sûre ?

– Parce que ça fait des années que Papa menace de divorcer. Et il ne le fait jamais !

J'ai réfléchi.

– Oui, mais cette fois, c'est Maman qui a menacé Papa.

Minnie a froncé les sourcils.

– Tu crois qu'ils vont le faire ? ai-je murmuré.

Minnie a baissé la tête.

– Et c'est quoi, cette histoire de frère ? ai-je insisté.

– C'est pas notre frère. C'est juste le fils de Papa.

Minnie est allée jusqu'à la fenêtre.

– On pourrait le chercher.

– Certainement pas.

Minnie me regardait comme si j'étais devenue cinglée.

– Tu n'as pas envie de savoir qui c'est ? À quoi il ressemble ? Tu n'es pas curieuse ?

– Non. Je connais son existence depuis trois ans, et je ne me suis jamais posé de questions !

– Trois ans !

Je n'en revenais pas.

– Pourquoi tu ne m'en as jamais parlé ?

– Pourquoi est-ce que je l'aurais fait ? Qu'est-ce que ça pouvait te faire ? Papa a eu une aventure avant de rencontrer Maman et il a eu un fils. C'est tout ce que je sais et je ne veux pas en apprendre plus long !

Je me suis mordu la lèvre. C'était comme si Minnie et moi avions deux conversations différentes. Je ne comprenais pas son point de vue et elle ne comprenait sans doute pas le mien.

– Minnie, tu ne veux pas connaître le nom de notre frère ?

– Arrête de dire que c'est notre frère !

– Moi, j'ai envie de savoir. Je vais demander à Papa et…

Minnie s'est jetée sur moi et m'a attrapée par le col de mon chemisier.

– T'as pas intérêt ! Tu m'entends ?

– Mais Minnie…

– Est-ce que tu as pensé à ce que Maman ressentirait si tu commences à poser des questions sur le fils de Papa. Elle est assez malheureuse comme ça, tu n'as pas besoin d'en rajouter !

– D'accord, d'accord !

Minnie m'a relâchée. J'ai rajusté mon chemisier.

– C'est à cause de ça que Maman est malheureuse ? À cause du… fils de Papa ? ai-je demandé.

Minnie n'a pas répondu tout de suite. Elle semblait chercher les mots justes.

– Oui, en partie.

– Et pour quoi d'autre ?

– Elle a eu une aventure, il y a quelques années et…

– Maman ?

Mes yeux ont failli sortir de leurs orbites.

– Maman a eu une aventure ?

Minnie a haussé les épaules.

– Pourquoi es-tu aussi surprise ? Je pense qu'elle ne l'a fait que pour que Papa s'intéresse un peu plus à elle.

– Ça a marché ?

– Qu'est-ce que tu crois ? a ricané Minnie. Ça les a séparés davantage. Et Maman s'est sentie encore plus seule. Elle n'a pas d'amis, tu sais ?

– Bien sûr que si ! ai-je protesté. Elle a des milliers d'amis !

– Non, elle n'a aucun véritable ami. Personne à qui se confier par exemple.

– C'est normal, ai-je lancé. Elle a trop mauvais caractère. Parfois, elle me repousse comme si j'étais un chien plein de puces et parfois, elle me demande mon emploi du temps de la journée, à la minute près. Si je n'étais pas obligée de vivre dans la même maison qu'elle, je ne lui parlerais jamais.

– Elle est très seule, a répété Minnie.

– Pourquoi elle ne sort pas ? Elle pourrait rencontrer de nouvelles personnes.

Minnie m'a adressé un sourire condescendant.

– Tu es très jeune, Sephy.

– Arrête de te la jouer, ai-je grogné.

– Ce n'est pas ce que je fais. J'énonce une évidence, c'est tout. Et tu sais ce que je te souhaite ?

– Quoi ?

– De ne jamais grandir.

Callum

Alors Callum, vas-tu le faire ou non ? Vas-tu montrer un peu de courage ? Voilà un mois et demi que tu supportes toute cette pression... alors dis ce que tu as à dire ! Ne sois pas aussi lâche ! Vas-y !

– Excusez-moi, monsieur Jason, pourrais-je vous parler en privé, s'il vous plaît ?

– Si vous n'êtes pas trop long, a répondu M. Jason sans lever les yeux de son cartable.

J'ai attendu que le dernier élève sorte de la classe.

– Eh bien ? a demandé M. Jason.

Il avait refermé son cartable et s'apprêtait déjà à partir.

– Pourquoi ai-je obtenu un C moins comme note globale de mi-trimestre, alors que ma note au dernier contrôle était de 17 sur 20 ?

– La note globale ne reflète pas seulement votre résultat au contrôle.

– Quoi d'autre ?

– Votre attitude en classe, vos devoirs… ce genre de chose.

– Je n'ai jamais eu moins de 9 sur 10 à mes devoirs à la maison.

M. Jason m'a regardé dans les yeux. J'avais enfin retenu son attention.

– Tu mets mon jugement en cause ? C'est exactement ce que j'ai voulu dire en parlant de ton attitude en classe.

– Vos critères m'intéressent, c'est tout.

– Tu as obtenu la note que tu méritais.

– Adotey a eu un B, alors que mes notes sont toutes meilleures que les siennes.

– Si tu n'es pas content de ta note, tu peux toujours faire appel, m'a défié M. Jason.

Ma repartie était déjà prête.

– C'est ce que je vais faire.

J'allais passer devant lui, mais il a refermé la porte avant que je puisse sortir.

– Vous choisissez un très mauvais moyen de vous faire remarquer, monsieur McGrégor. Votre note ne sera pas modifiée, je peux vous le garantir.

Je l'ai regardé. Les mots de Mme Paxton dansaient dans ma tête.

– Pourquoi me haïssez-vous ?

La colère bouillait en moi.

– Vous devriez pourtant être de mon côté.

M. Jason s'est redressé et a bombé le torse.

– Que veux-tu dire ?

– Vous êtes à moitié nihil et c'est pour ça que je ne comprends pas…

Le cartable de M. Jason est tombé sur le sol. Il m'a pris par les épaules et m'a secoué.

– Qui t'a dit ça ? Qui ?

– Per… personne, j'ai juste pensé que… vous avez la peau plus claire que Mme Paxton et les autres professeurs…

M. Jason m'a lâché aussi brutalement qu'il m'avait agrippé.

– Comment oses-tu ? Comment oses-tu ? À qui d'autre as-tu raconté ça ?

– Personne…

– Personne ?

– Je le jure !

– À chaque fois que je te regarde, je remercie Dieu de ne pas être comme toi ! Tu m'entends ? Tu m'entends ?

– Oui, monsieur.

M. Jason a ramassé son cartable et est sorti de la classe. Je tremblais. Des pieds à la tête, je tremblais.

Mais au moins, j'avais ma réponse.

Sephy

M. Jason a traversé le couloir le visage défait. Il semblait sonné. Je l'ai remarqué parce que j'observais le visage de tous les garçons qui passaient dans le couloir en me demandant si l'un d'entre eux était mon frère. Ou si mon frère avait le même nez, les mêmes yeux ou la même bouche. J'y avais pensé toute la journée. Mon frère.

Callum est apparu dans l'encadrement de la porte de notre classe. Je devais lui annoncer la nouvelle. J'ai vérifié rapidement que personne ne regardait dans notre direction et je l'ai rejoint.

– Callum, tu sais quoi ? Tu ne vas jamais croire ce que j'ai découvert à propos de mon père et de ma mère…

– Pas maintenant, Sephy.

– Mais c'est très important…

– Sephy, pas maintenant, s'il te plaît. Est-ce que tu peux essayer de penser à quelque chose d'autre que toi-même pour une fois ? a laissé tomber Callum.

Et il s'est éloigné. C'est à ce moment que j'ai réalisé qu'il avait exactement la même expression que M. Jason.

Callum

Nous étions attablés pour le dîner et personne ne parlait. Personne n'avait rien à dire. Lynnie regardait son assiette de saucisses et purée. Jude affichait un regard morne, toujours le même depuis sa dispute avec Lynnie. Papa était triste. Quand Maman a posé sa fourchette et son couteau dans son assiette, le bruit nous a fait sursauter.

– Eh ! Mais qu'est-ce que vous avez tous ? s'est-elle exclamée.

– Meggie…

– N'essaie pas de m'amadouer, Ryan. Il y a une drôle d'ambiance dans cette maison depuis quelques jours. Et j'aimerais bien savoir ce qui se passe.

– Je vais me promener, a annoncé Lynnie en se levant.

– Lynnie…

Maman n'était pas la seule à être surprise. Lynnie n'était pas sortie de la maison depuis des siècles.

– Ne t'inquiète pas, Maman. Je vais juste faire un petit tour.

– Où vas-tu ? a voulu savoir Maman.

Lynnie a souri gentiment.

– Je suis une grande fille, Maman. Tu devrais arrêter de t'inquiéter.

– Tu veux que je t'accompagne ? ai-je proposé.

Lynette a secoué la tête. Elle a monté les marches quatre à quatre.

– Je croyais que tu voulais te promener ? l'a rappelée Maman.

– J'ai une petite chose à régler d'abord, a répondu Lynnie du palier.

J'ai terminé mon dîner.

– J'y vais. À plus tard, a lancé Lynnie en redescendant.

Elle a enfilé sa veste. Nous l'avons tous regardée sortir.

– Au revoir tout le monde, nous a-t-elle salués avant de refermer la porte.

Son sourire était le plus triste que j'aie jamais vu.

– Ryan, je veux savoir ce qui se passe dans cette maison, a exigé Maman. Et ne me répondez pas qu'il n'y a rien. Un de vous a intérêt à me raconter et vite.

J'ai regardé Jude. Il a baissé la tête. Papa a regardé Maman.

– Meggie, tout s'est passé quand tu es allée rendre visite à ta sœur, a commencé Papa.

Maman s'est raidie.

– J'écoute.

Papa lui a tout raconté. Dans les moindres détails. Nous avons attendu qu'elle se mette en colère.

Mais Maman s'est contentée de nous dévisager l'un après l'autre. Je n'osais pas lever la tête. Elle n'a pas crié. Elle n'a même pas parlé. Elle nous a juste regardés. Je ne sais pas pour les autres, mais je me sentais comme un ver de terre repéré par un oiseau.

– Ryan, où est partie Lynette ? a-t-elle fini par demander.

Papa a secoué la tête. Il ne savait pas.

– Jude et Lynette se sont battus… Ryan, je ne peux le croire. Tu es l'homme le plus lâche et le plus inutile que j'aie eu le malheur de croiser dans ma vie, a lâché Maman sur un ton d'amer reproche.

– Ce n'est pas la faute de Papa, Maman, a balbutié Jude.

– Toi, tais-toi ! Tu me donnes envie de vomir ! Tu te crois toujours le plus fort, le meilleur ! Tu penses que tu as toujours raison et que les autres ont toujours tort. Tu t'en prends à ta sœur depuis des mois !

– Et toi, c'est à moi que tu t'en prends depuis des mois a rétorqué Jude. Comme ça, on est quittes.

– Je m'en prends à toi comme tu dis, parce que tu ne fais rien de ta vie ! Tu pourrais travailler avec ton père à la scierie ou entamer un apprentissage avec le vieux Tony, mais…

– Le vieux Tony est bourré du matin au soir ! Allume une allumette devant sa bouche et tu risques l'explosion. Je ne veux pas travailler dans sa sale boulangerie ! a crié Jude. Si je fais ce genre de job, je serai un raté toute ma vie ! Couvert de farine, à pétrir de la pâte jusqu'à mon dernier souffle !

– C'est un travail honnête !

– J'en ai rien à foutre ! Je ne veux pas d'un travail honnête !

– Tu ne sais pas ce que tu veux, s'est rageusement moquée Maman.

– Si, je le sais. Je veux faire des études !

J'ai regardé Jude. Depuis quand voulait-il faire des études ? Il s'était toujours fichu de moi parce que je ne levais pas le nez de mes livres. Quand je révisais pour l'examen d'entrée à Heathcroft, il passait son temps à ricaner.

– Jude, nous avons déjà eu cette conversation, a soupiré Maman. Nous n'avions pas assez d'argent pour que tu poursuives tes études. J'ai perdu mon emploi, tu te souviens ?

– Mais pour Callum, tu l'as trouvé, l'argent ! Vous n'en avez que pour Callum et Lynette. Quand est-ce que ce sera mon tour ?

– Cesse de dire n'importe quoi, a crié Maman. Nous t'aimons autant que nous aimons ton frère et ta sœur. Mais c'est vrai que là, aujourd'hui, je n'apprécie pas beaucoup tes propos.

– Alors je ne vais pas t'infliger ma présence plus longtemps.

Jude s'est levé et dirigé vers la porte d'entrée.

– Jude…

Maman s'est levée aussi.

Jude a ouvert la porte. Il a voulu sortir, mais devant lui, se tenaient deux officiers de police. Un des deux avait le bras levé. Il s'apprêtait à frapper. Ils semblaient aussi surpris que nous. Le premier a baissé le bras. C'était sans doute un sergent. Il était maigre et flottait dans son uniforme. L'autre était, au contraire, carré et costaud. Pas très grand.

Bien sûr, c'étaient des Primas. Les policiers nihils étaient aussi rares que de la neige bleue.

– Monsieur McGrégor ? a demandé le sergent.

Papa s'est levé lentement.

– Lynette, a murmuré Maman.

Ses mains se sont mises à trembler. Elle s'est accrochée au dossier du canapé.

– Pouvons-nous entrer ?

Papa a acquiescé.

– Je vous en prie.

Ils ont refermé la porte derrière eux.

– Je suis le sergent Collins, et voici l'agent Darkeagle.

– Dites-nous ce qui vous amène, a lancé Papa.

Nous attendions tous.

– Je suis désolé, monsieur, madame, j'ai une mauvaise nouvelle.

Les policiers avaient des regards embarrassés. La respiration de Papa s'est accélérée.

– Que s'est-il passé ? a-t-il articulé.

Maman a serré plus fort le dossier du canapé. Je me répétais que de toute façon, ils ne pouvaient rien annoncer de plus grave que tout ce que j'imaginais.

Pourtant si.

– Vous avez une fille du nom de Lynette McGrégor ?

Papa a hoché la tête.

– Je suis désolé, monsieur. Il y a eu un accident. Un accident tragique. Elle a traversé au moment où un bus passait et… Les témoins l'ont décrite comme perdue dans ses pensées…

Nous sommes tous restés silencieux.

– Personne n'est en cause, a repris le policier. Et si ça peut vous être d'un quelconque réconfort, sachez qu'elle a été tuée sur le coup. Elle n'a pas souffert.

Je ne pouvais quitter le policier des yeux. Je n'aurais pu regarder un membre de ma famille.

Tout est ma faute.

Je me sentais coupable. Je me suis rappelé Lynette se découvrant dans le miroir brisé, les mains en sang. C'était il y a quelques jours. Une éternité.

– Votre fille a été amenée à la morgue de l'hôpital. Si vous désirez la voir…

– NOOOOOON !

Maman a poussé un long cri, un cri d'animal blessé, et est tombée à genoux. Papa est venu près d'elle immédiatement. Les deux policiers ont détourné les yeux. Je m'étais transformé en statue. Papa avait pris Maman dans ses bras et la berçait. Maman ne pleurait pas. Elle avait fermé les yeux et se laissait bercer. Le sergent Collins a tendu une carte.

– C'est mon numéro de téléphone. Si vous avez besoin de quoi que ce soit, appelez-moi. J'ai noté le numéro du commissariat au dos.

Papa a pris la carte.

– Merci, sergent. Merci.

Sa voix tremblait.

– Je suis vraiment désolé, a répété le sergent avant de sortir, suivi de son collègue.

Je me suis assis sur le canapé. Lynette était dans ma tête, elle dansait dans ma tête, elle remplissait mes pensées comme si elle voulait prendre possession de moi. Jude n'avait pas bougé. Maman a ouvert les yeux. Elle a repoussé Papa, qui l'a laissée se lever. Une seule larme a coulé sur sa joue.

– Vous devez être fiers de vous, a-t-elle dit. Vous devez être contents maintenant.

– Meggie, tu es injuste, a commencé Papa. Les policiers ont dit que c'était un accident.

– À quoi pouvait-elle bien penser, a repris Maman, si ce n'est à toutes les horreurs que vous lui avez servies…

Maman s'est couvert le visage de ses mains.

– Mon bébé, mon bébé, a-t-elle gémi.

Nous ne pouvions rien faire. Nous étions tous seuls. Absolument seuls. Tous ensemble et parfaitement seuls.

Sephy

Je zappais de chaîne en chaîne, à la recherche d'une émission potable à regarder. Rien là, là non plus.

– Tu m'énerves !

Minnie m'a pris la télécommande des mains et l'a jetée à travers la pièce.

– Qu'est-ce qui t'arrive ? ai-je demandé mollement.

– Est-ce que rien ne t'ennuie jamais ? m'a interrogée Minnie.

– Oh si. Des tas de choses m'ennuient.

– Rien qui t'empêche de dormir, hein ?

– De quoi tu parles ?

– Papa et Maman vont se séparer. Ils vont se séparer. Tu t'en fiches ?

– Non, je ne m'en fiche pas, ai-je protesté. Papa a rencontré une autre femme. Maman boit plus que jamais et toi, tu passes ton temps à me prendre la tête ! Mais qu'est-ce que tu veux que j'y fasse ?

Minnie m'a jeté un regard qui aurait abattu un séquoia géant et est sortie de ma chambre. Je me suis levée et j'ai cherché la télécommande. C'est vrai quoi ! Après tout, ce n'était pas ma faute, tout ce gâchis !

Que me voulait Minnie ? Si je pouvais empêcher Papa et Maman de se séparer, je le ferais. Mais une seule personne, surtout une personne comme moi, n'avait aucune emprise sur ce genre d'événements ! J'ai fini par retrouver la télécommande et je me suis laissée tomber sur le canapé. Ma colère enflait à chaque seconde. Minnie me rendait cinglée avec son humeur de chien. Si elle croyait que...

– Sephy ! Appelle une ambulance ! Vite !

Je n'ai jamais bougé aussi rapidement de ma vie. J'ai gravi les marches quatre à quatre. Je me suis précipitée dans la chambre de ma sœur mais elle était vide, j'ai traversé le palier jusqu'à la chambre de Maman et je me suis arrêtée sur le seuil, comme si je m'étais heurtée à un mur invisible. Maman était étendue sur le sol, une bouteille à côté d'elle et des cachets éparpillés sur le tapis. Pas beaucoup de cachets. Minnie avait posé la tête de Maman sur ses genoux et lui caressait les cheveux en la berçant.

– Une ambulance ! Vite ! a-t-elle hurlé.

J'ai couru vers le téléphone du palier, les mains tremblantes. Maman venait d'essayer de se tuer.

Maman venait d'essayer de se tuer...

Callum

C'était bizarre. Je ne pleurais pas. Je n'y arrivais pas. Je restais assis sur mon lit, les yeux dans le vide, mais pas une larme ne coulait sur mes joues. Je me suis allongé, j'ai glissé mes mains derrière la tête. Rien. Je me suis retourné sur le ventre, j'ai enfoncé mon visage dans mon oreiller. Toujours rien. Ma sœur était morte et je ne ressentais rien. J'ai serré les poings et je les ai enfouis sous mon oreiller, pour les empêcher de taper contre le mur. J'ai senti une feuille sous mes doigts. J'ai regardé. C'était une enveloppe avec mon nom écrit dessus. De la fine écriture de ma sœur. Une décharge électrique m'a traversé des pieds à la tête. Je me suis assis et j'ai pris l'enveloppe. Une lettre s'en est échappée et est tombée par terre. Je n'ai pas bougé.

– Lynnie ? ai-je murmuré.

J'ai levé les yeux, m'attendant à la voir dans l'encadrement de ma porte, souriante, les yeux pétillants, toute contente de sa bonne farce. Mais elle n'était pas là. Qu'est-ce que j'étais censé faire ? Je me suis penché et j'ai ramassé la lettre. J'avais envie de savoir ce qui était écrit, mais en même temps, j'étais terrifié. J'ai compté jusqu'à trois.

Un, deux...

J'ai commencé à lire.

Cher Callum,

C'est une lettre très difficile à écrire mais je voulais que tu connaisses la vérité. À l'instant où tu lis ces mots, si Dieu est un être de pitié, je ne suis plus de ce monde. Je suis fatiguée et j'ai envie d'arrêter, c'est aussi simple que ça. J'ai longtemps réfléchi à la meilleure manière et je crois que me jeter sous un bus ou un tram, c'est bien. Avec une voiture, c'est trop risqué... Tu vois, mon sens de l'humour est revenu quand j'ai recouvré le sens des réalités. C'est cette réalité que je ne supporte pas. Je ne me sens pas assez forte.

Je vais essayer de maquiller ça en accident pour éviter la honte à Papa et Maman, mais je voulais que tu saches. Je n'ai plus honte d'être ce que je suis, mais je refuse de vivre dans un monde où je ne serai jamais assez bien, où tout ce que je ferai sera mal seulement parce que je suis une Nihil. Je suis une Nihil et rien ne changera jamais ça. J'espère que

Sephy et toi aurez plus de chance que Jed et moi – si c'est ce que tu veux. Prends soin de toi. Et quoi que la vie te réserve, sois fort. Sois fort pour nous deux.

Avec tout mon amour,
Lynette

Lynnie.

La lettre tremblait dans ma main. Les mots se brouillaient. Je ne voulais pas les relire. Une fois, c'était déjà plus que suffisant. J'ai froissé la feuille, je l'ai écrasée dans mon poing. Je l'ai écrasée comme j'aurais voulu que mon cœur soit écrasé. Je suis resté parfaitement immobile pendant une minute ou peut-être une heure. Assez longtemps pour que la douleur dans ma gorge s'estompe, assez longtemps pour que mes yeux aient le courage de voir à nouveau. Et quand j'ai commencé à avoir moins mal, seulement à ce moment, j'ai bougé. J'ai déchiré la feuille en tout petits morceaux que j'ai laissés tomber par terre. Ça faisait comme de la neige.

Pour la première fois de ma vie, je détestais ma sœur. Je la haïssais. Elle avait abandonné. Elle m'avait abandonné.

Avec tout mon amour... Que voulait-elle que je fasse de son amour ? Et à quoi lui avait-il servi à elle ?

À garder ses plaies béantes ?

Jamais, jamais, je le jurais, je ne ferai comme elle. Jamais je n'abandonnerai.

Jamais.

Sephy

Minnie était assise près de moi. Elle avait passé son bras autour de mon épaule.

– Minerva ?

– Chut, a murmuré Minnie. Maman va se remettre. Tu verras, tout ira bien.

J'ai regardé le tapis du couloir. Cet endroit ressemblait plus à un hôtel qu'à un hôpital. Savaient-ils vraiment ce qu'ils faisaient ? Où était Maman ? Les ambulanciers n'avaient accepté que nous accompagnions Maman que parce que Minnie avait refusé de lui lâcher la main. À l'arrivée, nous avions été dirigées vers une salle d'attente, pendant que Maman était emmenée sur un chariot. Les minutes passaient. Lentement. Nous n'avions toujours pas de nouvelles. Il n'y avait ni infirmière, ni médecin. Personne.

J'avais noué mes mains.

Mon Dieu, s'il vous plaît, mon Dieu...

– Minerva, Perséphone ? Ah, vous êtes là !

Juno Aylette, la secrétaire personnelle de Papa, avançait à grands pas dans le couloir.

Minnie s'est levée. Je l'ai imitée.

– Vous avez perdu la tête ! a attaqué Juno.

J'ai froncé les sourcils et j'ai regardé Minerva qui était aussi stupéfaite que moi de cet accueil.

– Pourquoi ne m'avez-vous pas téléphoné sur ma ligne directe avant de prévenir une ambulance ? Les médias sont en train de gloser et de raconter que votre mère a tenté de se suicider parce que votre père la trompe !

J'ai fermé les paupières. J'avais sûrement mal entendu. Oui, c'était ça. Personne ne pouvait se montrer aussi... insensible.

– Maman a vraiment essayé de se suicider, a marmonné Minnie.

– Bien sûr que non ! a rétorqué Juno en sortant son téléphone portable. Quand on veut se suicider, on avale plus de quatre somnifères. Elle voulait juste attirer l'attention sur elle.

Juno composait un numéro.

Je me suis tournée vers ma sœur.

– Minnie, qu'est-ce que...

– Allô Sanchez ?

Juno parlait fort. Je me suis tue.

– Oui... j'ai un nouveau service à te demander. Oui... je suis à l'hôpital et... Bien sûr qu'elle va bien... ce n'est rien du tout, mais nous devons répandre la nouvelle qu'il ne s'agissait que d'un accident... Oui...

Minnie lui a arraché le téléphone des mains et l'a jeté par terre avant de l'écraser sous son talon. J'ai regardé ma sœur, le cœur battant, béate d'admiration.

– Comment oses-tu ? a commencé Juno.

– Allez au diable ! lui a crié Minnie.

– Minerva Hadley, tu n'es qu'une sale gamine gâtée !

– Et vous, une vache sans cœur !

Sur ces mots, ma sœur s'est dirigée vers l'endroit où on avait emmené Maman.

J'ai adressé un sourire narquois à Juno et j'ai emboîté le pas à ma sœur.

– Tu as été géniale, Minerva, absolument géniale !

Elle n'a pas souri, mais son visage s'est un peu détendu.

Un peu.

Callum

Nous avions enterré Lynette dans l'après-midi. Une semaine après « l'accident ». Depuis une semaine, je n'étais pas allé à l'école, je n'avais pas versé une larme. Il était tard. Je marchais sur la plage. Seul.

Je portais ma seule chemise convenable et je regardais les vagues aller et venir. Je me demandais à quoi servait ce mouvement perpétuel.

Quelque chose dans ce monde avait-il une utilité ?

Je suis rentré. Seul.

Notre maison était bondée. Amis, famille, voisins, étrangers. Je ne m'y étais pas attendu. Je n'avais pas envie de voir tous ces gens. Papa avait promis un enterrement sobre. On aurait dit que tous les Nihils de notre quartier se battaient pour entrer dans notre salon. Je me suis mis dans un coin et j'ai attendu. Chacun se poussait du coude pour être le premier à présenter ses condoléances et à donner son avis sur ce « tragique accident ». La cour devant la maison ainsi que le petit jardin à l'arrière étaient remplis. La maison aussi. Il y avait du bruit. Beaucoup de bruit.

Il fallait que je parte ou j'allais exploser. Jude se tenait un peu à l'écart, avec quelques amis. Il ne quittait plus son air sombre. Il parlait peu et buvait beaucoup. De la bière, je crois. Il commençait à tituber. Je n'avais pas envie d'essayer de l'arrêter. S'il avait envie de se soûler, grand bien lui fasse. Le monde entier pouvait aller se faire voir !

Qu'est-ce que Lynnie aurait pensé de tous ces gens ? Elle aurait sans doute été aussi étonnée que moi. Et que penseraient Papa et Maman et Jude s'ils savaient que ce n'était pas un accident ? Question stupide. Je sais ce qu'ils diraient. Je sais ce qu'ils ressentiraient. Je ne leur dirai jamais. J'avais brûlé les petits morceaux de la lettre de Lynnie. Je devais bien ça à Papa et Maman. Surtout à Maman.

Le bruit continuait de plus belle. Je me suis massé les tempes. Papa et Maman avaient-ils réellement invité tous ces gens ? Et où était Papa ? Je ne l'avais pas vu depuis un moment. Maman non plus, d'ailleurs. J'ai traversé le salon, serrant des mains et hochant la tête à chaque « condoléances ». Alors que j'allais péter les plombs, j'ai aperçu Papa. Il était en pleine discussion avec deux types. Le premier avait des cheveux blonds sales, noués en queue-de-cheval et une fine moustache. L'autre avait les cheveux noirs et une peau mate, que beaucoup devaient lui envier. Il ressemblait presque à un métis.

Je souhaitais de toutes mes forces avoir un jour les moyens de m'offrir un traitement pour noircir la peau de façon permanente.

Je me suis dirigé vers eux, mais l'expression solennelle sur leur visage m'a stoppé. Je me suis concentré sur leurs lèvres, pour déchiffrer leurs paroles. Je n'avais jamais fait ça avant, mais ça m'était venu naturellement. Il me suffisait de le décider pour devenir le meilleur espion du monde. Du moins le meilleur espion nihil du monde.

Papa ne parlait pas beaucoup. Il acquiesçait et acquiesçait encore. Un mot par-ci, un hochement de tête par-là, et c'était tout. Apparemment, les deux types, ça leur suffisait. Ils ont commencé à sourire et à tapoter l'épaule de Papa. Puis un des deux lui a glissé quelque chose dans la main. Papa n'y a pas jeté un œil mais s'est empressé de le ranger dans sa poche. Du coin de l'œil, j'ai vu Maman entrer dans le salon.

Elle a cherché Papa du regard. Elle l'a repéré tout de suite et s'est frayé un chemin vers lui. Puis elle a remarqué les types et s'est immobilisée. Une étincelle de colère a lui dans ses yeux. Et elle a repris sa marche, à pas encore plus décidés. J'étais tellement absorbé par ce qui se passait sous mes yeux que je n'avais pas réalisé tout de suite le silence qui emplissait à présent le salon. Tout le monde était tourné vers le même endroit derrière moi. Personne ne parlait plus. Personne ne bougeait plus. Je me suis retourné. Lentement.

Et j'ai reçu un coup de poing dans l'estomac. C'est du moins l'impression que j'ai eue.

Sephy...

Que faisait-elle ici ? Elle était folle ou quoi ? Les gens s'écartaient d'elle par vagues. Ça me faisait penser aux ondes qui rident la surface d'un étang quand on lance un caillou. Sans un mot, Sephy est venue vers moi. Puis elle m'a dépassé et a continué jusqu'à ma mère qui n'était plus qu'à quelques pas de mon père.

– Monsieur et madame McGrégor, je voulais vous dire à quel point j'étais désolée de ce qui est arrivé à Lynette. Je comprends ce que vous traversez. Ma mère... je sais...

Sa voix s'est brisée. Il aurait fallu qu'elle ait une peau de rhinocéros pour ne pas sentir l'hostilité qui régnait.

– J'espère que je ne vous dérange pas... Je voulais juste... je suis désolée...

Maman a été la première à retrouver l'usage de la parole.

– Vous ne nous dérangez pas, mademoiselle Hadley.

Elle a fait un pas vers Sephy.

– Merci d'être venue. Voulez-vous boire quelque chose ?

Sephy a regardé tous ces gens qui l'observaient. Tous soupçonneux ou franchement hostiles.

– Non, non, merci, a-t-elle répondu.

– C'est absurde. Vous avez fait beaucoup de chemin. Vous ne pouvez pas repartir sans vous désaltérer. N'est-ce pas, Ryan ?

Maman s'était adressée directement à Papa.

Il était à présent seul dans le coin du salon. Les deux types avaient disparu comme par enchantement. Papa fixait Sephy comme si elle était une variété de champignon vénéneux et écœurant. Exactement comme Mme Hadley m'avait regardé quand j'avais demandé à voir Sephy, la dernière fois.

– Ryan, a répété Maman.

– Bonjour, mademoiselle Hadley, a-t-il réussi à articuler.

– Je vais y aller.

– Sephy…

J'ai à peine eu le temps d'ouvrir la bouche. Jude s'était approché de Sephy.

– Oui, c'est ça, vas-y ! Casse-toi ! Personne ne t'a demandé de pointer ton nez de Primate ici ! Tu peux te garder ton hypocrisie.

– Jude, ça suffit ! l'a fermement repris Maman.

– Si notre sort l'intéresse autant, elle était où ces trois dernières années, quand Lynnie était cinglée et qu'on avait à peine de quoi manger ? Elle était où, quand sa mère t'a virée et que j'ai dû abandonner mes études ? Elle était où, quand Harry a perdu son job ?

Jude désignait un homme près de la porte.

– Et tout ça parce que c'est une sale gamine qui n'en fait qu'à sa tête sans jamais se préoccuper des autres !

Sephy fixait l'homme, Harry, qui lui renvoyait son regard. Je ne l'avais jamais vu de ma vie. Qu'est-ce qu'il avait à voir avec Sephy ?

– Notre nouveau chauffeur m'a dit que vous aviez décidé de partir.

La voix de Sephy n'était qu'un murmure. Mais dans le silence, tout le monde l'a entendue.

– Je me suis fait virer pour vous avoir laissée seule, alors qu'il y avait une émeute devant votre collège, a lancé Harry. Je vous ai demandé de rester dans la voiture, mais vous n'avez rien voulu entendre. Quand votre visage s'est affiché sur l'écran de télé, votre mère m'a jeté dehors à coups de pied aux fesses. J'en ai encore la marque et je l'aurai jusqu'à la fin de mes jours !

La colère montait.

Sephy a secoué la tête.

– Je ne savais pas. Je vous jure que je ne savais pas.

– Vous avez pas pris la peine de vous renseigner, a craché Harry, dégoûté.

– Votre race ne nous a apporté que des malheurs, a lâché Jude en bousculant Sephy.

Des murmures se sont élevés devant tant d'audace. Bousculer une Prima, c'était courir au-devant des problèmes. Mais Jude s'en fichait.

– Et maintenant, tu viens ici…

– Madame McGrégor, madame McGrégor ! a appelé Sephy.

– Perséphone, il vaudrait mieux que tu partes, a dit Papa.

– Mais je n'ai rien fait, a protesté Sephy d'une voix tremblante.

– C'est vrai, tu n'as rien fait, a accordé Papa sur un ton de reproche. Tu viens vêtue d'une robe qui coûte plus que je ne gagne en un an et nous sommes censés sourire et applaudir ? Tu crois que c'est comme ça que ça marche ?

– Non, a murmuré Sephy.

– Alors, va-t'en ! a sifflé Jude. Va-t'en tout de suite, avant que je commette un acte que je pourrais regretter plus tard.

Sephy a regardé autour d'elle. Ses yeux ont trouvé les miens. J'ai esquissé un pas vers elle, mais une femme m'a retenu par le bras.

– Laisse-la. Les Nihils et les Primas ne se mélangent pas.

Sephy a ravalé ses sanglots et est sortie en courant. La foule s'est écartée, comme la mer devant l'ange Shaka.

– Tu n'avais pas le droit de la traiter de cette façon, Jude.

Maman avait attendu que Sephy soit partie avant de s'en prendre à mon frère.

– Oh si, il en avait le droit ! a déclaré Papa. Personne ne voulait d'elle ici. Jude s'est contenté de lui dire la vérité.

Maman n'était pas la seule à être surprise. Qu'est-ce qui prenait à Papa ? Je croyais que sa devise était : « Vivre et laisser vivre » ! Depuis quand avait-il changé ? Depuis la mort de Lynnie ?

– Ryan ? a dit Maman.

Autour de nous, les gens ont repris leurs conversations. Un peu gênés. Je suis arrivé près de Maman en même temps que Papa. Il avait une expression de dureté sur le visage.

– Meggie, a-t-il prononcé lentement. Je refuse de rester plus longtemps sans agir.

Et il a tourné les talons.

Maman n'a pas essayé de le retenir.

Le ton de sa voix, l'éclat de ses yeux, sa façon de marcher même, me faisaient peur. Comme si mon père emmenait mes derniers espoirs avec lui.

Sephy

Ça ne fait que trois ans que la mère de Callum ne travaille plus pour la mienne. Trois petites années. Trois années qui sont passées aussi vite que trois minutes pour moi. Pourtant, quand je suis entrée chez Callum cet après-midi, j'ai eu l'impression de pénétrer chez des étrangers. J'avais un souvenir précis du père et de la mère de Callum mais mes souvenirs n'avaient rien à voir avec la réalité. Ils ne voulaient pas me voir. J'étais indésirable. Après tout ce qui était arrivé à Maman, je voulais leur dire combien leur tragédie me touchait. Minnie et moi étions dans le même bateau que Callum.

Mais chaque pas que je faisais vers Callum semblait me rapprocher de l'enfer.

Callum

Je me suis assis près de Sephy sur la plage. Nous n'avons pas parlé. J'avais du sable sur mon seul costume mais ça m'était complètement égal.

– Je ne voulais blesser personne, a soufflé Sephy.

– Je sais, mais…

– Mais ce n'est pas la meilleure idée que j'ai eue dans ma vie, a soupiré Sephy.

– Non.

– Je fais tout de travers en ce moment.

Elle ne cherchait pas à se faire plaindre.

– Je suis désolée pour ta sœur, Callum. Je voulais te le montrer. J'ai pensé qu'envoyer une carte serait un peu… un peu…

– Impersonnel ?

– Exactement. J'ai suivi mon impulsion.

Je ne savais pas quoi dire, alors je n'ai rien dit.

– C'est ça de grandir ? m'a demandé Sephy.

– Oui.

– Tu me prends dans tes bras, s'il te plaît ?

J'ai hésité.

Sephy a soupiré.

– Si tu n'en as pas envie, ce n'est pas grave.

– Non, ce n'est pas ça, c'est juste que…

Sephy s'est mordu la lèvre.

– C'est juste que… et puis zut !

J'ai mis ma tête sur son épaule. Et nous sommes restés ainsi à regarder les vagues aller et venir dans la nuit tombante.

LA SÉPARATION

Sephy

Minnie et moi nous dirigions vers la chambre privée de Maman. Il s'était passé deux semaines depuis « l'accident » et chaque soir, Karl, notre chauffeur, nous amenait à l'hôpital. Physiquement, Maman allait mieux, mais son comportement m'inquiétait. Ma mère, celle que je connaissais, avait disparu et à sa place…

– Minerva ! Perséphone ! Je suis si contente de vous voir ! Vous m'avez tellement manqué. Venez me faire un câlin.

Minnie et moi nous sommes jeté un regard étonné avant d'obéir. Maman a serré Minnie contre elle, puis moi. Si fort que je n'arrivais plus à respirer.

– Je vous aime, mes filles, a dit Maman d'une voix tremblante d'émotion. Vous le savez ? Vous le savez, n'est-ce pas ?

Minnie, un peu gênée, a acquiescé.

– Nous aussi, on t'aime Maman, ai-je lancé, mal à l'aise.

Ce n'était tellement pas le genre de Maman, ces effusions !

– Je sais que vous m'aimez, a souri Maman en m'attirant vers elle pour m'embrasser.

J'ai dû faire un effort pour ne pas m'essuyer la joue.

– Vous êtes les seules qui ne se fichent pas de savoir si je suis morte ou en vie, a continué Maman.

Cette gratitude dans sa voix me donnait la nausée. Et me rendait terriblement coupable. Est-ce que Papa était passé la voir ?

– Tes amies viendraient te rendre visite, a remarqué Minnie, si tu leur disais que tu es là.

– Non ! Non, je ne veux voir personne… je les appellerai quand je sortirai.

– Ce sera quand ?

– Quand j'irai mieux, a gaiement annoncé Maman.

Trop gaiement.

Minnie et moi nous sommes de nouveau regardées.

– Vous revenez me voir demain ? a demandé Maman.

– Bien sûr, a répondu Minnie.

– Vous pourriez me rendre un service ? J'aimerais que vous m'apportiez ma trousse de maquillage. Je me sens nue quand je ne suis pas un peu maquillée.

– Pas de problème, Maman, a accepté Minnie.

Maman souriait. Son sourire était effrayant.

– Et une bouteille de champagne ! a-t-elle ajouté. Pour fêter ma guérison.

– Une bouteille de champagne ?

– Oui, bien sûr ! Ou de vin blanc, ça fera l'affaire !

– Maman, je ne pense pas que ce soit une bonne idée.

– Tu feras ce que je te dis !

Une première fissure venait d'apparaître dans ce rôle que Maman jouait. Elle a essayé de la masquer par un grand sourire.

– Excuse-moi, ma chérie, je suis un peu nerveuse en ce moment. Si tu ne m'aides pas, Minnie, qui le fera ? T… ton père n'est même pas venu me voir. Même pas un coup de fil. Même pas une petite carte.

Son sourire n'a pas failli.

– Demain, je fête le premier jour du reste de ma vie ! Alors apporte-moi ce que je te demande, d'accord, ma chérie ?

– D'accord, Maman.

– Tu es gentille, Minerva. Je t'aime.

– Oui, Maman.

– Mes deux grandes filles.

Le sourire de Maman s'est effacé, et sur son visage s'est inscrite une profonde tristesse. J'ai détourné les yeux.

– C'est une dure leçon pour mes deux petites filles. Ne faites jamais d'erreur car on ne vous le pardonnera pas.

– Je ne comprends pas, Maman, a soufflé Minerva.

– J'ai commis une erreur, il y a longtemps.

Maman avait fermé les yeux, et sa voix était lointaine et ensommeillée.

– J'ai fait quelque chose que je n'aurai pas dû faire. Mais j'étais seule. Votre père n'était jamais à la maison et je me sentais si seule. Mais il l'a su et depuis, il ne cesse de me le faire payer.

– Maman, ça ne…

– Ne faites pas comme moi.

Maman a rouvert les yeux et un sourire tout neuf s'est épanoui sur ses lèvres.

– Soyez parfaites, mes petites filles, soyez toujours parfaites.

Je me suis penchée pour défaire et refaire mon lacet. Une larme s'est écrasée sur ma chaussure. Mais Maman n'a rien vu.

C'était le principal.

Callum

– Je sors.

Maman avait déjà sa veste sur le dos.

– Où ?

Papa a levé la tête de la table, où il étudiait une espèce de carte avec Jude.

– Je vais me promener.

Elle avait ouvert la porte.

– Meggie, combien de temps comptes-tu agir de cette façon ?

– De quelle façon ? a demandé Maman.

Elle nous tournait le dos. Jude et moi avons échangé un rapide coup d'œil. Les funérailles de Lynn remontaient à plus de trois mois et Papa n'était pas le seul à avoir changé. Presque chaque soir, Maman sortait et ne rentrait que tard dans la nuit, quand tout le monde dormait ou faisait semblant de dormir. La période de Noël était passée. Nous n'avions rien fêté. La nouvelle année avait commencé et nous ne nous adressions presque plus la parole.

Papa a poussé un soupir exaspéré.

– Meggie, pourquoi ne nous parles-tu pas ? Pourquoi ne me parles-tu pas ?

Maman s'est retournée. Elle était en colère.

– Tu arrêtes ça ? a-t-elle demandé en montrant la carte.

– Non.

– Alors nous n'avons plus rien à nous dire.

– Meggie…

Maman est sortie et a claqué la porte derrière elle.

– Qu'est-ce qui se passe, Papa ? ai-je demandé.

Papa fixait la porte. Il ne m'avait sans doute même pas entendu. Je me suis approché de la table, mais Jude a roulé la carte avant que j'aie eu le temps de voir quoi que ce soit.

– Viens, Jude, on a du pain sur la planche, a dit Papa.

– Vous allez où ? ai-je demandé.

– On sort.

– Où ?

– On va à une réunion.

– Quelle réunion ?

– Ça ne te regarde pas, a répliqué Papa sèchement.

– Où est-ce ?

– Ça ne te regarde pas non plus !

Jude avait passé un gros élastique autour de la carte. Il l'a posée à ses pieds le temps de prendre son manteau. Il n'avait pas l'intention de la lâcher des yeux. Je les ai dévisagés tous les deux, Papa et Jude. Je me sentais totalement exclu.

– Pourquoi est-ce que Jude vient avec toi et pas moi ?

– Tu es trop jeune !

Jude a ricané et marmonné quelques mots. Papa l'a regardé et il s'est tu. Qu'est-ce qu'ils fabriquaient ? Ma maison s'était transformée en royaume des secrets : Maman était devenue inaccessible, et Jude et Papa me faisaient comprendre qu'ils ne voulaient pas de moi.

Lynette me manquait terriblement.

Elle ne parlait jamais beaucoup, mais elle était comme le ciment qui soudait les membres de cette famille. Depuis qu'elle était partie, nous nous éloignions les uns des autres inexorablement.

Je la détestais encore plus de nous avoir laissés tomber.

– Laissez-moi venir avec vous, ai-je supplié.

Je ne savais pas où était Maman et je n'avais pas envie de rester seul. J'avais besoin d'appartenir à quelque chose, à quelqu'un…

– Pas question ! a tranché Jude avant que Papa ait eu le temps d'ouvrir la bouche.

– Je me ferai tout petit.

– Ouais, c'est ça ! a lâché Jude.

Papa s'est approché de moi et a posé une main sur mon épaule.

– Callum, tu ne peux pas venir avec nous.

– Pourquoi ? Si Jude a l'âge de faire partie de la Milice de libération, alors moi aussi !

– Quoi ?

Papa s'est retourné vers Jude.

– Qu'est-ce que tu lui as raconté ? On avait dit que…

– Je ne lui ai rien dit, a protesté Jude.

– C'est vrai, Jude ne m'a rien dit.

– Alors qui ? a demandé Papa, abruptement.

– Personne, mais je ne suis pas stupide. Alors, est-ce que je peux venir avec vous ?

– Non. Tu es trop jeune. Et si tu es repéré, tu ne pourras plus aller à l'école, c'est ce que tu veux ?

– Je m'en fous. Je perds mon temps à Heathcroft, et tout le monde le sait.

J'ai haussé les épaules.

– Colin a laissé tomber et Shania a été virée pour on ne sait quelle raison. Tout le monde se demande si le prochain sera Amu ou moi. De toute façon, j'ai envie d'arrêter.

– Jamais ! a crié Papa. Tu vas à l'école et tu y resteras jusqu'à tes dix-huit ans ! Ensuite, tu suivras les cours à l'université ! Je suis bien clair ?

J'ai regardé mes chaussures.

– Callum, je t'ai posé une question.

Papa m'a pris par le menton et m'a forcé à lever les yeux vers lui.

– Tu ne quitteras pas l'école sans diplôme. Compris ?

– Oui, d'accord, ai-je marmonné.

Papa est retourné vers la porte.

– T'as pas intérêt à balancer à ta petite amie noire que nous faisons partie de la Milice de libération, m'a soufflé Jude sur un ton menaçant. Ce serait comme si tu nous passais une corde autour du cou.

Papa et Jude ont quitté la maison sans un regard derrière eux.

J'étais seul. Encore une fois.

Sephy

Minnie était plongée dans un de ces magazines du genre « Dix façons de trouver l'homme de sa vie ». Je trouve ça super chiant mais Minnie a seize ans, deux ans de plus que moi, et si ça se trouve dans deux ans, moi aussi, je lirai ces articles. Pour le moment, j'avais d'autres soucis en tête. J'ai nerveusement passé ma langue sur mes lèvres.

– Minnie, qu'est-ce qu'on va faire ?

– De quoi tu parles ?

– Maman, elle boit de plus en plus.

– Elle a juste besoin d'une béquille.

Minnie a souri en répétant les propres justifications de Maman.

– Sauf que sa béquille ressemble de plus en plus à un fauteuil roulant !

– T'as qu'à lui dire, m'a défiée Minnie.

J'ai poussé un soupir pour faire comprendre à ma sœur que j'attendais un peu plus d'aide de sa part. Mais elle a remis le nez dans son magazine. Depuis que Maman était rentrée, son état empirait tous les jours. Elle passait presque toutes ses journées dans sa chambre. Quand elle en sortait, elle nous noyait de baisers et nous répétait *ad libitum* combien elle nous

aimait. Ensuite, elle allait dans la cuisine prendre une bouteille.

Quand elle nous serrait dans ses bras, elle empestait le
parfum. Elle devait s'en mettre des litres. Elle essayait sans
doute de masquer l'odeur d'alcool. Mais elle ne trompait
personne.

C'était tellement évident. Elle était de plus en plus à côté
de la plaque. De plus en plus triste et de plus en plus seule.

Et je ne pouvais rien pour l'aider.

Callum

Samedi. Dix-huit jours et cinq mois après la mort de
Lynette. C'était bizarre de présenter les choses de cette façon :
les jours avant les mois.

J'avais eu seize ans. Papa et Maman m'avaient offert un
livre. Mais on n'avait pas vraiment fait la fête. Personne n'en
avait envie. On s'était assis autour de la table et on avait coupé
le gâteau sans s'adresser la parole.

Le printemps s'était installé et chez nous, rien n'avait
changé. Je ne passais pas une journée sans penser à ma sœur.
Quand elle était là, elle se fondait dans le décor, mais maintenant…

Le secret de sa mort me pesait. Personne ne connaissait la
vérité à part moi. J'avais de plus en plus besoin de me confier
à quelqu'un. Il y avait Sephy, mais chaque fois que j'étais sur
le point de lui parler de la lettre de Lynette, les mots restaient
coincés au fond de ma gorge. J'avais l'impression d'être
déloyal envers Lynette et tout le reste de ma famille.

À penser à elle, j'ai eu envie de téléphoner à Sephy. J'ai utilisé notre signal téléphonique. Elle m'a rappelé cinq minutes plus tard.

– Salut, ai-je dit.

– Salut toi-même, a-t-elle répondu.

– Tu fais quoi aujourd'hui ? lui ai-je demandé.

Je parlais à voix basse, pour que Papa et Maman ne m'entendent pas. Jude était sorti, comme d'habitude. J'espérais que Sephy n'avait rien prévu. J'avais envie de passer ce samedi après-midi avec elle.

– Je vais faire les boutiques avec ma mère, a gémi Sephy.

– Ma pauvre.

Je luttais pour ne pas éclater de rire. Sephy détestait faire les boutiques avec sa mère. Pour elle, c'était l'enfer sur Terre.

– C'est pas drôle ! a-t-elle râlé.

– Non, c'est sûr, ai-je rétorqué, en riant franchement cette fois.

Sephy a soupiré.

– Tu te moques de moi.

– Je n'oserais pas.

– Et toi, qu'est-ce que tu vas faire ?

– Je vais aller me balader au parc ou sur la plage. Je ne sais pas encore.

– Pffff.

– Pense à tout cet argent que tu vas dépenser, lui ai-je dit.

– C'est Maman qui va dépenser des sous, pas moi, a répliqué Sephy. Elle a décidé qu'acheter était une excellente thérapie pour elle.

– T'as plus qu'à t'y faire !

– Je préférerais être avec toi…

J'ai ressenti ce pincement au cœur comme à chaque fois qu'elle me parlait ainsi.

– Allô ? a dit Sephy.

– Je suis là. On pourra peut-être se voir plus tard ? ai-je sug-géré.

Sephy a soupiré.

– Ça m'étonnerait. Maman veut m'acheter des robes et un nouvel uniforme scolaire. Et pour elle, elle veut une robe du soir et des chaussures. Rien que pour les chaussures, ça va nous prendre trois ou quatre heures.

– Pourquoi ? Elle a les pieds palmés ou quoi ?

– Non, juste des goûts impossibles. Je te jure, Callum, ça va être une torture.

– On se croisera peut-être au centre, j'ai des trucs à ache-ter moi aussi.

– Quoi ?

– Une nouvelle calculatrice.

– Je regarderai partout pour ne pas te rater, a dit Sephy. Peut-être au café ? Si je t'aperçois, ça m'empêchera de devenir com-plètement cinglée.

– Si on se rate, on se donne rendez-vous ce soir. Pour un pique-nique sur la plage. Vers six heures ?

– J'essaierai, mais je ne promets rien.

– Ça marche.

– Un samedi au centre commercial de Dundale, a grogné Sephy. Achevez-moi maintenant pour mettre fin à mes souf-frances !

Je lui ai dit au revoir en riant et j'ai raccroché.

Et puis, j'ai repensé à Lynette et j'ai arrêté de rire.

Sephy

– Tu aimes ces chaussures ?

– Oui, Maman, elles sont très jolies, ai-je souri.

– Elles n'étaient pas mieux, les bordeaux avec les brides ?

– Lesquelles ?

– Celles que j'ai essayées chez Robert et Miller...

On était passées dans quatre magasins depuis.

– Moi, j'adore celles-ci, ai-je assuré.

– Je crois que je préfère retourner chez Robert et Miller pour réessayer les autres.

Aaaaaaaarggggh !

Callum

Nous avions fini de déjeuner. Nous ne nous étions même pas disputés. Jude était rentré et nous avions tous mangé ensemble. Ça changeait. Maman nous a donné des nouvelles de nos voisins, Jude n'a pas prononcé un mot. Je n'avais pas grand-chose à dire non plus. Ma dernière bouchée avalée, je me suis levé. J'ai enfilé ma veste et je me suis dirigé vers la porte.

– Où vas-tu ? m'a demandé Maman en souriant.

– Au centre commercial.

Jude s'est dressé, comme s'il venait de recevoir une décharge électrique.

– Non !

– Je vais où je veux ! Depuis quand tu décides à ma place ?

– Callum, a répondu Jude nerveusement. Tu ne peux pas aller là-bas. Pas aujourd'hui.

– Jude ?

Maman s'est levée lentement.

L'atmosphère s'est tendue.

– Pourquoi est-ce que je n'irais pas au centre commercial aujourd'hui ? ai-je demandé à mon frère.

Il n'a pas répondu.

– Que se passe-t-il ? ai-je insisté.

J'ai regardé Maman. Elle fixait Jude.

– N'y va pas, Callum, m'a répété Jude.

– Mais…

Et tout à coup, j'ai compris.

La Milice de libération avait prévu un coup d'éclat à Dundale. Jude était au courant. Mon frère ne voulait pas que je sois dans le coin…

– Sephy est au centre commercial ! ai-je crié.

– Callum ! a commencé Jude.

Je n'ai pas voulu l'écouter. Je me suis précipité hors de la maison et j'ai couru.

Sephy

Maman me rendait folle ! Ces cinq dernières heures – cinq heures ! –, je n'avais pas arrêté de me mordre la langue pour me retenir de lui dire ce que je pensais. Si elle me demandait encore mon avis, rien qu'une fois, sur une paire de chaussures, je ne pourrais être tenue responsable de ma réaction. J'ai bu une gorgée de jus d'orange. Je profitais de cet intermède court et bienvenu. Elle était allée à la voiture poser ses sacs. Elle s'était bien amusée. Pas moi.

– Sephy ! Dieu merci ! Tu dois sortir d'ici ! Tout de suite !

– Callum ! D'où tu viens ?

J'étais ravie de le voir.

– On n'a pas le temps ! Il faut se tirer, tout de suite…

– Mais je n'ai pas fini mon verre…

– On s'en fout ! Il faut partir d'ici ! Tout de suite !

Callum semblait effrayé… non, terrifié.

– Qu'est-ce qui se passe ?

– Ne discute pas ! Suis-moi !

Il m'a attrapée par le bras et m'a entraînée vers la sortie.

– Excusez-moi, mademoiselle, ce garçon vous ennuie ? m'a demandé un parfait inconnu.

– Non, non, c'est un ami, ai-je répondu. Il veut me montrer quelque chose.

Callum, sans me lâcher, courait dans les allées du centre, vers la sortie la plus proche. Tout le monde nous regardait.

– Qu'est-ce qui se passe ? ai-je crié.

Je ne sais pas si les gens ont paniqué à cause de nous, mais tout à coup, ils se sont mis à courir eux aussi vers les sorties. Il y a eu des cris. Nous avons été parmi les premiers dehors. Le soleil brillait. Callum ne m'a pas lâchée. Il continuait à courir.

– On va où ? ai-je haleté.

– Cours ! J'ai cru que jamais je ne te trouverais ! Je t'ai cherchée pendant une demi-heure !

– Callum, j'ai un point de côté, ai-je protesté.

– C'est pas grave ! Cours !

– Callum ! Ça suffit !

J'ai enlevé ma main de la sienne.

– Tu es…

Soudain, il y a eu un éclair, suivi d'une énorme explosion. Le souffle m'a projetée dans les airs comme une brindille. J'ai senti une chaleur intense dans mon dos, j'ai atterri sur le ventre. J'entendais un sifflement dans mes oreilles. Je ne sais pas combien de temps je suis restée immobile. Étais-je morte ? Est-ce que c'est ça qu'on ressentait quand on était mort ? J'ai fermé les yeux et appuyé mes mains sur mes oreilles, pour faire cesser le sifflement, mais ça n'a pas marché parce qu'il était dans ma tête. J'ai dégluti et le sifflement s'est arrêté. Je me suis retournée pour voir ce qui s'était passé. Un filet de fumée s'échappait du centre commercial. Tout était parfaitement silencieux. Je me suis demandé si la déflagration ne m'avait pas rendue sourde et tout à coup, j'ai entendu des cris et des sirènes.

J'ai regardé Callum, qui était assis, sonné, à côté de moi.

– Ça va ? Tu n'es pas blessée ? m'a-t-il demandé en me passant une main dans le dos.

– Tu… tu savais ce qui allait se passer, ai-je réalisé. Dis-moi que… tu ne savais pas.

J'ai secoué la tête. Non, c'était impossible, Callum n'avait rien à voir avec cette explosion. Non.

Mais il savait.

– Maman ! Mon Dieu !

Je me suis levée et je suis partie en courant vers le parking.

J'avais déjà traversé la rue quand je me suis retournée pour voir Callum. Il était parti.

Callum

J'allais introduire la clé dans la serrure quand la porte s'est ouverte. Maman s'est jetée sur moi.

– Où étais-tu ? Que t'est-il arrivé ? Où est Jude ? Il n'est pas avec toi ?

– Je pensais qu'il était ici, ai-je répondu en refermant la porte derrière moi.

– Non, il est parti juste après toi ! Que s'est-il passé ?

– Tu n'as pas entendu ?

– Quoi ?

Elle aurait dû entendre l'explosion… Non, peut-être pas. Notre maison était finalement assez loin du centre commercial.

– Ils n'en parlent pas aux infos ?

J'ai allumé la télé.

Pas de journal. Juste une rediffusion d'une série débile où tous les méchants étaient des Nihils. Je connaissais cet épisode, un flic recherchait un cambrioleur nihil qui avait tué son coéquipier.

– Callum, parle-moi ! Que s'est-il passé ?

– Maman…

Nous interrompons ce programme pour un flash info, annonça soudain une voix.

Un journaliste connu est apparu ; il avait un visage sombre. J'ai eu la nausée.

– Pourvu que ce ne soit rien de mal provoqué par des Nihils, a murmuré Maman.

– *Il y a tout juste une demi-heure*, a commencé le journaliste, *une bombe a explosé au centre commercial de Dundale.*

Sept personnes sont mortes et on compte d'innombrables bles-
sés. Des secours par hélicoptère ont été envoyés sur place.
L'attentat a été revendiqué par un groupe terroriste nihil, qui
se donne le nom de Milice de libération, cinq minutes avant
l'explosion.

– C'est un mensonge ! a lâché Jude.

Maman et moi nous sommes retournés. Il était dans l'encadrement de la porte. Papa était derrière lui. Nous avons
de nouveau fixé l'écran.

Le visage du journaliste avait été remplacé par un repor-
tage sur place ; c'était un carnage. Des gens gisaient sur le
sol, sanguinolents, dans les bris des vitrines éclatées. Il n'y
avait pas de commentaire. Aucune voix pour accompagner
la tristesse et la désolation, aucune voix pour exprimer l'in-
dignation.

Juste le silence.

C'était pire.

La caméra a fait un gros plan sur une jeune femme, assise
par terre. Elle se balançait d'avant en arrière, du sang coulait sur ses yeux. Puis la caméra s'est éloignée bizarrement,
comme si celui qui la tenait tremblait. Elle s'est arrêtée sur
un enfant agenouillé près d'un homme. L'enfant pleurait.
L'homme ne bougeait pas. La caméra n'est pas restée sur eux
plus de deux secondes, mais c'était suffisant.

Le Premier ministre est apparu sur l'écran. Il semblait en
colère.

– *Si la Milice de libération pense que cet acte de terrorisme*
lâche et barbare peut rallier à leur cause les habitants de ce
pays, elle se trompe lourdement. Un tel acte ne fait que ren-
forcer notre résolution de ne pas plier devant de telles atro-
cités.

– Papa… a murmuré Jude.

– Chut.

Papa était concentré sur la télé.

Le journaliste a réapparu.

– *La police pense que la bombe était placée dans une pou-belle du café, au beau milieu du centre commercial, mais pré-cise qu'il est un peu tôt pour spéculer. Le commissaire chargé de l'enquête promet que les responsables de cet acte seront traînés en justice. Nous donnerons plus de précision sur l'événement lors du journal de 20 heures.*

La série débile a repris juste au moment où le policier arrê-tait le malfrat nihil.

– Papa… qu'est-ce qui s'est passé ? Tu avais dit que…

– Chut, Jude, a lancé Papa en regardant Maman.

Maman a éteint la télé, puis elle a levé les yeux vers Papa.

– Je vais te poser une question, Ryan, et je veux que tu me promettes solennellement de me dire la vérité.

– Pas maintenant, Meggie.

Papa a commencé à monter l'escalier. Maman lui a bloqué le passage.

– Si, maintenant. Est-ce que Jude ou toi avez posé cette bombe ?

– Je ne sais pas de quoi tu parles.

– Ryan ! Ne me prends pas pour une imbécile. Promets-moi que tu n'as rien à voir là-dedans.

Papa n'a pas répondu. Il a levé le menton dans un geste de défi. Il a fini par lâcher :

– Ce que je fais ou pas ne te regarde pas !

Je n'avais jamais entendu Papa parler de cette manière à Maman. Ils sont restés face à face pendant une éternité et puis Maman a tourné le dos à Papa et s'est adressée à Jude.

– Jude, as-tu mis cette bombe ? NON ! Ne regarde pas ton père ! Je t'ai posé une question, réponds !

– Nous…

– Jude, ferme-la ! a ordonné Papa.

– Jude, je suis ta mère, a dit Maman très calmement. Réponds-moi, s'il te plaît.

Jude a lancé un regard désespéré à Papa.

– Jude, a insisté Maman.

– On était obligés, Maman. Notre section nous l'a demandé… mais ils nous ont dit qu'ils préviendraient la police une heure avant l'explosion. Ils ont promis que tout le monde serait évacué à temps…

– Tu as tué tous ces gens…

Maman s'est assise.

– Je ne comprends pas, a repris Jude comme s'il ne pouvait plus s'arrêter. Ils ont dit qu'ils appelleraient, il ne devait pas y avoir de morts…

Il a regardé Papa.

Maman tremblait des pieds à la tête. Elle serrait les lèvres. Peut-être pour s'empêcher de hurler.

– Meggie…

Le masque de dureté de Papa a disparu de son visage pour la première fois depuis des mois. Il avait l'air perdu. Il s'est approché de Maman et lui a posé une main sur le bras. Elle s'est levée et l'a giflé. Si fort qu'elle s'est retourné un doigt.

– Meurtrier, menteur… tu m'avais promis qu'il ne se passerait jamais rien de ce genre. Tu m'avais promis que tu ne ferais que participer aux réunions. Tu avais promis !

– Je n'ai pas eu le choix. Une fois que tu appartiens à la Milice, ils te tiennent, et tu fais ce qu'ils te demandent !

– Tu pouvais dire non. Tu devais dire non !

– Je voulais te protéger, Meggie. Et nos enfants. Je n'avais pas le choix.

– Nous protéger de quoi ?

– Pourquoi crois-tu que je fais tout ça ? a crié Papa.

– Je sais exactement pourquoi tu fais tout ça, Ryan. Mais elle est morte ! Et tuer des gens innocents ne la ramènera pas !

– Tu te trompes, Meggie.

Papa a secoué la tête.

– Tu crois ? Je t'avais prévenu, Ryan. Je t'avais demandé de ne pas t'impliquer dans ce groupe. Et de ne pas impliquer mon fils.

– Je suis désolé, a murmuré Papa.

– Désolé ! Tu es désolé ! Va le dire à toutes ces familles qui pleurent leurs morts aujourd'hui ! a hurlé Maman. Comment as-tu pu ? Je ne pourrai plus jamais te regarder en face !

Papa s'est raidi. Une lueur est passée dans ses yeux. Il avait repris son masque.

– Au moins, les Primas savent qu'on ne plaisante pas, cette fois !

– C'est tout ce que tu trouves à dire !

La voix de Maman n'était plus qu'un chuchotement.

– Nous avions de bonnes raisons de les tuer, a dit Papa.

Maman a regardé Papa comme si elle ne l'avait jamais vu.

Silence.

Elle a baissé les yeux.

– Nous n'avons plus rien à nous dire. Jude, s'il te plaît, peux-tu m'emmener à l'hôpital ? Je crois que je me suis cassé un doigt.

– Je t'emmène, a tenté Papa.

– Je ne veux plus rien avoir à faire avec toi. Ne t'approche plus de moi ! a sifflé Maman. Viens, Jude.

Jude a regardé Papa. Il ne savait plus quoi faire. Papa lui a adressé un petit signe de tête et lui a tourné le dos. Jude a pris Maman par le bras et l'a emmenée dehors. Papa a attendu que la porte se referme pour se laisser aller. Enfin. Il a entouré ses bras autour de son corps et a courbé la nuque. Un peu comme s'il priait, sauf que Papa ne prie jamais, parce qu'il ne croit pas en Dieu. Il s'est mis à trembler, comme le vieux Tony quand il a trop bu.

– Mon Dieu, je vous en supplie... a chuchoté Papa.

Mais il a ouvert les yeux et m'a vu. Il a sursauté. Il m'avait oublié. Tous m'avaient oublié.

– Je... je... vais voir si Jude et Maman ont besoin d'aide, ai-je bredouillé.

Je n'avais pas spécialement envie d'être avec eux. Juste d'être ailleurs. Papa ne m'a pas retenu. Je suis sorti. Il faisait doux. Allais-je essayer de rattraper Maman et Jude, ou courir et courir sans jamais m'arrêter ? J'ai regardé à gauche, puis à droite. Ma conscience a choisi pour moi. J'ai pris le chemin qu'avaient dû emprunter mon frère et ma mère.

Sephy

Si je pouvais éteindre mon cerveau. Si je pouvais me vider la tête. Juste le temps de dormir. J'y verrais plus clair après.

J'avais passé les deux dernières nuits à me tourner et me retourner dans mon lit, j'avais essayé de compter tout et n'importe quoi, des moutons aux lémuriens, en vain. Je me suis assise. Mon réveil en argent – un cadeau de mon père pour mon quatorzième anniversaire, cadeau qu'il n'avait sans doute jamais vu – m'a indiqué qu'il était encore tôt. Maman avait insisté pour que je me couche avant neuf heures.

Elle s'en était bien tirée. Elle était toujours sur le parking au moment de l'explosion. Elle avait entendu la déflagration et vu les vitres du centre commercial voler en éclats. Paniquée, elle avait hurlé mon nom. Quand elle m'avait vue arriver, elle s'était jetée sur moi et m'avait serrée dans ses bras à m'en étouffer. Mais nous allions bien. La plupart des gens qui se trouvaient à l'intérieur du centre commercial ne pouvaient pas en dire autant.

– Allons voir si nous pouvons aider, ai-je proposé.

– Certainement pas ! a déclaré Maman. On part immédiatement.

J'ai essayé de discuter mais elle est restée sourde. Elle ne pensait qu'à mettre le plus d'espace possible entre le centre et nous. Elle a conduit comme une folle, jusqu'à la maison. Maman a absolument voulu inspecter mes blessures, mais je n'avais qu'un bleu sur le front et quelques écorchures aux genoux et aux mains.

Je n'arrêtais pas de me répéter que Callum était au courant pour la bombe. Il m'avait probablement sauvé la vie. Je souhaitais presque qu'il ne l'ait pas fait. Presque.

Je n'arrivais décidément pas à m'endormir. Je me suis levée. Un verre de lait tiède pouvait m'aider. Maman était couchée et Minnie était chez une copine.

La cuisine, plongée dans l'obscurité et le silence, était étrangement rassurante. J'ai pris un verre dans le placard et j'ai ouvert le réfrigérateur. J'ai aussitôt été nimbée d'une lumière jaune.

Je ne savais pas quoi choisir. Lait ou jus d'orange. J'ai repéré une demi-bouteille de chardonnay. Je l'ai sortie et j'ai observé le liquide mordoré. Des tas de gens affirmaient adorer cette boisson et ma mère vivait dans cette bouteille. Elle était sans doute en ce moment même en train de boire pour oublier sa journée et sa vie. Après une hésitation, j'ai rempli mon verre. À ras bord.

La première gorgée m'a donné envie de vomir. Ça avait un goût de vinaigre. Qu'est-ce que ma mère aimait dans ce truc dégueu ? J'ai pris une deuxième gorgée. Après tout, si ma mère aimait autant ça, elle devait bien y trouver quelque chose. Une autre gorgée. Et une autre. Et encore une. Et encore.

J'ai vidé le verre et je me suis resservie. J'ai bu lentement mais sans reposer mon verre. Finalement, ce n'était pas si mauvais, le chardonnay. Ça me faisait une sensation plutôt agréable à l'intérieur. J'étais comme réchauffée et beaucoup moins angoissée. Je me suis versé un autre verre, que j'ai emporté dans ma chambre. Je me suis assise sur mon lit et j'ai siroté mon vin blanc. J'avais l'impression d'être une grande personne. Ma tête tournait doucement. Me berçait.

J'ai fini par reposer le verre et je me suis recroquevillée sur ma couette. Je n'ai eu aucun mal à m'endormir. J'ai quitté le monde au moment où ma tête touchait mon oreiller.

Et j'ai dormi comme une bûche.

Callum

L'hôpital de la Pitié ressemblait à une mauvaise blague.

Quand nous sommes arrivés, les couloirs grouillaient de gens qui couraient, d'autres qui pleuraient, qui criaient. Apparemment des gens qui travaillaient au centre commercial de Dundale.

Une femme poussait un hurlement à peu près toutes les cinq secondes et personne ne lui prêtait attention. Ça sentait le désinfectant. Si fort que je pouvais presque en sentir le goût au fond de ma bouche. Pourtant, ça ne masquait pas l'odeur de vomi, de sang, d'urine.

J'étais au milieu du chaos.

Toutes les infirmières étaient des Nihils. Sauf une. Et le docteur était un Prima. Je me suis demandé ce qu'un médecin prima fabriquait dans un hôpital nihil.

Il devait avoir beaucoup à se faire pardonner.

J'ai regardé mon frère.

Il était en partie responsable de ce chaos. Comment se sentait-il ? Il avait la tête penchée, les yeux fixés sur ses chaussures.

– Ça va, Maman ? a-t-il demandé.

– Je survivrai.

Maman s'est assise sur un des bancs du couloir, le visage fermé. Son doigt était devenu bleu. Je me demandais pourquoi elle ne pleurait pas. Ça devait pourtant lui faire très mal.

– Tu es sûre que tu vas bien, Maman ? a insisté Jude en levant enfin la tête.

– Oui.

Dix secondes plus tard :

– Ça va Maman, hein ?

Je n'ai pas été surpris quand elle a aboyé :

– Non, Jude ! Non, ça ne va pas ! Je me suis cassé le doigt, c'est très douloureux et j'en ai assez de tes questions stupides. Alors ferme-la, d'accord ?

Des visages se sont tournés vers nous. Les joues en feu, Jude a de nouveau baissé la tête.

Maman a soupiré.

– Je suis désolée, mon chéri.

Elle a avancé sa main indemne et l'a posée sur l'épaule de Jude. Il l'a repoussée.

– Jude. Je suis en colère contre ton père. Je ne devrais pas m'en prendre à toi. Excuse-moi.

Elle a reposé sa main et cette fois, il l'a laissée faire.

– Tu comprends ? a murmuré Maman.

Jude a haussé les épaules et a acquiescé en même temps.

– Callum, va te chercher à boire, m'a dit Maman.

– Pourquoi ?

– J'ai besoin de parler à ton frère.

– Maman, s'il te plaît… a commencé Jude.

– Ça n'a rien à voir avec la Milice de libération. C'est à propos de toi et de moi.

– Je peux pas rester ? ai-je tenté.

– Non. Fais ce que je te dis, m'a ordonné Maman.

Je suis allé jusqu'au distributeur de boissons à l'autre bout du couloir ; je n'avais pas soif. De toute façon, le distributeur était en panne. On aurait dit que quelqu'un avait donné un grand coup de pied dedans. Je me suis appuyé contre et j'ai regardé Maman parler à Jude.

Jude est devenu pâle comme un linge. Il s'est levé. Maman l'a attrapé par le pull et l'a obligé à se rasseoir. Elle s'est penchée vers lui. Ses lèvres s'agitaient. Elle parlait sérieusement. Très sérieusement. Je me demandais ce qui se passait. Jude a secoué la tête. D'abord lentement puis de plus en plus vite. Il n'aimait pas ce que Maman lui disait. Il n'y croyait pas. Ou il ne voulait pas y croire. Je n'y tenais plus.

Je me suis dirigé vers eux. Jude, les yeux brillants, le visage livide, regardait droit devant lui.

– Maman ?

– Assieds-toi, Callum.

J'ai pris place près de mon frère. Maman a posé sa main sur le genou de Jude. Il l'a regardée, manifestement sonné.

– Jude, chéri, je…

– Excuse-moi !

Jude s'est levé et a marché vers la sortie sans se retourner.

– Il va où ? ai-je demandé.

– Je ne sais pas, a répondu Maman sombrement.

– Il revient ?

– Je ne sais pas.

– Pourquoi il est comme ça ?

– Pas maintenant, Callum, d'accord ?

Non, je n'étais pas d'accord, mais j'ai laissé tomber. Environ une demi-heure plus tard, Jude est revenu. Il s'est rassis sans un mot.

– Tu vas bien, mon chéri ? lui a doucement demandé Maman.

Jude lui a jeté un regard plein de peine, d'amour et de colère. Maman a rougi et s'est détournée.

Je pouvais être sûr que ni Jude, ni Maman n'avaient l'intention de me raconter ce qui se passait. Les minutes se sont écoulées dans un silence de plomb.

– Madame Margaret McGrégor, a fini par appeler une infirmière.

Maman s'est levée précautionneusement en tenant sa main.

– Madame Margaret…

– Je suis là ! a dit Maman.

Elle était obligée d'aller doucement. Chaque mouvement semblait la mettre à la torture. J'ai essayé de l'aider. Je me suis tourné vers mon frère :

– Tu viens ou tu comptes rester collé à ta chaise ?

Jude a obéi. Nous nous sommes placés de part et d'autre de Maman et nous sommes entrés dans une minuscule salle de consultation.

– Ma mère doit voir un médecin, ai-je attaqué immédiatement.

– Tous les patients passent par moi avant de rencontrer un médecin, a répliqué l'infirmière sans sourciller.

– C'est très bien, a dit Maman.

L'infirmière s'est assise.

– Je suis l'infirmière Carter. Nous devons commencer par les formalités. Avant de vous soigner, j'ai besoin de votre carte d'identité.

Maman a froncé les sourcils.

– Ma carte d'identité ?

– Ce sont les nouvelles directives du gouvernement, a expliqué l'infirmière. Sans doute pour limiter les escroqueries aux aides sociales.

– Je ne bénéficie d'aucune aide, a rétorqué Maman.

– C'est possible, mais les subventions allouées aux hôpitaux pour Nihils sont fonction du nombre de malades que nous traitons. Le gouvernement nous accuse d'abuser du système et exige des justificatifs.

Le ton sarcastique de l'infirmière indiquait clairement ce qu'elle pensait de ces nouvelles directives.

– Et si je refuse de vous donner ma carte ? s'est renseignée Maman.

– Nous ne pourrons pas vous soigner, dit-elle à regret.

– Je crois que je l'ai laissée à la maison.

L'infirmière a soupiré.

– Alors, j'ai besoin de la carte d'identité de deux personnes qui acceptent de se porter garantes pour vous.

– Je ne suis pas d'accord. J'ai l'impression d'être suspectée de fraude ou je ne sais quoi, s'est énervée Maman.

– Je comprends et je vous assure que personne ici ne vous soupçonne. Mais nous n'avons malheureusement pas le choix.

Maman a montré sa main.

– Est-ce que vous ne pourriez pas juste me bander le doigt maintenant ? Je reviendrai vous apporter ma carte.

– Ce ne sera pas nécessaire, a souri l'infirmière en nous regardant. Ce sont vos garçons ?

– Oui, a répondu Maman.

– Ils ont l'air gentil.

– Ils le sont ! a affirmé Maman.

Jude a rougi. Je lui ai ébouriffé les cheveux.

– Eh, lâche-moi, a-t-il râlé.

– Lequel est le plus âgé ? a demandé l'infirmière.

Maman est restée silencieuse un instant. Elle pensait à Lynette.

– Jude, a-t-elle fini par répondre en désignant mon frère du menton.

– Très bien, Jude, est-ce que tu as ta carte d'identité ?

Jude a farfouillé dans sa poche et a sorti sa carte. J'en ai fait autant. L'infirmière les a glissées dans un appareil relié à son ordinateur. On aurait dit une machine pour lire les cartes de crédit.

– Ça sert à quoi ? a voulu savoir Jude.

– Voilà, c'est fait !

L'infirmière a tendu sa carte à Jude sans répondre à sa question.

– Ça sert à quoi ? ai-je répété.

– Ça enregistre les données de votre carte d'identité et vos empreintes digitales.

– Je ne veux pas que les empreintes digitales de mes fils soient enregistrées, s'est exclamée Maman. Effacez-les tout de suite !

– Ne vous inquiétez pas, madame McGrégor. Dès que vous nous aurez apporté votre carte d'identité, nous effacerons ces informations.

– Vous êtes sûre ?

– Certaine ! C'est la procédure habituelle.

L'infirmière nous a dévisagés l'un après l'autre. Elle essayait – sans y parvenir – de ne pas montrer sa curiosité.

Jude a regardé ses mains. Ce n'est qu'à ce moment que j'ai compris. Et moi qui me prétendais vif d'esprit. Maman avait peur que les empreintes de Jude soient retrouvées.

L'infirmière s'est levée et s'est approchée de Maman.

– Comment vous êtes-vous fait ça ?

– Un accident stupide, a marmonné Maman, j'ai heurté quelque chose que je n'aurais pas dû.

L'infirmière a froncé les sourcils.

– Je vois.

Elle a examiné le doigt de Maman très délicatement, mais malgré tout, la sueur perlait au front de Maman.

– C'est manifestement déboîté, a déclaré l'infirmière.

Quel scoop !

– Je vais vous faire passer une radio et un médecin se chargera de vous, d'accord ?

Maman a acquiescé.

Nous avons attendu une heure pour la radio, puis encore quarante-cinq minutes avant l'arrivée du médecin.

Le médecin a fait deux piqûres anesthésiques à Maman pour qu'elle n'ait pas mal quand il lui remettrait le doigt, mais il piquait mal et Maman avait les larmes aux yeux.

– C'est douloureux ? a-t-il demandé en tâtant le doigt de Maman.

– Non.

– Sûr ?

– Je viens de vous dire non.

Le médecin a pris le doigt de Maman et a tiré dessus d'un coup sec. Jude et moi avons grimacé. Il aurait dû nous prévenir, je n'avais pas compris ce qu'il comptait faire.

– Ça vous a fait mal ? a-t-il demandé.

Maman a secoué la tête.

– Non. Les piqûres étaient douloureuses, ça non.

– Parfait, a souri le médecin.

Il a sorti un bandage de sa poche et a entrepris de fixer le majeur et l'index de Maman ensemble.

– Vous devez garder ce pansement trois semaines.

– Trois semaines ! C'est impossible ! Je suis femme de ménage, je suis obligée de faire la vaisselle, de m'occuper de la lessive…

– Si vous ne respectez pas ce délai, vous risquez de ne plus jamais pouvoir utiliser ce doigt, a rétorqué le médecin.

– Mais docteur…

– Ce ne sont pas des paroles en l'air, madame McGrégor. Si vous ne suivez pas mon conseil, vous le regretterez amèrement.

Maman lui a jeté un regard noir, mais n'a pas protesté.

– Ça va mieux, Maman ? ai-je demandé quand nous avons quitté le médecin.

– Je ne vais pas mourir tout de suite.

Son visage reflétait l'inquiétude. Elle s'est dirigée vers le bureau où nous avait reçus l'infirmière. Elle a frappé, la porte s'est ouverte aussitôt.

– Je reviendrai demain matin avec ma carte d'identité. Je vous fais confiance pour effacer de vos fichiers les données concernant mon fils.

– Quel fils ?

– Les deux !

– Ne vous inquiétez pas, a dit l'infirmière. C'est comme si c'était fait.

Maman s'est un peu détendue.

– Très bien, très bien. Merci de votre aide.

– De rien.

L'infirmière a fermé la porte.

Quelques instants plus tard, nous étions sortis de l'hôpital et nous rentrions à la maison. Il y avait bien quarante minutes de marche, mais la nuit était douce. J'ai levé les yeux et formulé un vœu en regardant une étoile. C'est Sephy qui m'avait appris ça. J'ai reformulé le même vœu en regardant les étoiles l'une après l'autre.

– Comment va ton doigt ? a demandé Jude.

– Je ne sens rien. Les effets de l'anesthésique ne se sont pas encore estompés, l'a rassuré Maman.

Ils marchaient côte à côte. Moi, j'étais derrière.

Pourquoi est-ce que l'idée de nos cartes d'identité enregistrées à l'hôpital me tracassait tellement ?

Ne sois pas stupide, me suis-je raisonné.

Comment dit-on déjà ? Si on cherche les ennuis, on finit toujours par les trouver.

Sephy

Je ne buvais qu'un verre par soir. C'était juste assez pour me réchauffer et m'aider à dormir. Quand je m'étais réveillée le premier matin après avoir bu, j'avais compris que je n'avais pas intérêt à dépasser la dose. Chaque bruit ressemblait à une explosion atomique dans ma tête. Et puis, je n'étais pas une alcoolique comme ma mère, moi, je buvais pour…

Enfin, voilà, quoi.

Je n'aimais pas particulièrement le goût du vin. Et puis même avec un seul verre, j'avais très mal à la tête en me réveillant le matin. Mais quand je buvais, ça me faisait du bien. Je me sentais moins stressée, moins angoissée. Ça me permettait de rendre le monde un peu plus rose, comme disait Maman. D'ailleurs, Maman m'agaçait beaucoup moins à présent. Un verre ou deux, et tout m'agaçait beaucoup moins.

C'était pas cool ?

Callum

Maman était retournée à l'hôpital et avait fait effacer nos noms de la base de données, mais elle ne semblait pas rassurée pour autant. Elle sursautait au moindre bruit, au moindre grattement à la porte.

– Pourquoi est-ce que tu ne te promènes pas avec une pancarte « Je suis coupable » autour du cou ? l'a engueulée Papa.

J'ai grimacé en l'entendant prononcer ces mots. Il s'est excusé aussitôt.

– Je suis désolé, Meggie.

Maman a quitté la pièce sans un mot. Papa a claqué la porte derrière elle. Jude a monté le son de la télé. Je me suis replongé dans mes devoirs.

On ne pouvait pas continuer comme ça.

Nous étions à table ce dimanche midi quand Maman a laissé tomber sa fourchette dans son assiette de spaghettis bolognaise.

– Ryan, je veux que tu t'en ailles.

Le sol s'est dérobé sous ma chaise et je me suis senti tomber.

– Qu… quoi ?

– Je veux que tu sois parti demain matin. J'y ai beaucoup réfléchi et je crois que c'est la meilleure solution, a repris Maman. C'est trop tard pour toi et moi, mais pas pour Jude. Je refuse de te regarder lui passer une corde autour du cou. Je l'aime trop pour te laisser lui faire du mal.

– Moi aussi, je l'aime, a dit Papa.

– Je ne suis pas d'accord avec ta façon de le lui montrer. Tu dois partir.

– Je ne quitterai pas ma propre maison, a déclaré Papa.

– Tu le feras, si tu nous aimes seulement à moitié autant que tu le dis.

Mon regard allait de Papa à Maman. J'étais horrifié. Je savais que Maman ne plaisantait pas.

– Tu n'as jamais essayé de comprendre mes choix, a lâché Papa. Je fais tout ça pour mes enfants.

– Et la fin justifie les moyens ?

– Oui. Dans ce cas précis, oui. Les Primates ne nous laissent pas nous exprimer autrement.

– Je ne veux pas me disputer avec toi, Ryan. Prends tes affaires et va-t'en.

– Non ! a crié Papa.

198

– Si Papa s'en va, je pars aussi, est intervenu Jude.

– Certainement pas, se sont exclamés Papa et Maman en même temps.

Jude a regardé Papa sans comprendre.

– Tu ne peux pas m'empêcher d'appartenir à la Milice de libération. Je refuse d'abandonner maintenant.

– Jude, a dit Maman.

– Pour la première fois de ma vie, j'agis en parfait accord avec mes idées. J'ai aujourd'hui les moyens de changer les choses.

Pause.

– Je suis désolé que ça te bouleverse, mais éloigner Papa de moi ne me fera pas changer d'avis. Je fais partie de la Milice de libération et c'est tout !

– Et si je refuse de t'emmener ? a demandé Papa.

– Ça ne changera rien.

– Alors partez tous les deux ! a dit Maman d'une voix dure. Je ferai tout ce que je peux pour protéger Callum. Puisque je ne peux sauver qu'un seul de mes enfants…

Ils se sont tous mis à crier. Je me suis levé et je me suis dirigé vers la porte. Je devais sortir de là. Vite. Ils étaient trop occupés à se détester pour me remarquer.

Une fois dehors, j'ai couru.

Sephy

– Hé, Callum ! Mon vieux copain ! Mon camarade ! Comment vas-tu aujourd'hui ? En ce merveilleux dimanche ensoleillé. Les oiseaux chantent. Pas ici, c'est vrai, mais il doit bien y avoir des oiseaux qui chantent quelque part ! Hein ? Qu'est-ce que tu en penses, mon camarade Callum ?

J'ai éclaté de rire.

Callum avait un étrange regard ; il ne riait pas. Pourquoi ne riait-il pas ? J'ai essayé de m'arrêter mais je n'y arrivais pas. Je riais de plus en plus. Callum s'est penché vers moi pour sentir mon haleine. Je riais de plus en plus. J'en avais les larmes aux yeux.

Et puis, Callum m'a prise par les épaules et m'a secouée comme un prunier.

– A-a-a-a-arrête !

– Tu es devenue folle ou quoi ? a-t-il crié.

Ses yeux m'ont fait peur. Vraiment peur. Je ne l'avais jamais vu aussi en colère.

– Lâ… lâche-moi !

Callum a obéi. J'ai vacillé et je suis tombée. J'ai essayé de me relever mais la plage dansait sous mes pieds. Si seulement la plage voulait bien arrêter de danser…

– Regarde-toi, Sephy, a dit Callum d'un ton dégoûté. Tu es soûle.

– C'est pas vrai. J'ai juste bu un verre de cidre aujourd'hui. C'est tout. Euh… Peut-être deux…

J'ai gloussé en prenant un air de conspiratrice.

– Je voulais du vin, mais j'ai eu peur que Maman s'en rende compte.

– Comment peux-tu être aussi stupide ? a rugi Callum.

J'aurais bien aimé qu'il se taise. Ses cris me faisaient mal à la tête.

– Tu veux finir comme ta mère ?

– Ne sois pas ridicule, ai-je réussi à articuler.

Je m'étais relevée mais la plage continuait à danser.

– Je ne suis pas ridicule. Je n'aime pas ta mère, mais elle au moins, elle a des raisons de boire. Quelle est ton excuse, à toi ? On ne te prête pas assez d'attention ? Papa ne te donne pas assez d'argent, Maman ne te donne pas assez d'amour ? Ta chambre n'est pas assez grande ? La moquette de ta chambre pas assez moelleuse ?

– Arrête !

J'avais retrouvé mes esprits. Callum m'avait dégrisée. Il était trop horrible.

– Comment… comment oses-tu me juger ?

– Tu te comportes comme une parfaite imbécile et tu te plains qu'on te le fasse remarquer ?

– Je ne suis pas une imbécile !

– Non, c'est pire. Tu es une alcoolique, une…

J'ai plaqué mes mains sur mes oreilles.

– Tais-toi, tais-toi !

– Alors explique-moi pourquoi tu bois !

– Tu ne comprendrais pas !

– Essaie !

– Je suis fatiguée !

Je criais. Je criais comme si j'avais voulu être entendue du monde entier.

– Fatiguée de quoi ?

– De mon père, de ma mère, de ma sœur, de toi ! Je suis fatiguée d'être angoissée, en colère, tout le temps, tout le temps ! Je dois bien travailler à l'école, aller à l'université, trouver un travail, me marier, vivre dans une belle maison ! Ça me donne envie de vomir ! Je ne veux pas de cette vie !

– Et tu crois que tu vas trouver ce que tu cherches dans une bouteille ?

J'ai donné un coup de pied dans le sable.

– Je ne sais pas où chercher ailleurs, ai-je reconnu.

– Sephy, ne deviens pas comme ta mère. Elle va finir dans un hôpital psychiatrique, à moins qu'elle se retrouve dans un cercueil avant. Est-ce que c'est ce que tu veux pour toi ?

Avait-il raison ? Je ne voulais pas que Maman meure. Je ne voulais pas que Maman meure. Je me suis vue avec les yeux de Callum : je n'étais qu'une pauvre gamine pathétique qui n'avait trouvé que l'alcool pour se donner l'illusion de grandir plus vite.

– Je vais rentrer, ai-je marmonné en me massant les tempes.

– Sephy, promets-moi que tu ne boiras plus.

– Je ne peux pas.

Callum a eu l'air terriblement malheureux.

– J'essaierai, ai-je ajouté.

Je me suis approchée de lui et impulsivement, j'ai posé mes lèvres sur les siennes.

Il a reculé.

– Tu ne veux plus savoir comment ça fait d'embrasser ? l'ai-je taquiné timidement.

– Tu sens l'alcool.

Mon sourire s'est évanoui.

– Tu sais quoi, Callum ? Des fois, tu es aussi cruel avec moi que mon père avec ma mère.

– Désolé.

J'ai tourné les talons.

– Sephy, je suis désolé, a répété Callum.

– Va te faire voir.

– D'accord, si tu viens avec moi…

Je me suis retournée pour crier :

– Laisse-moi tranquille, j'aurais dû me douter que tu ne comprendrais pas. De toute façon, tu as d'autres soucis en tête à présent. Maintenant que tu fais partie de la Milice de libération ! Tu dois être fier de toi !

– Je n'ai jamais fait partie de la Milice de libération, a nié Callum.

– Alors, comment as-tu su pour la bombe au centre commercial ?

Callum a pincé les lèvres. Je le connaissais par cœur, il ne dirait rien.

– Tu aurais dû me laisser là-bas, Callum. Parfois, je regrette que tu sois…

Callum m'a embrassée. Ce n'était pas comme la première fois. Il m'a prise dans ses bras, il a fermé les yeux et il m'a embrassée. Je lui ai rendu son baiser.

C'était bon.

Mais ça ne nous a pas suffi. Ses mains se sont promenées sur mon corps et les miennes se sont promenées sur le sien.

C'était bon.

Mais ce n'était pas assez.

Callum

Nous sommes allés trop loin.

Nous ne sommes pas allés jusqu'au bout, mais trop loin quand même.

Je voulais juste l'embrasser pour lui prouver que ça m'était égal qu'elle sente l'alcool. Son visage aurait pu être couvert de vomi, je n'aurais pas été plus dégoûté… Enfin… mais je voulais lui montrer. J'aurais dû être plus prudent. Sephy est encore une enfant. Nous nous sommes arrêtés à temps ; nous avons compris au même moment que nous allions trop loin et trop vite.

Je pense à elle sans arrêt. Jude péterait un plomb s'il pouvait lire dans ma tête. Je n'ai que seize ans et Sephy n'a pas encore quinze ans. Mon monde est fait de problèmes. Le sien de coton. Elle ne s'est mise à boire que pour attirer l'attention sur elle. Elle s'était soûlée au cidre ! Pas au whisky ou à la vodka ! Au cidre ! Si elle savait à quoi ressemble ma vie, elle comprendrait qu'elle n'a pas à se plaindre de la sienne.

Allons, Callum, pense à autre chose, sinon tu n'arriveras pas à t'endormir.

Je me demande ce qu'elle fait, là, tout de suite. Pense-t-elle à moi ?

J'espère.

Mon Dieu, si vous existez quelque part, faites que Sephy et moi puissions rester ensemble quand nous serons adultes. Rester ensemble pour de bon. Rester ensemble pour toute la vie. Mon Dieu, s'il vous plaît... si vous existez...

Callum, arrête de rêver et dors ! Tu es pathétique. Arrête !

Il n'y a pas eu de signes avant-coureurs. Personne n'a frappé à la porte. J'ai d'abord entendu un grand bruit. La porte s'est ouverte. Il y a eu des cris, des ordres aboyés, un hurlement. Des bruits de pas, des claquements de porte, encore des cris, des bottes dans l'escalier.

Quand je me suis levé, une épaisse fumée se glissait sous ma porte. Une forte odeur d'ail m'a brûlé la gorge et les yeux. J'ai toussé. J'ai cru que mes poumons allaient exploser.

Gaz lacrymogènes.

Les bras en avant, je me suis dirigé vers la porte.

– Descends de là ! a tonné une voix.

J'ai tourné en direction de la voix. On m'a poussé, je suis tombé à genoux. Mon menton a heurté le plancher, je me suis mordu la langue. On m'a tiré les bras en arrière, j'ai senti un anneau de métal froid enserrer mes poignets. J'avais mal aux yeux, aux poumons, à la langue. J'ai été poussé, tiré... j'ai fermé les yeux et je me suis mis à pleurer. J'avais l'impression d'avoir avalé du papier de verre. Je devais arrêter de respirer, mais je ne pouvais pas et chaque inspiration me déchirait la gorge.

– Jude ! Papa ! Maman ! me suis-je étranglé.

Je n'arrivais qu'à tousser. Je me suis recroquevillé.

Tout à coup, j'ai senti de l'air pur, nous étions dehors. On m'a poussé à l'arrière d'une voiture. J'ai entendu Maman crier.

– Maman, ai-je appelé.

J'ai essayé de l'apercevoir, mais il y avait trop de silhouettes, trop d'ombres autour de moi. La voiture a démarré. Je ne pouvais pas bouger.

Je ne sais toujours pas ce qui m'est arrivé.

Sephy

Je n'en peux plus. J'ai l'impression d'être une balle de flipper renvoyée par Maman, Minnie, l'école et Callum. Tout le monde contrôle ma vie, sauf moi. C'est de pire en pire. Je dois agir, je dois...

Il faut que je parte d'ici.

Mais il y a Callum...

Je ne veux pas le perdre. Je ne veux pas le quitter.

Callum est un battant ; pas moi. Il comprendra si je lui explique. Je n'arrive pas à réfléchir quand je suis à ses côtés.

Quand je suis avec lui, je n'arrive à penser qu'à lui. C'est pathétique, mais vrai.

Il m'a embrassée hier soir. Il m'a caressée. Le dos, les fesses, la taille. Il m'a serrée contre lui. Je me suis sentie si bizarre. Comme si nous ne faisions qu'un. Mais ce n'était pas le cas. Je ne comprends pas pourquoi il a fait ça. Si seulement je pouvais lire dans ses pensées.

Ce serait merveilleux si Callum et moi...

Arrête !

Ne sois pas ridicule. Tu as quatorze ans. Quand tu auras l'âge de t'installer avec quelqu'un, Callum sera sans doute marié et père de six enfants. Occupe-toi de toi, d'abord. De toute façon, Callum ne peut pas être intéressé par une gamine de ton genre...

Mais il m'a embrassée.

Voilà que je parle toute seule. Je perds la boule. Mais je dois suivre ce conseil. M'occuper de moi. Prendre ma vie en main. Maintenant, avant qu'il soit trop tard.

– Maman, je veux changer de collège.

Maman a écarquillé les yeux, ce qui l'a fait ressembler à une chouette réveillée en sursaut.

– Qu... qu'est-ce que tu dis, ma chérie ?

– Je veux changer de collège ! Je veux partir d'ici.

– Pour aller où ?

Maman s'est assise dans son lit. Ses yeux étaient veinés de rouge. Je l'ai regardée ; voilà à quoi je ressemblerai dans quelques années...

– Je veux changer de collège. Tu pourrais me trouver une pension... à Chivers, par exemple. Ce n'est pas trop loin.

Assez loin pour ne pas être obligée de rentrer le week-end. Assez loin pour me permettre de réfléchir. Assez loin pour que je puisse grandir.

– C'est à peine à 150 kilomètres, ai-je repris.

Callum…

– Mais qu'est-ce que je deviendrai sans toi ?

Je lisais dans les yeux de Maman qu'elle me prenait au sérieux.

– Tu as Minnie et les domestiques. Et toutes tes amies et tes fêtes et… tout…

Je me suis forcée à sourire.

– Je veux partir, s'il te plaît, Maman.

– Vraiment ?

– Oui.

Maman m'a regardée. Pour une fois, nous étions sur la même longueur d'ondes. Ça m'a rendue infiniment triste. J'ai presque eu envie de changer d'avis. Presque.

– Je vois que tu as pris ta décision.

– Oui.

– Et quand veux-tu commencer à Chivers ?

– Maintenant. En septembre au plus tard.

– Septembre n'est que dans quelques mois.

– Je sais.

Maman a baissé la tête.

– Je ne crois pas que ce sera possible, ma chérie.

– Maman, je veux partir.

– Ce n'est pas une bonne idée.

– Pour qui ? Pour toi ou pour moi ?

– Je t'ai dit non, Sephy.

Je suis sortie de sa chambre en claquant la porte. J'ai entendu Maman pousser un gémissement. Je me suis adossée au mur. Que pouvais-je faire à présent ? J'irai à Chivers avec ou sans l'accord de Maman. Une personne, une seule me retenait ici. Je devais aller lui expliquer les raisons de mon départ. Il sera de mon côté. Il me comprendra. Callum et moi, les deux faces d'une même pièce.

Si Maman croyait pouvoir se mettre en travers de mes projets, elle se trompait.

Je devais partir et vite.

Avant qu'il ne soit trop tard.

Callum

– Dis-moi ce que tu sais de l'implication de ton frère dans la Milice de libération ?

– Mon frère ne fait pas partie de la Milice de libération.

Je répétais cette phrase depuis une éternité. J'étais si fatigué.

Deux policiers en civil se tenaient face à moi, derrière le bureau. Un seul d'entre eux menait l'interrogatoire. J'avais droit au sketch du gentil et du méchant policier.

– Je te pose la question encore une fois : à quelle section de la Milice de libération appartiens-tu ?

– Je n'appartiens pas à la Milice de libération.

– Quand ton frère est-il entré dans les rangs de la Milice de libération ?

– Jamais. Pour autant que je sache.

– Et ta mère ?

– Jamais.

– Tu sembles bien sûr de toi.

– Je le suis.

– Tu ne l'es pas autant pour ton frère.

– Je... je le suis.

– À quelle section de la Milice de libération ton père appartient-il ?

– À aucune.

– Allons. Pourquoi t'obstines-tu ? Nous savons tout !

– Alors pourquoi vous me demandez ?

Les deux policiers se sont regardés. Ils commençaient à en avoir assez.

– Nous avons seulement besoin que tu confirmes ce que nous avons appris par ailleurs. Ensuite, nous te laisserons partir.

– Je ne sais rien.

J'ai posé ma tête sur mes bras, mais le policier qui m'interrogeait m'a obligé à me redresser. Je me suis appuyé contre le dossier de ma chaise. J'étais épuisé. Et pas seulement épuisé. Mais hors de question que je le montre.

– Te fous pas de nous, gamin.

– Je ne suis pas un gamin !

– Tu n'as pas intérêt à ce qu'on devienne tes ennemis, gamin, a déclaré le moins bavard des deux policiers.

– Qui a eu l'idée de la bombe de Dundale ? Ton père ou ton frère ?

– Vous détestez les Primas, n'est-ce pas ?

– Vous voulez tous nous éliminer, c'est ça ?

– Quel âge avais-tu quand tu es entré à la Milice de libération ?

Et encore. Et encore. Et encore. Question après question. Pas de repos. Jamais, aucun répit. Ma tête tournait, les mots des policiers résonnaient dans mon crâne. Alors, ça fait ça de devenir fou...

Où étaient Papa, Maman et Jude ? Pourquoi la police s'acharnait-elle sur mon frère ? Je me suis mordu la lèvre par peur de parler à voix haute sans m'en rendre compte. Je devais me forcer à ne penser rien. À rien. J'ai senti ma tête vaciller et tout est devenu noir.

J'ai ouvert les paupières. Par pitié, plus de questions. Je n'étais plus dans la salle d'interrogatoire. Ils m'avaient ramené dans ma cellule. Maman était allongée près de moi et me caressait les cheveux.

– Callum ? Mon Dieu. Comment te sens-tu ? Ils ne t'ont pas fait mal ?

Je me suis assis.

– Où est Papa ? Où est Jude ? ai-je demandé.

– Ils interrogent ton père et…

Maman a pris une longue inspiration.

– Je ne sais pas où est Jude. Il n'était pas à la maison quand ces brutes sont arrivées.

– Quoi ? Que se passe-t-il ? Que veulent-ils ? Pourquoi est-ce qu'ils n'arrêtent pas de poser des questions sur Jude ?

– Ils ont trouvé une canette de soda vide près de l'endroit où la bombe a explosé.

– Et alors ?

– Elle était couverte des empreintes de Jude. C'est ce qu'ils affirment en tout cas. C'est un mensonge évidemment. Mais ils disent avoir comparé les empreintes sur la canette avec les empreintes de ton frère…

– Et où ont-ils eu les empreintes de Jude ?

Mais j'ai compris avant que Maman ouvre la bouche. Elle a hoché la tête.

– Ils les ont trouvées dans le fichier de l'hôpital. Sans doute avant que l'infirmière ait eu le temps de les effacer. Si seulement elle l'a fait...

– Mais Jude n'a pas... est-ce qu'il a... ?

– Ils prétendent qu'il a posé la bombe. Ils disent que s'ils l'attrapent... il... il sera pendu.

Maman a éclaté en sanglots.

– Ils ne l'attraperont pas. Quand Jude saura qu'ils le recherchent...

– Ce n'est qu'une question de temps. Toi et moi le savons. Ils offrent une récompense pour toute information qui permettrait de l'arrêter.

– Combien ?

– Cinquante mille.

Il n'y avait rien à ajouter. Les mots, les larmes et les prières étaient inutiles. Maman avait raison : avec une telle somme en jeu, ce n'était qu'une question de temps.

– Ils ont truqué leurs preuves, ils les ont fabriquées, ai-je dit. Ils ne trouvent pas les véritables coupables et ils cherchent un bouc émissaire.

Ma voix n'était qu'un murmure. Je n'arrivais pas à encaisser. Ils voulaient *pendre* mon frère. Il était peut-être là, mais ce n'est pas lui qui avait posé cette bombe. Personne au monde ne pourra me le faire croire. Personne. Personne.

– Et pourquoi interrogent-ils encore Papa, s'ils en veulent à Jude ?

Ma voix n'était plus qu'un murmure.

– Ton père a demandé à leur parler dès qu'il a su qu'ils recherchaient Jude.

– Pourquoi ?

– Je ne sais pas.

Maman s'est essuyé les yeux du revers de la main.

– J'espère qu'il va être prudent, a-t-elle ajouté.

– Pourquoi ? Que veux-tu dire ?

La porte de la cellule s'est ouverte. Un policier que je n'avais encore jamais vu est apparu. Il était grand et maigre. Il nous a regardés comme si nous étions des déjections de chien sur la semelle de ses chaussures.

– Vous êtes libres.

– Où est mon mari ? s'est exclamée Maman.

– Il a été arrêté, a répondu le policier.

– Arrêté ? De quoi est-il accusé ? ai-je demandé.

– Mon mari n'a rien fait de mal. Pourquoi le gardez-vous ? a ajouté Maman d'une voix tremblante.

Impossible de dire si elle était en colère ou morte de peur.

– Prenez vos affaires et partez ! a ordonné le policier. J'ai pas toute la journée.

– Pourquoi retenez-vous mon mari ? a explosé Maman. Je veux le voir ! Tout de suite !

L'expression agacée du policier m'a fait comprendre qu'il était inutile d'insister.

– Si vous partez pas immédiatement, vous allez passer la journée dans la cellule, a-t-il lâché d'une voix tranchante. C'est vous qui voyez.

– Pourrais-je voir mon mari, s'il vous plaît ?

Maman tentait d'être polie, mais c'était trop tard.

– Non, je ne crois pas. Seul son avocat est autorisé à parler avec lui.

– De quoi est-il accusé ? ai-je de nouveau demandé.

– Terrorisme politique et meurtre.

Sephy

– Callum, décroche, s'il te plaît, décroche.

Rien. La sonnerie résonnait à mon oreille. J'ai jeté un coup d'œil à ma montre. Où étaient-ils passés ? Quelqu'un aurait dû décrocher. Il était presque neuf heures du matin.

J'ai raccroché en essayant de ne pas me laisser submerger par l'angoisse.

Attends un peu. Sois patiente. Tu vas bientôt pouvoir lui annoncer que tu pars en septembre.

Est-ce qu'il essaiera de me convaincre de rester ? Non, il n'en aura sans doute rien à faire.

Sois patiente, Sephy.

Callum

Les locaux de Stanhope et Rigby étaient peints en gris et blanc sale. Les chaises de la salle d'attente étaient en fait des bancs inconfortables. La machine à café était dégoûtante et il était impossible de voir quoi que ce soit à travers les vitres couvertes de crasse. C'était le cinquième bureau d'aide juridictionnelle que Maman et moi essayions. Dès que les avocats entendaient les charges retenues contre Papa, ils nous mettaient dehors. Cet endroit était de loin le plus sale et le plus pitoyable de tous. Je ne cessais de me répéter que les mendiants n'ont pas le choix, mais ça ne m'aidait pas beaucoup.

– Partons d'ici, Maman.

Je me suis levé.

– On doit trouver de meilleurs avocats que ceux-ci.

– Que veux-tu dire ?

– Regarde ! Je parie que même les cafards ne viennent pas ici !

– Ne juge pas aux apparences.

La voix venait de derrière moi. J'ai sursauté. Maman s'est levée, je me suis retourné. Un homme d'une bonne quarantaine d'années, aux cheveux noir corbeau, aux tempes grisonnantes se tenait sur le seuil. Il était vêtu d'un T-shirt et d'un jean et l'expression de son visage était dure.

– Qui êtes-vous ? ai-je demandé.

– Adam Stanhope.

– Vous êtes avocat, monsieur Stanhope ? s'est enquise Maman.

– Oui. J'ai pris la suite de mon père.

J'étais surpris. Un seul des autres avocats que nous avions vus était nihil. Celui-ci l'était aussi et il nous annonçait que son père avait été avocat également.

– Où est monsieur Rigby ? ai-je repris.

Je ne savais pas encore si j'appréciais ce type ou si je le détestais.

– Il est mort. Veuillez me suivre, s'il vous plaît.

M. Stanhope a tourné les talons. Maman m'a jeté un regard anxieux. Nous l'avons suivi. Le lino était collant sous nos pieds. Nous nous sommes arrêtés devant une porte qui ressemblait à une entrée de toilettes blindée. M. Stanhope l'a poussée et... Waouh !

Le parquet était ciré, les murs ivoire, les meubles en acajou, le canapé en cuir. Tout dans cette pièce respirait la classe avec un grand C. J'étais scié.

– Je savais que tu aimerais mon bureau, a froidement lâché M. Stanhope. Alors penses-tu maintenant que je suis un bon avocat ?

J'ai encaissé.

– Pourquoi votre salle d'attente est si crade ? ai-je demandé.

– Disons qu'il n'est pas prudent d'afficher sa réussite sous les yeux des Primas. Asseyez-vous.

J'ai attendu que Maman soit assise avant de prendre un siège.

– Comment puis-je vous aider, madame… ?

– McGrégor, a dit Maman. C'est pour mon mari. Ryan. Il a été arrêté par la police.

– A-t-il été arrêté dans les formes ?

– Oui.

Maman a baissé la tête. Puis elle a relevé le menton et s'est forcée à regarder M. Stanhope dans les yeux.

– Il est accusé de terrorisme politique et de meurtre.

– La bombe de Dundale…

M. Stanhope s'est appuyé contre le dossier de son fauteuil.

– Oui, a soufflé Maman. Mais je sais que ce n'est pas lui. Je le sais !

– Il vous l'a dit ?

– La police a refusé que je lui parle. J'ai besoin d'un avocat.

– Je vois.

– Je n'ai pas d'argent.

– Je vois.

– J'ai lu dans l'annuaire que vous accordiez l'aide juridictionnelle.

Si M. Stanhope se renversait un peu plus dans son fauteuil, il allait glisser sous son bureau. On avait l'impression qu'il se disait que la malchance était contagieuse.

– Pouvez-vous nous aider ? a demandé Maman, d'une voix impatiente.

M. Stanhope s'est levé et a regardé par la fenêtre. Des stores vénitiens laissaient passer les rayons du soleil tout en gardant à la pièce une ambiance intime. Je savais déjà ce qu'il pensait.

– L'aide légale ne couvrira pas les frais pour un cas comme celui de votre mari, a commencé M. Stanhope. Je ne peux pas travailler gratuitement, madame McGrégor…

– Je ne vous le demande pas, s'est empressée de préciser Maman. Je paierai ce qu'il faut. Je veux seulement que mon mari soit reconnu innocent.

M. Stanhope a lancé à Maman un regard glacial.

– Je veux d'abord rencontrer votre mari. Je prendrai ma décision après.

Maman a acquiescé et s'est levée.

– Pour le moment, vous ne parlez à personne d'autre qu'à moi. C'est compris ?

Maman a de nouveau acquiescé.

Je me suis levé à mon tour.

– Vous êtes un bon avocat ?

– Callum ! s'est écriée Maman.

– Non, madame McGrégor, laissez. Votre fils a raison de poser la question. J'ai gagné plus d'affaires que je n'en ai perdu. Ça te va ?

– Ça me va.

Maman et moi sommes sortis du bureau. M. Stanhope nous a accompagnés.

Nous sommes restés assis dans la salle d'attente du commissariat pendant une éternité. Personne ne nous a proposé un café. Deux fois, nous avons eu droit à un « Je peux vous aider ? », mais c'est tout.

M. Stanhope était parti parler à Papa et prendre connaissance de son casier judiciaire. Papa n'avait pas de casier, alors pourquoi ça demandait tant de temps ? Je voulais voir Papa. Je me demandais où était Jude. J'avais envie de rentrer à la maison et de me retrouver un an plus tôt.

Maman regardait droit devant elle, les mains croisées sur ses genoux. Je me demandais si M. Stanhope n'était pas tout simplement rentré chez lui, quand il a enfin refait surface. À son visage, il était évident qu'il ne nous apportait pas de bonnes nouvelles.

– Qu'est-ce qui se passe ? Il va bien ?

Maman avait bondi.

– Que lui ont-ils fait ?

– Pouvez-vous venir avec moi ? a demandé M. Stanhope.

Maman et moi avons échangé un regard inquiet avant de le suivre. Un officier de police nous a ouvert les lourdes portes qui menaient aux cellules.

M. Stanhope et Maman l'ont remercié.

Pas moi. Le policier nous a emboîté le pas. Nous nous sommes arrêtés devant la porte de la dernière cellule et nous nous sommes effacés afin de laisser le policier l'ouvrir. Dès que ça a été fait, Maman s'est précipitée vers Papa. Je les ai regardés s'enlacer et rester ainsi, comme s'ils étaient collés l'un à l'autre.

– Ryan, a murmuré Maman, que se passe-t-il ? Es-tu blessé ? Tu vas bien…

Papa s'est tourné vers moi. Je me suis lentement dirigé vers lui. Il voulait me prendre dans ses bras. J'en avais envie mais j'avais peur aussi. Il n'avait rien fait. Pourquoi était-il en prison ?

– Monsieur McGrégor, dites à votre famille ce que vous m'avez confié, a demandé M. Stanhope.

– Peu importe, a dit Papa. Où est Jude ? Est-ce qu'ils l'ont laissé sortir ? Va-t-il bien ?

– Jude ? La police ne l'a pas arrêté. Il n'était pas à la maison, a répondu Maman. Nous n'avons aucune idée d'où il se trouve.

Papa a soudain eu l'air si furieux que j'ai reculé d'un pas.

– Les salauds ! Ils m'ont dit qu'ils l'avaient ! Ils m'ont dit qu'il serait pendu…

Papa nous a tourné le dos. Il semblait porter le poids du monde sur ses épaules.

– Ryan, qu'est-ce que tu as fait ? a bégayé Maman.

Silence.

– Ryan…

– J'ai signé une déposition où je reconnais toutes les charges retenues contre moi…

– Quoi ! a crié Maman. Tu es fou !

– Ils m'ont dit qu'ils avaient Jude et la preuve qu'il avait posé la bombe. Ils ont dit que quelqu'un devait porter la responsabilité pour la bombe de Dundale et que ce serait moi ou Jude.

Maman était atterrée.

– Tu les as crus ?

– Meggie, ils m'ont dit que toi et Callum iriez également en prison pour complicité. C'était ma vie ou les vôtres.

– Est-ce que c'est toi qui l'as fait ? As-tu posé cette bombe ?

Papa a regardé Maman droit dans les yeux.

– Non.

– Alors, pourquoi…

– Je n'avais pas le choix, a répété Papa.

La colère tendait son corps. Il aurait pu se casser en deux. Maman a secoué la tête.

– Si tu prends la responsabilité de cette bombe, tu seras pendu.

– Je sais, a calmement répondu Papa.

J'ai regardé M. Stanhope en cherchant à lire sur son visage tout ce que je ne comprenais pas.

– Tu veux mourir ? a murmuré Maman.

– Bien sûr que non.

– Madame McGrégor, dès que votre mari a appris à qui appartenaient les empreintes identifiées, il a signé une déposition. Son aveu a également été enregistré sur une cassette vidéo. Cette cassette servira à prouver qu'il n'a pas avoué sous la menace, a doucement dit M. Stanhope.

Papa a baissé la tête.

– Meggie, ils ont trouvé deux empreintes de Jude sur une canette de coca près de l'endroit où la bombe a explosé.

– Ça ne prouve rien, a protesté Maman.

– Une autre empreinte a été trouvée sur un des fragments de la bombe, a continué Papa.

Les murs tournaient autour de moi, le sol s'est dérobé sous mes pieds. Je perdais la raison…

C'est Jude qui a posé la bombe.

Non, ça ne pouvait être vrai. Mon frère n'était pas un meurtrier. Et de toute façon, il ne serait pas assez stupide pour laisser ses empreintes… à moins qu'il ait pensé qu'il ne resterait rien de la bombe et qu'il était donc inutile de porter des gants. Jude.

– J'ai dit toute la vérité à la police, a repris Papa en parlant plus fort cette fois. J'ai apporté cette canette de coca de la maison. C'est pour ça que les empreintes de Jude s'y trouvaient. Je gardais également tout ce qui m'a servi à fabriquer la bombe à la maison, Jude a dû toucher un des éléments sans même savoir de quoi il s'agissait.

Papa a levé la tête et a presque crié :

– Je suis le seul coupable, vous m'entendez ! Jude n'a rien à voir avec tout ça !

Ils ne peuvent pas croire ça ! Personne ne pouvait croire ce bobard !

– Ryan…

Maman avait les joues couvertes de larmes.

– Non, Meggie. Je suis coupable. C'est la seule vérité. Je ne les laisserai pas te mettre en prison. Ni Callum. Ni Jude.

Il a baissé la voix avant d'ajouter :

– Assure-toi que Jude reste caché. Si les Primas lui mettent la main dessus, ils l'arrêteront et le laisseront croupir en prison. Ma déposition lui évitera au moins la mort.

Sephy

« *Aujourd'hui, Ryan Callum McGrégor a été officiellement accusé de terrorisme politique et de meurtre. Il est apparemment le responsable du drame de Dundale. Il a reconnu toutes les charges retenues contre lui. Son fils Jude reste pour le moment introuvable.* »

Chaque mot était une flèche s'enfonçant dans ma chair.

Le père de Callum n'avait pas fait ça. Je le savais. Je devais l'aider. Je devais prouver qu'il n'avait pas pu faire ça. Mais comment ? Il y avait forcément un moyen.

À moi de trouver...

– Salauds de Néants, toute la famille devrait se balancer au bout d'une corde, a sifflé Minnie de l'autre côté de la pièce.

– Minerva, je ne veux pas que tu parles de cette façon. Nous ne vivons pas dans le quartier des Prairies !

– Pardon Maman, s'est excusée Minnie, de sa voix de petite fille obéissante.

Mais elle a très vite repris.

– Quand je pense qu'ils sont venus dans cette maison, que cette femme a travaillé ici. Si la presse l'apprend, ils vont en faire leurs choux gras et Papa va encore s'en prendre plein la figure...

– Pourquoi tu dis ça ? ai-je demandé.

– Sephy ! Réfléchis deux minutes. Si Ryan McGrégor s'en sort, Papa sera accusé de protéger les gens qu'il connaît...

– Mais M. McGrégor n'a pas posé cette bombe !

– Il a avoué, je te rappelle !

Maman avait l'air pensive.

– Ils ne vont pas le pendre, hein, Maman ?

– S'il est coupable...

– Et ce Callum est dans le même collège que nous, a continué Minnie. Papa va devoir répondre de ça aussi, à tous les coups !

– Callum n'a rien à voir avec tout ça !

– Les chats ne font pas des chiens, a dédaigneusement lâché Minnie.

– C'est que des conn...

– Perséphone ! a crié Maman avant que je finisse ma phrase.

– Même si M. McGrégor est coupable, ce que je ne crois pas une demi-seconde, ça ne veut pas dire que Callum...

– Oh, Perséphone ! Grandis un peu !

Cette fois, la réflexion venait de Maman. Elle a secoué la tête et a quitté le salon.

– T'as pas idée de ce que c'est la vraie vie, hein ? a lancé Minnie, pleine de mépris.

– Bravo ! Tu ressembles de plus en plus à Maman, l'ai-je félicitée amèrement.

Minnie a lancé un juron avant de sortir à grands pas. J'ai souri, mais pas longtemps. Minnie avait claqué la porte derrière elle. J'étais seule. Si seule. Voilà, à chaque fois que je disais ce que je pensais, les gens me tournaient le dos, m'abandonnaient.

Maman. Minnie. Callum.

Mais j'avais raison. Le père de Callum n'avait pas posé la bombe.

Maman et Minnie se trompaient et j'allais le leur prouver.

Il ne me restait plus qu'à trouver comment.

Callum

Nous avons attendu cinq minutes avant que la secrétaire de M. Stanhope nous fasse entrer. Elle nous avait demandé de venir, en précisant que c'était urgent et que ça concernait l'affaire. C'est tout.

La dernière fois que nous avions vu M. Stanhope, trois jours plus tôt, il nous avait annoncé qu'il refusait de défendre Papa.

– Madame McGrégor, Callum, asseyez-vous.

M. Stanhope était tout sourire.

Mon cœur plein d'espoir s'est mis à battre la chamade.

– Vous avez des nouvelles ? a demandé Maman. Vont-ils relâcher Ryan ?

– Je ne crois pas, non.

Le sourire de M. Stanhope s'est légèrement affaissé.

– Votre mari continue d'affirmer qu'il est coupable.

Mon cœur a éclaté comme un ballon de baudruche.

– J'ai essayé de vous joindre chez vous, a repris M. Stanhope. Je n'ai pas réussi.

– Nous ne sommes plus à la maison. Nous habitons chez ma sœur Charlotte, à l'autre bout du quartier.

– Vous avez reçu des lettres anonymes ?

– Oui, entre autres, ai-je lâché. Des briques dans les fenêtres aussi et des menaces de mort.

– Eh bien, je vous ai fait venir pour vous annoncer que je vais m'occuper de l'affaire de votre mari, a déclaré M. Stanhope à Maman. Et j'ai réussi à convaincre Kelani Adams de me prêter main forte. Je n'ai pas eu besoin de beaucoup insister, à vrai dire.

– Kelani Adams !

Maman n'en revenait pas. Moi non plus. Kelani Adams était une avocate réputée dans tout le pays. Dans le monde entier. Elle était prima. Pourquoi une Prima acceptait-elle de s'occuper d'un Nihil ?

– Je ne peux pas m'offrir les services de cette femme, a murmuré Maman.

– Ne vous préoccupez pas de ça. Tout est réglé.

– Je ne comprends pas, ai-je dit.

– Ça signifie que tout est réglé, a rétorqué M. Stanhope.

– J'aimerais que vous répondiez à mon fils, a insisté Maman.

– Un bienfaiteur anonyme a envoyé une grosse somme d'argent. Et nous a promis de nous en envoyer davantage si nécessaire.

– Nous n'acceptons pas la charité, monsieur Stanhope, a lâché Maman, les lèvres serrées.

– Ce n'est pas de la charité, a répliqué M. Stanhope. J'ai reçu un chèque accompagné d'instructions.

– Puis-je voir ces instructions ?

– Non. Une des conditions était que je ne vous les montre pas.

– Je vois.

Moi, je ne voyais rien du tout.

– Madame McGrégor, c'est la seule chance que votre mari a de s'en sortir. Vous ne devriez pas la refuser.

– Si je comprends bien, a reparti Maman, la seule raison pour laquelle vous acceptez de vous charger de l'affaire, c'est l'argent ?

– Eh bien, ce n'est pas…

– Et pour Kelani Adams, c'est pareil ?

– Non, a immédiatement répondu M. Stanhope. L'argent m'a permis de lui faire une proposition. C'est tout. Elle a accepté dès qu'elle a lu le dossier de votre mari.

– Je dois lui en être reconnaissante, n'est-ce pas ?

– Votre reconnaissance ne sera pas nécessaire, a répondu M. Stanhope. Contentez-vous d'accepter.

Maman m'a regardé.

– Callum ?

Je n'avais pas d'avis. Je voulais que Maman décide seule. Lynette était morte, Jude avait disparu, Papa était en prison, et Maman et moi devions nous débrouiller tout seuls. J'avais envie que Maman s'occupe de tout et que ma vie redevienne normale. Je voulais qu'elle prenne la responsabilité des choix. Même des mauvais. Surtout des mauvais.

– Maman, je crois que nous devons tout faire pour que Papa sorte de prison, ai-je fini par marmonner.

– Très bien. Monsieur Stanhope, je vous suis. Mais avant tout, je désire parler à mon mari. Seule.

– Je vais voir ce que je peux faire.

Je souhaitais de tout mon cœur que Maman et moi n'ayons pas commis une énorme erreur.

Ce qui me gênait le plus, c'est que j'étais presque sûr de savoir qui avait envoyé l'argent.

Sephy.

Je ne savais pas comment elle s'y était prise. Et je ne savais pas non plus comment je pourrais la remercier. Assis dans le grand fauteuil de cuir de M. Stanhope, je faisais le serment de la rembourser. Jusqu'au dernier sou.

Sephy

Quand je suis rentrée de l'école, j'ai eu le choc de ma vie en voyant l'attaché-case de Papa dans l'entrée.

– Papa ? Papa ?

– Je suis là, ma princesse !

J'ai couru en direction de sa voix et j'ai sauté dans ses bras.

– Papa ! Tu m'as manqué !

– Tu m'as manqué aussi.

Papa m'a fait tourner. Du moins il a essayé.

– Eh bien ! Qu'est-ce que tu manges ? Tu pèses au moins une tonne !

– Merci ! ai-je gloussé.

J'étais si contente. Papa était à la maison.

– Tu restes pour de bon ?

– Je reste un moment.

Papa a tourné la tête et j'ai suivi son regard. Nous n'étions pas seuls.

Dans son rocking-chair, Maman se balançait doucement.

– Que… que se passe-t-il ? ai-je demandé.

– Demande à ton père.

J'ai compris. Mon enthousiasme est aussitôt retombé. Papa n'était pas revenu pour Maman. Ni pour nous. C'est la politique qui l'avait ramené à la maison. La politique et le procès de Ryan McGrégor.

– Tu partiras quand le procès sera terminé, c'est ça ?

« Le procès du siècle », annonçaient les journaux. Ils auraient dû l'appeler le miracle du siècle. Après tout, Papa était revenu à la maison.

– Rien n'est encore décidé, a souri Papa en me caressant la joue.

J'ai jeté un regard à Maman et j'ai su qu'il mentait. Du moins c'est ce qu'elle pensait. Ce qui était probablement la même chose.

Callum

– Ah, Callum, entre.

Je passais mon temps dans les bureaux cette semaine. Celui de M. Stanhope d'abord et maintenant celui de M. Costa, le proviseur.

Chez lui aussi, les meubles étaient en acajou. Son tapis était aussi moelleux qu'une pelouse au printemps. M. Costa s'est penché sur son bureau et s'est appuyé sur ses coudes. Son fauteuil, éclairé par les rayons du soleil, ressemblait à un trône. Sa silhouette en contre-jour n'en était que plus sombre.

– Assieds-toi, s'il te plaît.

J'ai obéi.

– Callum, ce n'est pas facile de t'annoncer ce que j'ai à t'annoncer, j'irai donc droit au but.

– Oui, monsieur ?

– Jusqu'à ce que le problème concernant ton père soit... terminé...

Une sonnerie d'alarme, assourdissante, s'est déclenchée dans ma tête.

– Le gouverneur et moi-même avons pensé qu'il serait de l'intérêt de tous que tu sois suspendu des cours quelque temps.

C'était donc ça : ils me viraient.

– Je suis considéré comme coupable tant que l'innocence de mon père n'est pas prouvée ? C'est comme ça que ça marche ?

– Callum, j'espère que tu sauras prendre cette décision avec maturité.

– Dois-je vider mon casier maintenant ou puis-je attendre la fin de la journée ?

– C'est à toi de décider.

M. Costa a croisé les bras sur sa poitrine.

– Vous devez être content, ai-je lâché d'une voix amère. Trois en moins... Plus qu'un.

– Que veux-tu dire ?

– Colin est parti, vous avez viré Shania et c'est mon tour, maintenant.

– Shania a été exclue pour mauvais comportement, a répliqué M. Costa.

– Shania a giflé Gardner Wilson parce qu'il l'avait frappée, ai-je crié. Tout le monde le sait, et vous aussi. Pourquoi

Shania a-t-elle été virée alors que Gardner s'en est tiré avec un sermon. Frapper n'est considéré comme un mauvais comportement que de la part d'un Nihil ?

Dans toutes les écoles du pays, ça se passait de la même manière : là où des Nihils avaient été admis, ils étaient virés pour des raisons qui ne valaient même pas une punition à un Prima.

– Je n'ai pas l'intention de discuter avec toi de la manière dont je dirige cette école.

M. Costa s'est levé pour me signifier que l'entretien était terminé.

– Nous serons ravis de réexaminer ta situation une fois que les événements touchant ta famille seront éclaircis.

Jamais les événements ne seraient éclaircis. Et nous le savions tous les deux.

– Bonne chance à toi, Callum.

J'ai dédaigné la main que me tendait M. Costa. Il me souhaitait bonne chance mais le plus loin possible de son école. Pour lui, j'étais déjà parti. J'ai traversé le bureau. Je voulais claquer la porte derrière moi à la faire sortir de ses gonds mais je ne voulais pas lui donner la satisfaction de dire : « Vous voyez, tous les Nihils sont comme ça. Ils se comportent comme des sauvages ! »

J'ai trouvé mieux. J'ai refermé violemment la porte, mais je l'ai retenue au dernier moment. Dangereux pour mes doigts, mais ça valait le coup. Ça m'a défoulé.

J'ai avancé dans le couloir. M. Costa a rouvert sa porte et m'a appelé :

– Callum ! Viens ici !

Je ne me suis même pas retourné.

– Callum ! Reviens ici ! a tempêté M. Costa derrière moi.

J'ai souri et j'ai continué à marcher. Je ne faisais plus partie de cette école. Je n'avais plus à lui obéir. Je n'ai ralenti qu'après avoir entendu M. Costa claquer lui-même la porte de son bureau.

J'ai traversé la cour, passé la grille. L'air me manquait.

Je savais que je ne reviendrais jamais à Heathcroft.

LE PROCÈS

Sephy

Je n'ai pas hésité très longtemps. J'ai pris une longue inspiration et j'ai frappé à la porte de ma sœur.

– Va-t'en !

Je suis entrée et j'ai évité de justesse un oreiller que ma sœur venait de me jeter.

– T'es bouchée ? a enragé Minnie.

Elle était assise en tailleur sur son grand lit, l'air terriblement en colère. J'avais presque envie de rire mais je savais que ça la fâcherait encore plus. Et puis, ça aurait été un rire dû au cidre que je venais de boire. Je n'étais pas assez soûle pour ne pas m'en rendre compte.

– Minnie, j'ai besoin d'un conseil.

– Oui ?

Ma sœur a haussé un sourcil sceptique. Elle est très forte à ce jeu-là. Quand elle sera adulte, elle sera un parfait clone de notre mère. Comme moi, je suppose, si je continue sur ma lancée.

– J'ai envie de changer d'école.

J'avais trouvé les mots pour retenir son attention.

– Où veux-tu aller ?

– À Chivers.

– En pension ?

J'ai acquiescé. Minnie m'a dévisagée jusqu'à ce que je me sente vraiment mal à l'aise.

– Qu'est-ce que Maman en pense ?

– Elle a refusé, mais…

– Mais elle finira par accepter, a terminé Minnie.

– Alors qu'est-ce que tu en penses ?

– C'est une excellente idée. J'ai demandé la même chose à Maman, il y a deux semaines.

– Quoi ?

Je n'en revenais pas.

– Tu n'es pas la seule qui a besoin de se tirer d'ici, je te ferai remarquer.

Je me suis assise au bord du lit de Minnie.

– Ça se voit à ce point ?

– Sephy, toi et moi on ne s'est jamais bien entendues, a soupiré Minnie. Peut-être que si nous avions pu compter l'une sur l'autre, nous nous en serions mieux tirées. Mais nous nous sommes débattues toutes seules chacune dans son coin.

– Qu'est-ce que tu veux dire ?

– Arrête, Perséphone. Je sais que tu bois et moi, je deviens chaque jour plus aigrie et plus désagréable.

Mes joues se sont enflammées.

– Je ne bois pas, ai-je nié.

– Ah oui ? a ricané Minnie. Alors tu t'es acheté un parfum à base de cidre ! Arrête, tu es tout le temps soûle !

– Le cidre, c'est pas de l'alcool.

Minnie a laissé échapper un rire triste.

– Pas comme le whisky ou le vin, ai-je ajouté, furieuse. J'en bois, parce que j'aime le goût que ça a. Je ne suis pas une ivrogne !

Minnie s'est approchée de moi et a posé une main sur mon épaule.

– Qui essaies-tu de convaincre ? Toi ou moi ?

J'ai éclaté en sanglots. Ma sœur m'a serrée contre elle, ce qui m'a rendue encore plus mal.

– Minerva, je dois partir d'ici. Sinon je vais craquer.

– T'inquiète, j'ai commencé à travailler Papa.

– Oui, pour toi, mais moi ?

– Non, je plaide notre cause à toutes les deux. Je n'arrête pas de lui répéter que nous devons nous éloigner de l'ambiance malsaine qui règne à la maison.

Je me suis écartée de Minnie.

– Il prend ça comment ?

– Pour l'instant, je le harcèle, on verra le résultat.

– Pourquoi tu ne demandes pas à Maman ?

– Parce qu'elle nous aime trop.

– Alors que Papa ne nous aime pas, ai-je lâché amèrement.

– C'est pas vrai. Papa nous aime. À sa façon.

– Pas autant que sa carrière politique, ai-je rétorqué. Il n'est revenu que le temps du procès de M. McGrégor. Et en plus, on ne le voit jamais.

– Tu as envie de le voir plus souvent ?

J'ai réfléchi.

– Non, pas vraiment.

– Alors ne souhaite pas n'importe quoi, m'a prévenue Minnie. Et ne t'inquiète pas. Septembre finira par arriver et nous quitterons toutes les deux cette maison de fous.

– Tu en es sûre ?

– Je te le promets.

Callum

J'avais pris place dans le fond de la salle, là où les bancs étaient surélevés. Comme ça, je pouvais voir Papa. Enfin, seulement le côté de son visage qui portait des traces de coups. Je ne l'avais vu que deux fois depuis ce matin où les policiers avaient fait irruption dans la maison. Le juge parlait au jury d'une voix morne, expliquant ce qu'ils auraient à décider et ce sur quoi ils n'auraient pas à se prononcer. Ces douze hommes et femmes écoutaient attentivement. Douze Primas évidemment. Seuls des Primas sont capables de rendre la justice. Mon estomac se serrait chaque fois que je regardais Papa.

– Ryan Callum McGrégor, sur les accusations de terrorisme politique, que plaidez-vous ? Coupable ou non coupable ?

– Papa, non !

Je n'avais pas pu m'en empêcher. Au moment où les mots s'échappaient de ma bouche, je savais que je ferais plus de mal que de bien, mais je ne pouvais assister, silencieux, à… cette parodie de justice.

– Encore une interruption de ce genre et je fais évacuer la salle, a menacé le juge Anderson. J'espère que je me suis bien fait comprendre.

Il me fixait. Ainsi que tous les membres du jury. Maman a posé sa main sur la mienne. Papa s'est tourné vers moi et nos yeux se sont croisés. À peine une seconde. Son visage portait les marques de la violence des policiers, il avait la lèvre gonflée, une croûte s'était formée sur sa pommette et le tour de son œil était noir. Une intense tristesse était inscrite dans ses yeux.

Le greffier a répété sa question.

– Sur les accusations de terrorisme politique, plaidez-vous coupable ou non coupable ?

Silence.

Le silence s'est prolongé.

– L'accusé est prié de répondre à la question, a exigé le juge Anderson.

Papa a tourné la tête vers Maman et moi, et a fini par lâcher :

– Non coupable.

Une rumeur s'est aussitôt élevée dans l'assemblée. Maman a écrasé ma main dans la sienne. L'avocate de Papa nous a adressé un sourire bref. Il n'y avait plus trace de ce sourire quand elle s'est retournée vers le jury.

– Sur les accusations de meurtre sur la personne de Aysha Pilling, plaidez-vous coupable ou non coupable ?

Papa a prononcé d'une voix plus assurée cette fois :

– Non coupable.

Papa a formulé cette réponse à toutes les charges énoncées contre lui. À la septième accusation de meurtre, il devait presque crier pour se faire entendre dans le tumulte.

Le juge a fini par faire évacuer la salle, mais je m'en fichais. Je vivais un des plus heureux moments de ma vie.

Non coupable ! Papa, tu as plaidé non coupable !

Sephy

J'ai eu le choc de ma vie. J'avais reçu une convocation pour le tribunal. Je devais me présenter le lundi suivant. La convocation avait été envoyée à Maman et la rendait responsable de ma présence.

– Pourquoi me demandent-ils de venir ?

J'étais horrifiée. Je ne comprenais rien au jargon officiel de la lettre.

– Voilà ce qui arrive quand on traîne avec des Nihils, s'est moquée Minnie.

J'avais envie de l'envoyer balader, quand ma mère, à ma grande surprise, a pris ma défense.

– Minerva, si tu te taisais, tu pourrais au moins donner l'illusion que ta tête est remplie d'autre chose que d'air !

Minnie a rougi. J'ai souri à Maman mais elle ne m'a pas rendu mon sourire.

– Voilà pourquoi je voulais que tu restes éloignée de ce garçon et de sa famille, a-t-elle lâché. Notre nom va être prononcé dans un tribunal ! Les journaux vont en faire leurs choux gras. Ton père ne va pas aimer ça du tout !

– Ce n'est pas ma faute, ai-je protesté.

– La faute de qui alors ? m'a rembarrée Maman. Sephy, tu dois apprendre que si tu dors avec les chiens, tu attrapes des puces !

Sur ces mots, elle a quitté la pièce à grands pas.

Callum

– Jurez-vous de dire la vérité, toute la vérité et rien que la vérité ?

J'ai regardé le grand livre sur lequel j'avais posé ma main. Il était froid. La vérité... Quelle version de la vérité les Primas pourraient-ils accepter d'entendre ?

– Je le jure, ai-je déclaré.

J'avais parlé doucement, mais ma voix a résonné dans la salle d'audience. Ils avaient augmenté le son du micro pour être sûrs de ne rien perdre de mes paroles.

J'avais peur. Un mot de ma part pouvait entraîner la condamnation à mort de mon père.

Le bureau du juge surplombait la salle. Le procureur, un homme au visage dur du nom de Shaun Pingule, me jetait un regard noir. Kelani Adams regardait droit devant elle. Elle semblait perdue dans son propre monde. Qui était manifestement très loin du mien.

– Vous pouvez vous asseoir, a dit le juge Anderson.

– Non, ai-je refusé. Merci. Je préfère rester debout.

Le juge a imperceptiblement haussé les épaules. Shaun Pingule s'est levé. Mon cœur s'est arrêté.

– Pouvez-vous donner votre nom, s'il vous plaît ?

Pas de piège dans cette question. Du moins, je n'en voyais pas...

– Callum Ryan McGrégor.

Ne pas oublier : des réponses courtes.

– Faites-vous partie de la Milice de libération ?

Kelani Adams s'est levée.

– Objection. Ce procès n'est pas celui de Callum !

– Objection refusée, a dit le juge.

– Faites-vous partie de la Milice de libération ? a répété le procureur.

– Non.

– Vous n'en faites pas partie ?

– Non. Je n'en fais pas partie.

– Vous en êtes sûr ?

Kelani s'était de nouveau levée :

– Monsieur le juge...

– Poursuivez, monsieur Pingule, a demandé le juge.

J'ai jeté un coup d'œil vers le jury. En me posant la même question à plusieurs reprises, Pingule essayait de faire croire que je mentais. Les jurés commençaient déjà à douter de moi. Après une seule question.

– Votre père appartient-il à la Milice de libération ?

J'ai regardé Papa. Il était immobile.

– Non.

Avais-je attendu trop longtemps avant de répondre ? Le jury s'était-il rendu compte de cette pause ? Deux jurés prenaient des notes sur un calepin.

– Comment pouvez-vous en être sûr ?

– Mon père ne ferait pas de mal à une mouche.

– Ce qui n'est pas le cas de la Milice de libération ?

– Objection !

– Retenue.

– Mon père n'appartient pas à la Milice de libération, ai-je répété.

– Callum, que pensez-vous de la Milice de libération ?

– Objection !

– Rejetée.

Mon opinion sur la Milice de libération ? Que pouvais-je répondre à ça ? Dans le public, les Primas attendaient. L'avocate de Papa aussi. Les jurés également. Et Papa...

– C'est une organisation qui se bat pour l'égalité... et...

Je me suis tu. La panique commençait à me submerger.

– Je crois que les Primas et les Nihils devraient être égaux. Je suis d'accord avec ceux qui pensent de cette façon.

– Je vois. Et la fin justifie les moyens, n'est-ce pas ?

Kelani s'est levée une nouvelle fois.

– Monsieur le juge...

– Je retire ma question, s'est empressé de dire Pingule, avant que le juge ouvre la bouche.

La question avait été posée et les jurés en avaient pris bonne note.

– Votre père a-t-il jamais parlé d'entrer à la Milice de libération ?

– Non.

– Votre frère Jude a-t-il jamais parlé d'entrer à la Milice de libération ?

– Non.

– Aucun membre de votre famille n'a rien à voir avec cette organisation, ni avec la bombe de Dundale ?

– Exactement.

– Et vous êtes sûr qu'aucun membre de votre famille n'était au courant de cet attentat ?

– Oui.

Combien de fois allais-je devoir le lui répéter ?

– Vous non plus ?

– Moi non plus, ai-je acquiescé en essayant de dissimuler mon agacement.

Mes paumes étaient moites. Pingule me tendait un piège. Mais je ne savais pas lequel. Ma chemise me collait au dos. J'avais envie de m'essuyer le front mais j'ai pensé que le jury en aurait trop vite conclu que je mentais. J'ai serré les poings.

– Monsieur le juge, M. Pingule pose la même question depuis dix minutes, s'est exclamée Kelani Adams. Peut-être pourrait-il à présent en venir au fait ?

– J'en ai bien l'intention.

Le procureur souriait jusqu'aux oreilles.

– Monsieur le juge, je demande la pièce à conviction D19.

C'était quoi, la pièce à conviction D19 ? Un énorme écran de télé posé sur un chariot a été poussé dans la salle. J'ai jeté un regard à la dérobée vers mon père. Il me fixait. Il a secoué la tête. À peine. J'ai d'abord cru que j'avais rêvé, mais il a continué à me fixer. Je me demandais ce qui allait se passer. Pingule m'a adressé un sourire narquois. Un des greffiers lui a tendu la télécommande. L'écran s'est allumé. L'image avait sans doute été filmée par les caméras internes du centre commercial.

J'ai compris.

– Monsieur le juge, cette cassette m'a été remise par les officiers de police chargés de l'affaire. Ils se portent garants de l'exactitude de ces images, a expliqué Pingule.

– Objection, monsieur le juge, a commencé Kelani Adams, furieuse. Je n'ai pas eu connaissance de ces cassettes et…

– Je ne les ai visionnées moi-même qu'hier soir, a rétorqué Pingule.

– Monsieur le juge, je me vois dans l'obligation d'insister. Je dois voir cet enregistrement avant qu'il soit présenté à la cour…

– Monsieur le juge, il y a des précédents. Il est déjà arrivé qu'une pièce ne puisse être présentée à la défense avant d'être montrée à la cour. Si je peux citer…

– Non, vous ne pouvez pas, monsieur Pingule, l'a interrompu le juge Anderson. Je connais ces précédents. Vous n'êtes pas le seul à avoir assisté aux cours de la fac de droit !

– Je vous présente mes excuses, monsieur le juge.

– Monsieur le juge… a tenté Kelani Adams.

– Non, madame Adams. Je permets la diffusion de cette cassette. Je suspendrai cependant le jugement après cette diffusion, de façon à ce que vous puissiez discuter avec le témoin.

Kelani Adams s'est assise en adressant au juge un regard glacial. Qu'il n'a pas manqué de remarquer. Il a pincé les lèvres. Je ne comprenais pas Kelani. Comment pensait-elle aider mon père en s'opposant au juge de cette façon ?

– Callum, a repris le procureur, pouvez-vous identifier les personnes qui courent devant l'épicerie fine Allan Sepherd ?

J'ai regardé l'écran. Il n'y avait pas de confusion possible.

– C'est moi, ai-je murmuré.

– Pouvez-vous parler plus fort, s'il vous plaît ?

– C'est moi.

Je n'avais pas eu l'intention de crier. C'est pourtant ce que je venais de faire.

– Pouvez-vous expliquer à la cour la raison de votre présence à Dundale, environ dix minutes avant l'explosion de la bombe ?

– Je ne me rappelle pas.

– Voyons si je peux vous rafraîchir la mémoire.

Pingule a pointé la télécommande vers le téléviseur. L'image s'est accélérée, puis arrêtée.

– Est-ce vous qui entrez dans ce café ?

J'ai acquiescé.

– Nous avons besoin d'une réponse verbale pour l'enregistrement du procès, a dit le juge.

– Oui.

La cassette a continué de défiler. On me voyait courir, tenant Sephy par la main. On n'entendait pas ce que nous disions mais il était évident que je voulais l'éloigner du centre commercial. Tout à coup, Sephy regardait autour d'elle. L'alarme du centre commercial avait dû retentir. Je l'ai tirée vers la sortie la plus proche et nous nous sommes remis à courir. Nous avons disparu de l'écran. Pingule a laissé la cassette tourner encore quelques secondes, le temps que tout le monde puisse voir l'éclair blanc déchirer l'image.

La salle était silencieuse.

– Continuez-vous à affirmer que ni vous ni aucun membre de votre famille n'était au courant de la bombe de Dundale ? m'a demandé Pingule.

– Oui.

– Je vois. Qui entraînez-vous à l'extérieur du café sur la cassette ?

– Sephy…

– Perséphone Hadley ? La fille de Kamal Hadley ?

– Oui.

– Quelle relation entretenez-vous avec Perséphone Hadley ?

– C'est… une amie.

Il y a eu quelques murmures dans le public.

– Pouvez-vous expliquer à la cour pourquoi vous semblez si pressé de l'entraîner hors du centre commercial ?

– Euh… j'avais rendez-vous avec elle et j'étais en retard.

– Vraiment ?

Pingule a haussé un sourcil.

– Et pourquoi ne vous êtes-vous pas assis avec elle dans le café, quand vous l'avez retrouvée ?

– J'étais en retard et j'avais peur que sa mère nous voie ensemble et… je voulais lui montrer quelque chose.

– Quoi ?

– Je ne me rappelle pas.

Les murmures se sont amplifiés.

– Avec tout ce qui s'est passé, je n'arrive pas à me rappeler. C'était un truc idiot… un avion, ou quelque chose comme ça.

– Vraiment ?

– Oui.

Je transpirais beaucoup trop. J'allais être obligé de sortir du box des témoins à la nage.

– Plus de questions, a dit Pingule, d'une voix pleine de mépris.

J'ai baissé la tête.

Pardonne-moi, Papa.

Je n'osais pas lever les yeux vers lui. Je suis sorti du box.

– Un moment, Callum.

La voix de Kelani m'a arrêté. Elle m'a fait signe de reprendre ma place.

– Pouvez-vous nous décrire les relations que vous entretenez avec Mme Hadley, la mère de Perséphone Hadley ?

– Mme Hadley ne m'aime pas beaucoup.

– Pourquoi dites-vous ça ?

– Elle a demandé à sa secrétaire de m'interdire d'entrer chez elle.

– Je vois. Savez-vous pour quelle raison ?

J'ai toussé.

– Sephy… Perséphone a été battue à l'école. Mme Hadley pense que c'est ma faute.

– Est-ce vous qui avez frappé Perséphone ?

– Non, bien sûr que non. C'étaient des filles de la classe supérieure.

Pingule s'est levé.

– Monsieur le juge, je ne vois pas l'intérêt de ces questions…

– Madame Adams… a demandé le juge.

– J'en viens au fait, monsieur le juge, a souri Kelani. Callum, qu'auriez-vous fait si Perséphone avait été accompagnée de sa mère dans le café ?

Que répondre ? Réfléchis bien, Callum…

– J'aurais attendu qu'elle soit seule.

– Ça aurait pu prendre du temps.

J'ai haussé les épaules.

– Je voulais montrer quelque chose à Sephy dehors, mais si je n'avais pas pu, ça n'aurait pas été la fin du monde. J'aurais attendu qu'elle soit seule et je lui aurais raconté.

– Merci Callum, a souri Kelani. Ce sera tout.

Sephy

– Mademoiselle Hadley, pouvez-vous nous raconter ce qui s'est passé lorsque vous étiez au café du centre commercial le jour de l'explosion de la bombe ?

Le procureur me souriait en posant sa question. Ça m'aidait un peu. Un tout petit peu. Je ne pensais pas que je serais si nerveuse. Je n'avais aucune envie de me trouver ici. La salle d'audience était trop grande et il y faisait trop chaud. Ils auraient peint des yeux géants sur les sols et les murs, ça n'aurait pas été plus impressionnant. Le juge et les jurés étaient effrayants.

– Prenez votre temps, mademoiselle Hadley, a souri le juge.

Je lui ai rendu son sourire avec reconnaissance. Je pouvais le faire. Ce n'était pas si difficile.

– Je buvais un verre. Maman… ma mère était allée mettre des affaires dans la voiture.

– Continuez, m'a encouragée le procureur.

– Eh bien, Callum est arrivé et m'a dit que nous devions partir…

– Pourquoi ?

J'avais une boule dans la gorge. J'avais juré sur le *Livre du Bien* de dire la vérité. Mais le juge et le jury ne comprendraient pas la vérité. La vérité ne tenait pas en une phrase. C'était une combinaison de pensées, d'impressions. Et derrière ces pensées et ces impressions, il y avait une histoire. Étais-je en train de me trouver une excuse ? Des justifications. Beaucoup de gens étaient morts. Aucun raisonnement ne changerait jamais ça.

– Mademoiselle Hadley, est-ce que Callum vous a donné une raison pour vous entraîner hors du café ?

– Il… il voulait me montrer quelque chose dehors… je crois…

Peut-être que ce n'était pas vraiment un mensonge. C'est peut-être ce que j'avais cru, à ce moment-là.

– Quoi ?

– Pardon ?

– Que voulait-il vous montrer ?

Le sourire de M. Pingule était de plus en plus ténu.

– Je ne sais pas, je ne me rappelle plus. Je crois qu'il ne me l'a pas dit.

– Allons, mademoiselle Hadley…

– Il ne l'a pas dit, ai-je insisté. Ça devait être une surprise… mais la bombe a explosé avant qu'il me dise ce que c'était.

– C'est bien la vérité ?

– Oui.

C'était la vérité, mais pas toute la vérité. Je me suis rappelé un conseil de ma mère : « Un sage dit ce qu'il sait mais pas tout ce qu'il sait. » Est-ce que ça ne s'appliquait pas à une cour de justice ? Sans doute que non. J'ai regardé M. Pingule. Il me dévisageait. Puis il m'a demandé :

– Mademoiselle Hadley, Callum est votre ami, n'est-ce pas ?

J'ai acquiescé.

– Oui.

– Et vous ne voudriez pas que sa famille ou lui ait des ennuis par votre faute ?

– Non.

– Comprenez-vous que le meilleur moyen de lui rendre service aujourd'hui est de dire la vérité ?

– Oui.

– Très bien, je vais donc vous reposer la question…

La voix du procureur était aiguë.

– Pourquoi Callum vous a-t-il demandé de quitter le café aussi vite ?

– Il voulait me montrer quelque chose dehors.

Mon ton était ferme.

– Je vois. Dites-moi, mademoiselle Hadley, comment décririez-vous Callum McGrégor ?

– Objection, monsieur le juge, est intervenue Kelani Adams. Qu'est-ce que l'opinion de mademoiselle Hadley sur Callum McGrégor a à voir avec l'affaire qui nous occupe ?

– Je me posais la même question, madame Adams, a répondu le juge. Objection retenue.

– Quelle est votre relation avec Callum McGrégor ?

– Nous sommes amis.

– Un peu plus qu'amis ?

– C'est mon ami, c'est tout.

– Monsieur le juge… a commencé Kelani Adams.

– Très bien, très bien, l'a interrompue M. Pingule.

Il semblait ennuyé. Très ennuyé.

– Mademoiselle Hadley, savez-vous qui est responsable de l'explosion de la bombe de Dundale ? Oui ou non ?

– Bien sûr que non. Comment le pourrais-je ? ai-je rétorqué, choquée qu'il puisse me poser la question.

– Très bien. Plus de questions.

M. Pingule s'est rassis.

Je ne savais pas qui avait posé cette bombe et je ne voulais pas le savoir. Et c'était la réponse la plus honnête que j'avais faite devant cette cour.

Callum

Maintenant que j'avais témoigné, j'avais de nouveau l'autorisation de m'asseoir dans le public. Maman voulait que je me place à côté d'elle, mais j'avais refusé. Comment aurais-je pu ? Sephy et moi avions bien failli serrer nous-mêmes le nœud coulant autour du cou de Papa.

Kelani Adams a appelé à la barre un homme du nom de Léo Stoll. Je ne le connaissais pas. C'était un Prima d'une quarantaine d'années, qui semblait plutôt à l'aise financièrement. J'ai regardé Maman. Elle avait les sourcils froncés. Elle ne connaissait apparemment pas plus cet individu que moi.

Léo Stoll s'est assis dans le box des témoins. Kelani Adams s'est levée et s'est approchée de lui.

– Monsieur Stoll, pouvez-vous nous dire quel est votre métier ?

– Je suis officier de police. À la retraite.

Sa voix était grave et agréable. Comme celle d'un baryton dans une chorale.

– Vous ne semblez pas assez vieux pour être retraité, a observé Kelani Adams.

– Je me suis retiré pour des raisons de santé.

– Oh ?

– J'ai été blessé par un chauffard nihil. Ma hanche a été pulvérisée. On m'a proposé un travail de bureau mais après des années sur le terrain…

M. Stoll a haussé les épaules.

– Je n'ai pas pu m'y résoudre.

– Reconnaissez-vous l'accusé, M. McGrégor ?

– Non. Je ne l'ai jamais vu de ma vie.

M. Pingule a regardé Kelani Adams. Elle avait encore une question à poser avant qu'il ne fasse objection.

– Monsieur Stoll, avez-vous déjà croisé Callum McGrégor ?

– Qui ?

Je ne comprenais rien à sa stratégie. Qu'est-ce que ce type avait à voir avec moi ? Elle voulait sauver la tête de Papa en me faisant pendre à sa place ?

– Callum McGrégor, voulez-vous vous lever, s'il vous plaît ?

J'ai obéi. Tous les regards se sont tournés vers moi. C'était largement aussi désagréable que d'être dans le box des témoins.

– Oh oui, je l'ai déjà vu, a lancé M. Stoll sans hésiter.

– Où ? a demandé Kelani.

– À Dundale, le jour où la bombe a explosé. Je buvais un café quand ce garçon est apparu. Il a pris par la main une jeune fille qui était assise derrière moi. Il l'a tirée pour la faire se lever, je lui ai demandé si le garçon l'ennuyait. J'ai une hanche en mauvais état, mais s'il le fallait, je pourrais me battre.

– Nous n'en doutons pas, monsieur Stoll. Que s'est-il passé ensuite ?

– La jeune fille a répondu que ce garçon était son ami et qu'il voulait lui montrer quelque chose dehors.

– Vous êtes sûr que c'est ce qu'elle a dit ?

– Affirmatif. J'ai été officier de police, vous savez. J'ai été entraîné à observer et à me rappeler.

Sephy avait-elle dit ça ? Je ne me le rappelais même pas. Je me souvenais seulement de ma hâte à l'éloigner du centre commercial.

– La jeune fille avait-elle l'air particulièrement effrayée ou inquiète ? a demandé Kelani.

– Pas du tout. Elle avait même l'air de s'amuser.

– Et comment avez-vous survécu à la bombe ?

– J'ai fini mon café et je suis parti une minute après les jeunes.

– Merci monsieur Stoll. Plus de questions.

Des applaudissements ont retenti. Le juge Anderson a tenté de restaurer le calme. En vain. Il a dû faire évacuer la salle. Ma version des faits avait été corroborée. Par un ancien policier prima. Rien que ça. Si ça avait été drôle, j'aurais éclaté de rire.

S e p h y

Chaque soir, j'attends les informations télévisées. Je me remue les méninges pour trouver un moyen de l'aider. Mais je n'y parviens pas. Que pourrais-je faire ? Que peut faire une personne seule ? Alors, comme tous les gens de ce pays, je reste assise, le nez collé à l'écran. Parfois, ils nous montrent des images de Callum et de sa mère qui se cachent le visage en sortant du tribunal.

Le soir où ils ont montré la maison de Callum brûlée, réduite en cendres, je suis montée dans ma chambre et j'ai pleuré. Pendant des heures. Heureusement, Callum et sa mère vivent en ce moment chez des parents, mais ça me fait mal de penser à toutes ces épreuves qu'il traverse. J'avais envie de lui téléphoner, mais je n'avais pas de numéro où le joindre. J'avais envie de le voir, mais je ne connaissais pas son adresse. J'allais de temps en temps à la plage dans l'espoir de l'y trouver. Il n'y était jamais. J'essayais de me convaincre que nous nous manquions. Que quand j'arrivais à six heures, il était déjà venu à cinq... Mais au fond de moi, je savais qu'il ne venait pas. Il avait des choses plus importantes en tête.

Je ne savais pas comment la mère de Callum avait réussi à se payer les services d'une avocate telle que Kelani Adams. Même moi, qui ne me tenais presque jamais informée de rien, je connaissais son nom. Selon les journalistes de la télé, Kelani permettrait d'assurer l'équité du procès.

Ryan McGrégor avait une chance d'être déclaré non coupable.

Ce ne serait que justice.

Callum

Chère Sephy,
C'est une lettre très difficile à écrire. Voilà des jours et des jours que je repousse l'échéance et c'est au moins la dixième fois que je recommence.

J'ai froissé la feuille et l'ai jetée dans la poubelle.

Chère Sephy,
Je vais aller droit au but. Je ne sais pas où tu as trouvé cet argent pour aider mon père, mais je te remercie de tout mon cœur. Notre avocate, Kelani Adams, le défend de son mieux. Elle est vraiment de notre côté. Le juge l'a menacée deux fois de la poursuivre pour insolence à la cour.
Je ne sais pas comment, mais un jour, je te rembourserai. Je veux que tu saches que je t'aime pour toujours...

J'ai froissé aussi cette feuille et je l'ai jetée dans la corbeille. J'ai croisé mes bras sur la table et j'ai laissé aller ma tête. Les bons comme les mauvais aspects de ma vie sont entre les mains d'autres gens. Kelani Adams, le jury, les profs de Heathcroft, Sephy... J'étais fatigué de toujours être si impuissant.

Ces derniers mois, j'étais régulièrement réveillé par un cauchemar récurrent : je me trouvais dans une petite boîte en carton que j'essayais de renverser puis d'ouvrir. Mais malgré tous mes efforts, je restais coincé dedans. En fait, plus j'essayais, plus c'était difficile. Quand mes mains étaient ensanglantées, je réalisais que je n'étais pas dans une boîte en carton mais dans un cercueil. À ce moment, je cessais de me débattre et j'attendais la mort.

C'est sans doute ce qui me terrifiait le plus.

Je cessais de me débattre et j'attendais de mourir.

Sephy

Le procès était enfin terminé. Le jury délibérait. Je changeais de chaîne toutes les trois secondes dans l'espoir d'avoir des nouvelles. Tous les journaux, toutes les télés pensaient qu'à la vue des preuves apportées par l'accusation, le père de Callum était coupable. Avant, je ne m'étais jamais intéressée aux infos. Maintenant, j'étais accro. Quand Minnie se plaignait et voulait changer de programme, je montais dans ma chambre et je continuais à regarder sur mon propre téléviseur.

Ryan McGrégor n'était pas coupable.

Alors pourquoi est-ce que je semblais la seule personne au monde – ou du moins la seule Prima au monde – à le croire ?

Callum

Maman et moi nous tenions la main en attendant le verdict. L'espoir et le désespoir se mêlaient dans mon estomac, comme de l'huile et du vinaigre.

– Porte-parole du jury, avez-vous convenu d'un verdict à l'unanimité ?

– Oui, monsieur le juge.

– L'accusé Ryan McGrégor est-il coupable ou non coupable du crime de terrorisme politique ?

Pourquoi lui fallait-il tant de temps pour répondre ?

Le porte-parole a ouvert la bouche, mais je n'ai pas entendu. J'ai secoué la tête et me suis penché en avant. Avait-il parlé ? J'étais sûr que oui. J'avais vu sa bouche s'ouvrir et se fermer. J'ai passé la langue sur mes lèvres sèches. J'ai regardé Maman. Son visage était dur. Près d'elle, une femme blonde a pris son visage dans ses mains. L'homme à côté a secoué la tête comme s'il ne croyait pas ce qu'il venait d'entendre. Pourquoi est-ce que moi je n'entendais rien ?

Peut-être parce que je ne voulais pas entendre.

– L'accusé est-il coupable ou non coupable du meurtre de Aysha Pilling ? a demandé le greffier.

Et j'ai entendu le verdict cette fois. Mon Dieu oui, je l'ai entendu.

C'EST AINSI...

Sephy

J'étais assise sur la balançoire du jardin. Je ne me balançais pas. C'est une occupation de gosse. Il faisait chaud. Trop chaud.

– Sephy, qu'est-ce que tu fabriques ? a crié Maman depuis le seuil de la maison.

Oh-oh ! Problème. J'étais allée directement dans le jardin sans retirer mon uniforme scolaire. Si Maman s'en apercevait, elle allait faire une crise.

– Viens ici, s'il te plaît.

J'étais sur le point de crier : « Pourquoi ? », mais j'ai préféré éviter. Maman allait de plus en plus mal et j'avais plutôt intérêt à faire profil bas. Quand je m'en tenais là, elle me fichait à peu près la paix. J'ai couru jusqu'à la maison.

– Va dans ta chambre et mets ta robe bleu marine et tes chaussures à brides.

– Quelle robe bleue ?

– Ta robe de chez Jackson Spacey, a répliqué Maman, comme si c'était évident.

J'ai haussé les sourcils. Cette robe avait coûté super cher et Maman m'interdisait de la porter sans sa permission. La dernière fois que je l'avais sortie du placard, c'était pour l'enterrement de Lynette. Ce n'était pas un bon souvenir. Je n'avais pas envie de reporter cette robe.

De plus, ce n'était l'anniversaire de personne, à ce que je sache... à moins que j'aie oublié. Non... nous étions le 24 juillet, et l'anniversaire de Minnie était mi-août.

– Pourquoi est-ce que je dois m'habiller ?

– Parce que je te l'ordonne, a répliqué Maman. Fais ce que je te dis et demande à ta sœur de se dépêcher.

– On va où ?

– Cesse tes questions ! Monte !

Je me suis retournée avant de sortir de la cuisine et j'ai aperçu Maman qui se servait un verre de chardonnay. Elle l'a vidé d'un trait. Et s'en est resservi un autre.

Minnie ne savait pas plus que moi ce qui se préparait. De toute façon, elle ne m'aurait rien dit. Hormis cette fois où je m'étais confiée à elle, ma sœur et moi n'avions jamais grand-chose à nous dire. Mais j'ai compris que l'événement n'était pas anodin quand Maman a ouvert la porte d'entrée : la Mercedes officielle du gouvernement était garée devant la maison. Papa était à l'arrière. Mon visage s'est éclairé quand je l'ai vu.

– Papa ! ai-je crié en courant vers lui.

J'ai ouvert la portière avant que Karl ait le temps de réagir. Je n'avais pas vu mon père depuis plus d'une semaine.

– Sephy, monte dans cette voiture et essaie de bien te tenir, pour une fois !

J'étais soufflée. Il aurait aussi bien pu me gifler en pleine face. C'est tout ce qu'il trouvait à me dire !

Minnie et Maman m'avaient rejointe. J'ai attendu qu'elles montent avant moi. Je n'avais aucune envie de m'asseoir à côté de Papa. Je ne lui adresserai pas un mot avant qu'il se soit excusé. Maman a pris place près de lui, en prenant garde de ne même pas l'effleurer. Nous sommes partis aussitôt. Je n'avais toujours aucune idée de notre destination. J'espérais que quelqu'un aurait la gentillesse de me mettre au courant sans que j'aie besoin de demander. Je pouvais toujours attendre. J'ai appuyé mon front à la fenêtre. S'ils voulaient jouer les mystérieux, grand bien leur fasse.

La voiture s'est arrêtée devant la prison de Hewmett. Il était six heures moins dix. Il y avait beaucoup de voitures devant la nôtre et des gens à pied également. Des Nihils étaient regroupés en silence devant la porte. Ils étaient tous vêtus de noir. À l'entrée de la prison, Papa a montré sa carte d'identité aux deux gardes. Pourquoi allions-nous à la prison ? Pourquoi Maman m'avait-elle demandé de mettre cette robe pour aller à la prison ?

Un garde nous a conduits jusqu'à la cour. Le temps était devenu moite. Je ne m'en rendais compte que maintenant, parce que notre voiture était climatisée. Je sentais ma robe me coller à la peau. Des sièges avaient été installés dans la cour. En face, des planches posées sur des tréteaux.

Je ne comprenais toujours pas.

On nous a indiqué où nous asseoir.

Juste devant.

J'ai regardé autour de moi. Les Nihils présents étaient debout. Certains pleuraient, d'autres nous dévisageaient, nous les Primas, avec haine. Puis j'ai remarqué que Callum était là. J'ai eu l'impression qu'on venait de me jeter un seau d'eau glacée en plein visage. Que se passait-il ? Il m'a fixée. Je ne l'avais pas vu depuis si longtemps.

« Mesdames, messieurs et Nihils, nous sommes ici présents pour assister à l'exécution de Ryan Callum McGrégor, convaincu de meurtre et de terrorisme politique. Son appel ayant été refusé, il sera pendu par le cou jusqu'à ce que mort s'ensuive. Amenez le prisonnier. »

C'était pour ça qu'on m'avait amenée. Ils allaient pendre le père de Callum. Une porte s'est ouverte et le père de Callum s'est avancé.

J'ai regardé mes parents. Ils avaient le visage rivé sur les planches et les tréteaux. La scène.

Minnie avait la tête baissée mais jetait des regards vers le gibet. Personne ne prononçait un mot. On se serait cru dans un cimetière.

On était dans un cimetière.

Je me suis tournée vers Callum. Il me regardait avec une expression que je ne lui avais jamais vue. Une expression qui me transperçait comme une lance. J'ai doucement secoué la tête.

Je ne savais pas, ai-je articulé silencieusement.

Je jure que je ne savais pas.

Je désirais si fort que mes pensées lui parviennent. *Je ne serais pas venue si j'avais su. Callum, tu dois me croire.*

– Maman, je veux partir, ai-je murmuré, furieuse.

– Pas maintenant, Sephy.

– Je veux partir. Maintenant !

Je m'étais levée.

Des gens se sont tournés vers moi, mais je m'en fichais.

– Assieds-toi, Perséphone, et cesse de te donner en spectacle ! m'a rembarrée ma mère.

– Tu ne peux pas m'obliger à regarder. Je veux partir.

J'ai tourné les talons et j'ai essayé de me frayer un chemin entre les dignitaires assis derrière nous. Maman s'est levée, m'a rattrapée par la manche et m'a giflée.

– Assieds-toi et n'ouvre plus la bouche.

Les joues en feu, des larmes aux yeux, j'ai obéi. Certaines personnes me regardaient. Je m'en fichais. D'autres regardaient le gibet.

Je ne pouvais pas partir, mais personne ne pouvait me forcer à assister à ce meurtre. J'ai baissé la tête…

Et je l'ai redressée.

Écœurée, je me suis retournée vers Callum. Il ne regardait pas non plus son père. Ses yeux étaient fixés sur moi. Et je voyais dans ses yeux qu'il souhaitait ma mort et celle de tous les autres Primas présents. J'avais déjà lu ce désir sur de nombreux visages, des visages de Primas et des visages de Nihils. Mais jamais sur celui de Callum.

J'ai su que jamais, jamais je ne pourrais oublier ce regard.

La haine était de tous côtés. Elle m'environnait. Sur l'estrade, le bourreau passait une corde autour du cou du père de Callum.

L'horloge de la prison a sonné.

Au sixième coup, tout serait terminé.

Un… tous les yeux étaient fixés sur le père de Callum.

Deux… sur le cou du père de Callum.

Trois… quelqu'un s'est mis à sangloter bruyamment.

Quatre… le bourreau a adressé un signe de la tête à quelqu'un derrière lui.

« Longue vie à la Milice de libération », a crié le père de Callum.

Cinq…

Callum

L'horloge avait sonné cinq fois.

– Attendez, attendez ! a crié quelqu'un.

– Le directeur…

– C'est le directeur de la prison…

J'ai essayé de voir mais il était derrière la potence. La foule était silencieuse. Et immobile.

Six… l'horloge avait sonné six coups. Je n'osais plus respirer, comme si le moindre mouvement pouvait ouvrir la trappe sous les pieds de mon père.

– Maman…

Le moindre murmure.

– Chut…

– L'exécution est annulée ! a crié une voix.

Un Prima est monté sur l'échafaud.

Il n'y a pas eu d'applaudissements, aucun cri de joie, rien de ce genre. Sans doute que comme moi, personne ne parvenait à y croire. Pourquoi laissaient-ils Papa partir ? Avaient-ils trouvé une preuve de son innocence ? Peut-être que l'avocate de Papa avait réussi à lui sauver la vie, finalement. Depuis que Papa avait été déclaré coupable, Kelani Adams, avec d'autres collègues, avait étudié toutes les possibilités pour obtenir un appel. Elle nous avait déclaré à Maman et moi qu'elle ne prendrait pas de repos avant que Papa soit un homme libre. Je savais qu'au moment même où Papa montait sur l'échafaud, elle continuait à passer des coups de fil désespérés. L'expression « cause perdue » ne faisait manifestement pas partie de son vocabulaire. Du mien, oui.

L'homme qui avait ordonné qu'on arrête l'exécution a fait un signe au garde, qui a immédiatement ôté la corde du cou de mon père. Papa a cligné des yeux, puis il les a écarquillés comme s'il était au beau milieu d'un cauchemar et qu'il ne parvenait pas à se réveiller. Le directeur est venu vers lui et lui a murmuré quelques mots à l'oreille. Il a semblé répéter et demander à Papa s'il avait bien compris. Papa a secoué la tête. Le directeur de la prison lui a posé une main sur l'épaule. Papa a acquiescé. Des murmures se sont élevés. Si on me laissait plus longtemps dans l'ignorance, j'allais mourir. Que se passait-il ? Le directeur a levé une main pour obtenir le silence.

– Mesdames, messieurs et Nihils, je suis M. Giustini, directeur de cette prison. Je viens d'apprendre que Ryan McGrégor a obtenu son recours en grâce. Sa peine a été commuée en emprisonnement à perpétuité. Il n'y aura pas de pendaison aujourd'hui.

– Longue vie à…

Les genoux de Papa se sont dérobés sous lui. Le garde a tout juste eu le temps de le retenir par le bras pour qu'il ne s'écroule pas par terre.

Des cris de joie ont fusé. Seules les barrières métalliques qui nous séparaient de l'échafaud nous ont empêchés de le mettre en pièces. Tout le monde voulait s'approcher de Papa, le prendre par le bras, le tirer hors d'ici. Mais c'était impossible. Maman m'a agrippé, mais j'étais le premier à me ruer vers les barrières.

– Papa ! Papa ! ai-je hurlé jusqu'à ce que ma gorge me brûle.

Mais les clameurs ont emporté mon appel.

Le garde a fait descendre Papa de l'échafaud et l'a reconduit dans l'enceinte de la prison. Le directeur les suivait. Nous aurions pu abattre les murs de la prison pierre par pierre. Nous l'aurions fait sans ces maudites barrières. J'ai regardé derrière moi. Là où *ils* étaient assis. Je ne l'ai pas vue. Où était-elle ? Profitait-elle aussi de cette joie débordante ?

Tous les Primas partaient en hâte. On nous avait regroupés comme un troupeau de vaches. Eux avaient des sièges.

Comme au théâtre ou au ballet. Chacun d'entre nous avait été fouillé. Je suis certain qu'aucun d'entre eux n'avait subi la moindre vérification.

Et ils ne comprenaient pas pourquoi nous les détestions tant.

Devant moi, un homme est tombé. Quelqu'un lui a tendu la main pour l'aider à se relever mais derrière, les autres poussaient. Il y a eu des cris, des hurlements. Le chaos. Et j'adorais ça.

C'était juste ce dont j'avais besoin : un endroit pour crier à pleins poumons et me défouler sans que personne m'en empêche. J'avais l'impression d'être capable de desceller les barrières du sol en béton à mains nues. J'étais invincible. Ma rage me portait. Quelqu'un m'a agrippé le bras. Je me suis tourné, prêt à frapper. C'était Maman.

– Callum ! a-t-elle crié. Sortons d'ici. Je veux voir ton père.

– Maman ?

Ma colère a fondu. Remplacée par une douleur intense. Les bras ballants, j'ai attendu que ma souffrance s'atténue et que le monde redevienne de toutes les couleurs. Et non plus seulement rouge sang.

– Viens.

Maman m'a entraîné loin de la foule. Et, frustré, je l'ai suivie.

Sephy

– Ne me refais jamais ça !

– Ne me parle pas sur ce ton ! a lâché Maman.

Mais j'étais beaucoup trop en colère pour l'écouter. Papa était retourné à son bureau dans la voiture d'un de ses collègues. Minerva, Maman et moi étions rentrées seules.

Chaque seconde qui passait amplifiait ma fureur. Maman était allée droit à la cuisine. Minnie avait filé dans sa chambre. J'ai suivi Maman.

– Comment as-tu osé me faire ça ? Comment as-tu osé ?

– Nous devions être présents. C'était notre devoir.

Maman a sorti une bouteille de chardonnay à moitié vide du réfrigérateur.

– Notre devoir ? D'assister à une pendaison ?

– Oui.

Maman s'est versé un verre.

– Que tu le veuilles ou non, nous devons soutenir ton père. Même si nous ne sommes pas d'accord avec lui.

– Mais c'était si… barbare ! Nous emmener voir la mort d'un homme. Papa est fou et toi aussi !

– Je n'ai pas apprécié plus que toi.

Maman avait vidé son verre sans reprendre sa respiration.

– Menteuse. Tu n'en ratais pas une miette. Je t'ai vue.

– Je ne regardais pas, a affirmé Maman en se versant un deuxième verre.

J'en avais assez. Je lui ai arraché la bouteille et je l'ai jetée. Elle a heurté un placard et a rebondi avant de tomber par terre. Sans se casser. Le vin qui restait s'est déversé sur le carrelage.

– Va dans ta chambre ! m'a hurlé Maman.

Enfin une réaction.

– Tout ça t'est égal, hein ?

Je ne faisais aucun effort pour dissimuler mon dégoût.

– Ça t'aurait plus bouleversée s'ils avaient pendu une bouteille au lieu d'un être humain.

Maman m'a giflée, mais j'étais prête cette fois-ci. Je n'ai pas baissé les yeux.

– Regarde ! Ton précieux breuvage va être perdu. Tu vas devoir lécher par terre.

Maman a hoqueté.

– Qu'est-ce que tu attends ? ai-je continué. Que je sois partie avant de te mettre à quatre pattes ? D'accord. Je m'en vais.

Maman m'a agrippée par les poignets.

– Tu ne sais rien de rien, Perséphone, a-t-elle craché. Tu penses être la seule à souffrir ici ? Ryan McGrégor était mon ami. Meggie était aussi mon amie. Tu penses que j'ai envie de le voir pendu ?

– Pourquoi y es-tu allée, alors ? ai-je crié.

– Un jour, tu comprendras qu'on ne fait pas toujours ce qu'on veut. Et ce jour-là, tu penseras à moi.

– Je veux penser à toi le moins souvent possible ! Tu affirmes que c'étaient tes amis. Personne ne pourrait m'obliger à assister à la pendaison d'un de mes amis. Même pas Papa.

– J'ai essayé de l'aider… a murmuré Maman.

– Comment ? En te soûlant jour après jour ?

– Espèce d'idiote ! Qui a payé Kelani Adams, à ton avis ?

Maman m'a prise par les épaules et m'a secouée.

– J'ai fait mon possible pour que Ryan ne soit pas pendu. Qu'aurais-je pu faire de plus ? Dis-le-moi !

– Tu as payé l'avocate ?

Maman m'a tourné le dos.

– Oui. Et sans doute pas pour la raison que tu crois.

– C'était pour soulager ta conscience. Tu n'as jamais agi que dans ton propre intérêt. Alors retourne à ta bouteille. Tu l'as bien méritée.

Je suis partie en courant. J'ai monté les marches quatre à quatre.

C'est drôle, les larmes que l'on est capable de verser. Drôle, toutes ces larmes que l'on a en soi. Je me suis jetée sur mon lit et j'ai pleuré jusqu'à ce que mon corps tremble et que, dans ma tête, résonne un marteau-piqueur. Et même après. La chambre de Minnie était contiguë à la mienne mais toutes les pièces de la maison étaient parfaitement insonorisées. Je n'avais même pas besoin d'enfoncer ma tête dans mon oreiller pour assourdir mes hoquets.

J'ai juste pleuré. Pour Callum, pour son père, pour cette journée... et pour moi-même aussi. Je le reconnais.

Callum

Après deux longues heures et beaucoup d'insistance de la part de notre avocate, nous avons enfin été autorisés à voir Papa. On nous a demandé de l'attendre dans le parloir. Maman et moi nous sommes assis en silence. Une porte a fini par s'ouvrir. J'en étais presque arrivé à espérer que ça n'arriverait pas. Un garde est entré. Papa le suivait. Il était voûté et pâle comme un fantôme. Sur l'échafaud, il s'était tenu droit comme un i et, étrangement, je m'étais senti fier de lui.

Là, il paraissait... vieux. Comme rapetissé. Maman s'est levée. Moi aussi. Papa n'a pas souri. Maman a ouvert les bras. Papa s'est serré contre elle. Longtemps.

– Il paraît que je suis accusé d'être responsable de l'émeute dehors.

Papa parlait d'une voix atone.

Il s'est éloigné de Maman et s'est assis. Nous l'avons imité. J'ai observé le garde à la dérobée. Comptait-il rester planté là, à écouter notre conversation ?

Apparemment oui.

– Comment vas-tu, Ryan ?

Maman se fichait totalement de ce qui se passait à l'extérieur.

– À ton avis ? a rétorqué Papa, amèrement.

– Au moins tu es en vie…

– J'étais prêt à mourir.

– Ryan…

– C'est vrai, Meggie. Tu crois vraiment que je veux rester pourrir en prison ? Ils auraient dû me pendre. Ça aurait été moins cruel.

– Ne dis pas ça ! a protesté Maman.

– C'est pourtant vrai.

Maman a cherché quelque chose à lui répondre. La porte s'est ouverte sur Kelani Adams, les bras grands ouverts, le visage triomphant. Nous nous sommes levés. Kelani nous a pris dans ses bras l'un après l'autre. Même moi.

– Nous avons gagné la première manche, a-t-elle déclaré. Nous devons nous préparer pour la deuxième. J'ai déjà demandé un appel et…

– Avec tout le respect que je vous dois, madame Adams, j'aimerais que vous arrêtiez les frais, a lâché Papa.

– Certainement pas ! Je vais m'adresser à toutes les personnes qui me doivent un service. Vous êtes innocent et je le prouverai.

Maman a saisi la main de Kelani.

– Merci madame Adams, merci pour tout, sans vous…

– Vos remerciements sont un peu prématurés, l'a interrompue l'avocate avec un sourire.

Elle s'est tournée vers Papa.

– À présent, nous devons…

– Kelani, c'est fini. Ils n'ont pas voulu pour moi d'une mort rapide. Ils veulent me voir dépérir lentement. Je ne sortirai jamais d'ici et nous le savons tous les deux.

La conviction de Papa nous a réduits au silence. Mais seulement pour un temps.

– Vous le savez peut-être, a décrété Kelani, mais pas moi.

Je crois que Papa ne l'a même pas entendue.

– Ryan, je t'en supplie, n'abandonne pas, a pleurniché Maman. Il reste un espoir. Nous ferons appel. Nous pouvons…

– Je ne veux plus me battre. Je veux sortir d'ici, il doit y avoir un moyen…

– Ryan…

Maman était dévorée d'inquiétude.

Soudain le garde, qui jusque-là s'était tenu parfaitement à l'écart de notre discussion, a toussoté. Nous l'avons regardé.

– Excusez-moi, a-t-il murmuré en s'adressant à Maman. Mais dites à votre mari qu'il est impossible de s'échapper d'ici. Il ne parle que de ça depuis sa grâce. Les barrières de sécurité sont sous surveillance à chaque instant et les clôtures sont électrifiées.

Maman s'est mordu la lèvre.

– Ryan, tu ne comptes pas te montrer assez stupide pour tenter de t'échapper ? Promets-le-moi…

Papa a souri. C'était un sourire froid et inquiétant. Il a ouvert la bouche pour répondre mais une sonnerie rauque a retenti.

– La visite est terminée, a annoncé le garde.

– Ryan, faites-moi confiance, a supplié Kelani. Je vais vous sortir d'ici. Vous devez me croire !

Papa, sans un mot, s'est dirigé vers la porte.

– Ryan... a appelé Maman.

– Meggie, ne t'inquiète pas pour moi. Je vais trouver un moyen de me tirer d'ici. Tu verras.

Et il est sorti. Le garde a poliment hoché la tête vers nous. Kelani lui a rendu son signe de tête mais Maman n'a même pas remarqué. Elle regardait mon père s'éloigner. Elle a murmuré quelques mots que je n'ai pas entendus.

– Qu'est-ce que tu dis, Maman ? lui ai-je demandé de ma voix la plus douce.

Elle a levé vers moi ses yeux pleins de larmes.

– Il n'a même pas dit au revoir.

Sephy

Je n'ai pas tout de suite entendu le toc toc à ma fenêtre. Quand j'en ai pris conscience, j'ai immédiatement su qu'il durait depuis un bon bout de temps. Sans prendre la peine de m'essuyer le visage, je me suis précipitée. Des petits cailloux avaient atterri sur la moquette.

Callum...

Callum était dans le jardin. Je me suis penchée sur la balustrade.

– Qu'est-ce que... Qu'est-ce que tu fais là ? ai-je demandé à voix basse.

– Il faut que je te voie.

– Je descends.

– Non, je monte.

J'ai jeté un regard alentour.

– Fais vite alors.

– Comment ?

– Sers-toi de la gouttière et du lierre.

– Je vais me casser le cou.

– D'accord, je t'envoie des draps, alors.

– Non, je vais me débrouiller.

Sans un mot de plus, Callum a escaladé la gouttière et a atteint ma fenêtre en moins de dix secondes. Mon cœur battait à tout rompre. Il a enjambé la rambarde et je l'ai pris dans mes bras.

– Tu m'as appelée ? Je n'ai pas entendu le signal…

J'étais confuse.

– Non, je n'ai pas téléphoné. Je suis venu directement.

Nous étions au beau milieu de ma chambre. Je le regardais et il me regardait. Tant d'événements avaient eu lieu depuis notre dernière rencontre. J'avais envie de lui demander pardon pour tout ce qui était arrivé à son père, pour tout ce qui lui arrivait à lui, mais même dans ma tête les mots sonnaient faux. Il valait mieux me taire. Je n'avais pas oublié l'expression de son visage à la prison. C'est moi qui avais détourné les yeux. Je connaissais Callum depuis toujours et j'avais l'impression que nous venions de nous rencontrer.

– Est-ce que je peux faire quelque chose ?

J'en avais déjà sans doute trop fait. Moi et ceux de mon espèce en avions déjà trop fait. Callum n'a pas répondu.

– Comment va ta mère ? ai-je risqué.

Question stupide.

– Elle est avec des amis ou de la famille ?

– Nous vivons chez ma tante, a dit Callum.

Devais-je m'asseoir ou rester debout ? Que devais-je dire ? Je commençais à paniquer.

Je suis allée fermer la porte à clé. La dernière chose dont nous avions besoin était l'irruption de Minnie ou de ma mère. Quand je me suis retournée, je me suis cognée dans Callum. J'ai levé les yeux vers lui.

– J'ai... j'ai cru que tu allais chercher de l'aide... a-t-il bégayé.

J'ai secoué la tête. Comment avait-il pu penser une chose pareille ?

– Si j'avais eu peur de toi, je ne t'aurais pas laissé monter.

Mais il ne m'écoutait pas. Il me fixait.

– Callum...

– Ton père doit être fier de lui.

Callum avait plissé les paupières.

– Un homme innocent est emprisonné et il redore aussitôt son blason.

– Non, ai-je murmuré, ce n'est pas ce qui s'est passé...

Il avait raison et nous le savions tous les deux.

– C'est comme ça que ça va se passer à présent. Un politicien est en difficulté et, au lieu de déclarer une guerre au pays voisin, il cherche le premier Nihil venu et le fait pendre !

Je ne quittais pas Callum des yeux. Il serrait et desserrait convulsivement les poings. Je restais immobile. Je ne cillai pas. J'osais à peine respirer. Callum avait si mal. Il avait besoin de faire mal à quelqu'un.

– Et toi, Sephy ? a-t-il brusquement demandé.

– Quoi, moi ? ai-je murmuré.

– Je suppose qu'il n'y a plus de toi et moi, a-t-il ricané avec mépris. Tu ne veux sans doute pas risquer de ruiner ta future carrière en t'affichant avec le fils du poseur de bombe de Dundale.

– Je sais que ton père est innocent.

– Ah oui ? Le jury aussi ! Pour ce que ça a changé. Tu sais combien de temps ils ont pris pour délibérer ? Une heure ! Une misérable petite heure !

– Callum, je suis désolée.

J'ai effleuré sa joue.

Il a reculé son visage. Dans ses yeux brûlait une haine dévorante.

– Je ne veux pas de ta pitié ! a-t-il crié.

– Chut…

J'ai regardé avec inquiétude vers ma porte.

– Quoi ? Tu as peur d'être découverte en compagnie d'un Néant !

– Callum, ne dis pas ça…

C'est à ce moment que je me suis rendu compte que je pleurais. Quand une larme a laissé sur ma langue son goût de sel.

– Je voudrais t'écrabouiller, toi et tous les Primates qui croisent mon chemin, a-t-il lâché. Je vous déteste tant que ça m'effraie !

– Je sais, je sais…

Ma voix était presque inaudible.

– Tu me détestes depuis le jour de la rentrée d'Heathcroft. Ce jour où j'ai prononcé le mot de « Néant ».

J'ai compris beaucoup de choses en prononçant cette phrase. Notamment pourquoi je m'étais mise à boire.

– Et toi, tu m'as détesté pour t'avoir tourné le dos au réfectoire, a murmuré Callum.

Je ne l'ai pas contredit.

– Pourquoi sommes-nous toujours ensemble ?

Callum parlait d'une voix douce à présent. Comme s'il s'adressait à lui-même. Comme s'il avait oublié que je me tenais en face de lui.

– Pourquoi est-ce que je pense toujours à toi comme à...

– À ta meilleure amie ? ai-je continué pour lui. Parce que tu sais que c'est comme ça que je pense à toi. Parce que... parce que je t'aime et que tu m'aimes...

Mes mots ont sorti Callum de sa rêverie. Un éclair de mépris est passé dans ses yeux. J'ai attendu son rire, sa petite phrase cruelle... mais rien n'est venu.

– Tu as entendu ce que je t'ai dit ? ai-je de nouveau tenté. Je t'aime. Je t'aime, Callum.

– L'amour, ça n'existe pas. L'amitié, ça n'existe pas. Pas entre une Prima et un Nihil. C'est impossible.

Il pensait chaque mot qu'il prononçait.

– Alors qu'est-ce que tu fais là ? ai-je demandé.

Mon cœur n'avait plus assez de place dans ma poitrine soudain rétrécie.

– Pourquoi es-tu venu ?

Callum a haussé les épaules.

– Je ne sais pas.

Avec un soupir, je suis allée m'asseoir sur mon lit. Après un moment d'hésitation, Callum est venu près de moi. Nous étions si mal à l'aise, l'un comme l'autre. Je cherchais quelque chose à dire. En me tournant vers Callum, j'ai compris qu'il était exactement dans la même situation.

Pourtant, j'avais tant de choses sur le cœur. Les mots tournaient et se bousculaient dans ma tête. J'en étais étourdie. Mais rien ne voulait sortir. Doucement, tout doucement, j'ai tendu ma main vers lui. Il a eu l'air surpris mais n'a pas bougé. Alors que je laissais retomber mon bras, il m'a pris la main et s'est rapproché de moi.

Il m'a enlacée et nous nous sommes allongés sur la couette. Nous nous regardions, mes yeux dans les siens, les siens dans les miens. J'ai passé ma langue sur mes lèvres. Et maintenant ? Callum m'a embrassée. Je l'ai embrassé. Nous étions dans les bras l'un de l'autre et nous nous embrassions. Tendrement. Comme si nous essayions de nous fondre l'un dans l'autre. Quand nous avons relâché notre étreinte, nous étions plus calmes. Physiquement, du moins.

– Tourne-toi, m'a demandé Callum.

Je ne comprenais pas, mais j'ai obéi. Il s'est collé à moi. Nous étions imbriqués l'un dans l'autre comme deux petites cuillers dans un tiroir. J'ai eu envie de lui proposer de nous glisser sous la couette, mais je n'ai pas osé. Je ne voulais pas lui donner une raison de paniquer et de partir. Peut-être y avait-il une façon de le suggérer… gentiment. Je voulais être avec lui, sous la couette, loin du monde. Mais chaque chose en son temps. Être dans ses bras était toujours mieux que le regarder me haïr.

Callum a poussé un soupir. Je me suis rapprochée de lui. Son corps était chaud contre le mien.

– Ça va ? m'a-t-il soufflé à l'oreille.

– Oui.

– Je ne t'écrase pas ?

– Non.

– Tu es sûre ?

– Callum, tais-toi.

J'ai senti qu'il souriait. Pour la première fois depuis longtemps, je suppose.

– Ne pars pas sans me donner ton adresse et ton numéro de téléphone, ai-je ajouté. Je ne veux plus te perdre.

Je ne sais même pas s'il m'a entendue. Je n'avais pas envie de me répéter. Soudain j'ai pensé à quelque chose. Quelque chose qui me tracassait depuis un certain temps.

– Callum, je suis désolée de m'être assise à ta table.

– Quelle table ?

– Au collège.

J'avais une voix endormie.

– Et je suis désolée pour ce qui s'est passé à l'enterrement de Lynette.

Et désolée pour toutes ces actions pleines de bonnes intentions mais si maladroites que j'avais commises dans ma vie. Ces actions dont le seul but était de tranquilliser ma propre conscience et qui n'avaient été d'aucune aide à Callum. *Pardon Callum. Pardon. Pardon.*

– Oublie tout ça. Moi, j'ai oublié.

Le souffle de Callum a caressé ma joue.

J'ai fermé les yeux et je me suis laissée aller. J'étais dans les bras de Callum et pour une fois, ce temps nous appartenait complètement. Sur cette pensée, je me suis endormie.

Callum

Sephy s'est éteinte comme la flamme d'une bougie que l'on souffle. Quelle chance. Je suis resté allongé près d'elle, mes bras autour d'elle. Je ne me rappelais même pas comment nous avions réussi à nous retrouver dans cette position. Je ne sais pas ce que j'avais dans la tête en venant la voir, mais en tout cas, pas ça. C'est drôle, comme les événements se déroulent. J'étais dévoré par l'envie de la frapper et de détruire tout ce qui la touchait. Sephy était une Prima à qui je pouvais faire mal de façon directe. Et voilà qu'elle dormait dans mes bras comme si j'étais une bouée de sauvetage.

Il n'y avait pas un millimètre entre son corps et le mien. Je ne pouvais plus bouger que mes mains. J'étais bien. Caresse ou étrangle. Tue ou guéris. Elle ou moi. Moi ou elle.

J'ai levé la tête pour m'assurer qu'elle dormait vraiment. Paupières closes, respiration régulière. Elle était assoupie. Quelle chance.

Dans son sommeil, elle s'est tournée et nous nous sommes retrouvés face à face. Elle a instinctivement passé ses bras autour de moi. J'ai approché mon visage tout près du sien. Son souffle me chatouillait la joue. Nos nez se touchaient presque. Elle respirait ma respiration et je respirais la sienne. Je l'ai embrassée. Ses yeux se sont ouverts immédiatement. Elle m'a souri dans les brumes du sommeil. Elle a pris mon visage dans ses mains et a refermé les paupières. Elle m'a embrassé à son tour, sa langue dansait dans ma bouche. Il y a eu comme un feu d'artifice dans mon corps. Je n'arrivais plus à respirer. Elle non plus. Elle s'est écartée brusquement.

– Pourquoi tu m'embrasses ? lui ai-je demandé.

La frustration et la colère perçaient dans ma voix.

– C'est de l'amour ou de la culpabilité ?

Sephy a eu un air triste et blessé. Elle a roulé loin de moi. Je l'ai rattrapée et je l'ai serrée.

– Pardon, ai-je murmuré.

– Tu devrais peut-être partir, a chuchoté Sephy, sans me regarder.

– Pas encore. S'il te plaît. Je suis désolé.

Je lui ai levé le menton pour obliger ses yeux à croiser les miens. Elle a esquissé un sourire. Moi aussi.

J'ai ouvert mes bras pour qu'elle s'y glisse.

– Dormons un peu, d'accord ?

Sephy a acquiescé. Je me suis allongé sur le dos et Sephy a posé sa tête sur mon épaule. Elle s'est endormie en moins d'une seconde.

J'ai attendu dix minutes. Quinze peut-être et j'ai murmuré à son oreille :

– Sephy, tu veux que je te dise un secret ?

Elle a éloigné son oreille de ma bouche. Mon souffle devait la chatouiller. Elle dormait profondément.

Je n'y tenais plus. Il fallait que je parle.

– Je vais te faire un aveu, ai-je continué.

Et je lui ai raconté ce que je n'avais jamais raconté à qui que ce soit. Ce que j'avais refusé de m'avouer à moi-même. Le plus grand de tous les secrets.

Mon Dieu, si tu existes quelque part, je dois reconnaître que tu as un sens de l'humour assez particulier.

Sephy

– Mademoiselle Sephy, vous êtes là ?

– Perséphone, ouvre cette porte immédiatement !

Mon rêve était agréable, chaud et réconfortant. J'aurais aimé que ces voix se taisent. J'ai ouvert les yeux doucement. Et j'ai vu l'épaule de Callum. Il avait son bras autour de mon épaule et il dormait.

– Perséphone, ouvre cette porte tout de suite ou je vais chercher quelqu'un pour l'enfoncer ! a crié Maman.

– Mademoiselle Sephy, vous allez bien ?

Sarah faisait tourner la poignée.

Je me suis dressée.

– Une minute, juste une minute !

J'ai secoué Callum.

– Quoi ? Qu'est-ce qui… a-t-il marmonné d'une voix ensommeillée.

J'ai plaqué ma main sur sa bouche et j'ai montré la porte du doigt. Il a compris. Il a bondi hors du lit. Je lui ai désigné la salle de bains, il s'y est précipité.

– Attends ! Pourquoi est-ce que je n'ouvre pas tout simplement ? l'ai-je rattrapé. Je veux que Maman sache pour nous deux. Et puis, nous n'avons rien fait de mal.

Callum m'a jeté un regard qui m'a fait changer d'avis.

– Mauvaise idée ?

– C'est clair ! a répliqué Callum.

J'ai regardé mes vêtements. Je portais toujours ma robe Jackson Spacey. Elle était tellement froissée qu'elle ressemblait à un vieux gratin de macaronis. Si Maman voyait ça, elle me tuerait.

– Une minute, Sarah, j'enfile ma robe de chambre, ai-je lancé.

Après avoir serré ma ceinture autour de ma taille et m'être assurée que ma robe ne dépassait pas, j'ai couru à la porte. Callum s'était enfermé dans la salle de bains.

– Que se passe-t-il ? ai-je demandé. Il y a le feu dans la maison, ou quoi ?

– Tu sais quelle heure il est ? s'est exclamée Maman.

– J'ai dormi un peu plus longtemps que d'habitude, c'est tout ! Quel est le problème ?

– Plus longtemps que d'habitude ? Ah oui, il est presque midi !

– Et habituellement, vous ne fermez jamais à clé, a ajouté Sarah d'un ton soupçonneux.

– Je voulais mettre un peu de piment dans votre vie, ai-je bâillé.

C'est à ce moment que je les ai vues : les baskets de Callum au pied de mon lit. Mon cœur a fait un bond.

– Je prends une douche et je descends, me suis-je forcée à sourire. Promis.

– Tout va bien ?

– Bien sûr que oui. Que veux-tu qu'il y ait ?

Mon ton était un peu trop appuyé. Sarah a froncé les sourcils et a jeté un regard dans la chambre. Elle s'est arrêtée sur les baskets de Callum. Elle a eu l'air profondément choquée et j'ai tout de suite compris ce qui se passait dans sa tête. J'ai serré les dents en essayant de ne pas avoir l'air trop coupable. Je n'avais rien fait de mal. Et si Callum et moi avions passé la nuit à faire l'amour comme des lapins, ça n'aurait de toute façon pas été son affaire !

– Il se passe quelque chose de bizarre ici, a prononcé Maman lentement.

– Tu en fais une histoire pour une panne d'oreiller !

Je cherchais désespérément à attirer son attention sur moi.

Pendant que Maman me dévisageait, Sarah s'est dirigée vers les baskets de Callum. Je la surveillais du coin de l'œil. Dans deux secondes, elle allait les brandir sous le nez de Maman.

– Sarah, que…

Au moment où Maman se retournait, Sarah a envoyé les chaussures de Callum d'un coup de pied sous mon lit. Mais tout ce que Maman a vu, c'est Sarah, penchée en train de faire mon lit.

– Laissez ça, Sarah, l'a sermonnée Maman. Ma fille est capable de faire son lit elle-même. Ce n'est pas votre travail.

Sarah a lâché ma couette.

– Oui, madame.

Ma mère est sortie de ma chambre, Sarah l'a rejointe.

– Dites à Callum de s'habiller et de s'en aller, m'a-t-elle soufflé en passant près de moi.

– Comment…

Je n'ai pas poursuivi. J'ai fermé derrière elle.

– C'est bon, Callum, tu peux sortir, maintenant.

Callum a passé sa tête par l'entrebâillement de la porte de la salle de bains. Nous nous sommes regardés et nous avons éclaté de rire. C'était bon.

– Comment je vais sortir d'ici ? a demandé Callum.

J'ai réfléchi.

– On va devoir se glisser hors de la maison et passer par la plage. Si on croise quelqu'un, je ferai diversion.

– La routine d'un dimanche matin comme les autres, en somme !

– On n'a pas un moment de répit, c'est vrai, ai-je murmuré.

– On se fait d'abord un câlin dans le lit ?

J'ai souri.

– Oh oui !

Callum

« *Ryan Callum McGrégor, le poseur de bombe de Dundale, a trouvé la mort ce matin, en tentant de s'évader de la prison d'Hewmett. Il a été électrocuté alors qu'il escaladait la clôture. Ryan McGrégor devait être pendu il y a quatre jours ; il avait obtenu, à la dernière minute, un recours en grâce. Selon des sources bien informées, sa famille, bouleversée par son décès, refuse tout commentaire. Une enquête a été demandée par l'administration de la prison.* »

Sephy

Dieu,
Je t'en supplie, à présent, épargne la famille de Callum. Mais
ce n'est pas toi qui es responsable, n'est-ce pas ? Ça ressemble
plus aux agissements d'un démon. Je me trompe encore ? Ça
n'a rien à voir avec le diable ? Les humains sont seuls res-
ponsables de leurs actes ? Nous vous accusons parce que c'est
plus facile que de reconnaître nos torts. Mes pensées sont
confuses. Je n'arrive pas à réfléchir. Dieu, prends soin de la
famille de Callum. Prends soin de nous tous.

Callum

Je suis entré dans le fast-food et j'ai pris la file. Ce vendredi
était comme tous les autres. Les journées s'égrenaient, désespérément identiques. Mon avenir s'étendait devant moi comme
un désert de glace. C'est étrange comme les jours peuvent sem-
bler si longs, alors que le temps passe si vite. Ils ont tué… assassiné mon père en juillet et ce jour-là, une part de moi est morte.
Depuis, les semaines passent. Chaque fois que je pense à mon
père, c'est comme si on m'enfonçait un couteau dans la poitrine. Et je pense à lui sans arrêt. Les autorités ont conclu à un
suicide, mais nous autres, Nihils, avons une autre opinion.

Je n'ai pas revu Sephy depuis cette nuit où nous avons dormi
ensemble. Sarah ne nous a pas dénoncés mais elle s'est assurée que je ne pourrais pas revenir. Un garde patrouille en permanence autour de la maison.

Je me suis rendu sur la plage une fois ou deux mais je ne suis jamais resté très longtemps. Marcher dans ce sable me donne l'impression de retourner en arrière. Et je sais que c'est impossible. Trop de choses se sont passées cette année.

Le souvenir de ma nuit avec Sephy s'estompe doucement. Enfin, je fais ce que je peux pour ne plus y penser. Parfois, je suis obligé de me concentrer sur autre chose : par exemple, je me frotte l'estomac en me tapant sur le crâne en même temps. Je me force à penser à Papa. Quelles ont été ses pensées quand il a escaladé cette clôture électrique ? Qu'avait-il en tête au moment de mourir ? Je ne le saurai jamais. Ce qui me donne une autre raison de détester les Primas.

J'ai passé ma commande au serveur en ignorant le faux sourire plaqué sur son visage. Quand il m'a apporté mon hamburger, mes frites et ma brique de lait, j'ai cherché la place la plus isolée et la plus sombre du fast-food. Je me suis assis et j'ai lentement mangé une frite. Je n'avais pas vraiment faim. Manger était juste une façon de passer le temps. Je n'allais plus au collège et je ne savais pas quoi faire de mes journées. J'errais sans but. Depuis la mort de Papa, Maman s'était plongée en elle-même et n'avait pas réémergé. J'avais essayé de communiquer avec elle. En vain. Si Lynette avait été là, peut-être… Lynette était sa préférée. Jude aussi aurait pu agir. Il était son fils aîné…

J'ai mangé une autre frite. J'avais seize ans et demi, et j'avais l'impression que ma vie était finie. J'avais dilapidé mes meilleurs moments.

– Hé, p'tit frère !

J'ai levé les yeux. Et je n'ai pas cru ce que je voyais. Jude ! Je me suis levé et je me suis jeté dans ses bras.

– Tu m'as manqué, ai-je murmuré.

– Hey, lâche-moi ! Tu es fou, ou quoi ?

Jude a regardé dans la salle avant de s'asseoir face à moi. Je souriais jusqu'aux oreilles.

– Arrête de faire cette tête d'idiot ! m'a lancé Jude sèchement.

– Je suis tellement content de te voir. Où étais-tu ? Tu m'as vraiment manqué !

Avant de répondre, Jude a, une fois encore, regardé autour de lui.

– Je me planquais.

Mon sourire a disparu.

– Tu… tu sais pour Papa ?

– Oh oui, je sais. Je sais tout ! Et à présent, ils vont payer !

– Qu'est-ce que tu veux dire ?

Jude s'est renversé sur le dossier de sa chaise. Ses yeux ne cessaient d'observer ce qui se passait autour de nous. Il était parfaitement immobile et il me faisait penser à un chat prêt à bondir.

– Il paraît qu'ils t'ont viré de Heathcroft, a-t-il fini par lancer.

– Ils ne m'ont pas viré, je suis parti ! ai-je rectifié.

– Tant mieux. De toute façon, c'était pas un endroit pour toi, p'tit frère.

– Je le sais maintenant.

– Dommage que tu ne m'aies pas écouté il y a quelques mois. Tu te serais épargné beaucoup de peine.

J'ai haussé les épaules. Je n'avais rien à répondre.

– Tu fais quoi maintenant ? m'a demandé Jude.

J'ai montré la barquette en polystyrène posée devant moi.

– Je mange des frites.

– T'as pas envie de te rendre utile ?

– Comment ?

Jude s'est levé.

– Faut que j'y aille, maintenant. Quelqu'un te contactera.

– Jude, arrête de jouer à l'homme mystérieux ! Qu'est-ce que je vais dire à Maman ?

– Rien du tout ! Là où on va, elle peut pas nous suivre !

– Et on va où ?

– Je pense que tu le sais, p'tit frère.

– Arrête de m'appeler comme ça, me suis-je énervé. Jude ! Qu'est-ce que tu fabriques ?

– Dis-moi juste une chose, a-t-il rétorqué, tu es avec nous ou contre nous ?

Il était volontairement énigmatique. Au lieu de me répondre, il me questionnait. Ça m'agaçait. Mais je comprenais ce qu'il voulait dire : il m'offrait de rejoindre la Milice de libération. Je savais au fond de moi que si je refusais, on ne me le proposerait pas une seconde fois.

– Alors ? s'est impatienté Jude.

J'ai passé ma langue sur mes lèvres pour gagner du temps.

– C'est une chance que je te donne. Une chance d'exister, a insisté Jude.

J'ai ressenti un grand calme m'envahir. Un calme comme je n'en avais pas ressenti depuis longtemps.

– Je suis avec vous, ai-je dit.

Jude a hoché la tête, satisfait.

– Rentre à la maison, prépare tes affaires et prends tes dispositions avec Maman. Tu seras contacté demain dans la journée. Ensuite, tu ne reverras ni Maman, ni personne de ta connaissance pendant longtemps, tu le sais ?

– Oui.

– Bienvenue dans notre galère, p'tit frère.

Il a ajouté après un silence :
– J'espère que je peux te faire confiance.
Et il est parti.

Sephy

Callum,

Je voulais t'appeler mais je sais que je vais m'embrouiller, alors, je préfère t'écrire. J'ai pensé et repensé à nous et je crois que j'ai trouvé un moyen pour nous éloigner de toute cette folie. Tu as seize ans, presque dix-sept, et moi j'en aurai bientôt quinze, alors ne dis pas que je suis trop jeune ou ce genre de bêtise. Lis cette lettre avec un esprit ouvert, c'est tout ce que je te demande.

Je crois que nous devrions partir. Ensemble. Quelque part. N'importe où. Rien que toi et moi. Avant que tu jettes ce courrier à la poubelle, je veux t'assurer que je n'ai pas perdu la tête. Je sais que j'ai raison. Je veux être avec toi et je crois que tu as envie d'être avec moi. Ne t'inquiète pas, je ne vais pas te parler d'amour éternel ou de trucs de ce genre, je sais que tu détestes. Seulement, si nous ne fuyons pas maintenant, quelque chose me dit que nous ne le ferons jamais. Je ne parle pas de coucher avec toi, je crois que nous ne sommes prêts ni l'un ni l'autre. Et puis, je sais que c'est la dernière chose que tu voudrais. Mais nous pouvons partir ensemble. Et nous installer ensemble quelque part. Nous sauver, dans tous les sens du terme.

Ça te paraît sans doute un peu mélodramatique, mais peu importe. Si tu y réfléchis deux secondes, tu te rendras compte que j'ai raison.

Partons avant d'être trop vieux et d'avoir trop peur. Partons avant de devenir comme eux. J'ai de l'argent sur mon compte personnel et mon père et ma grand-mère me versent chacun une grosse somme tous les mois. Et puis, nous pourrons travailler. Du moment que nous sommes ensemble. Tu n'as qu'à répondre oui. Nous pourrions prendre un billet de train pour le nord du pays.

Si tu dis oui.

Maman a finalement accepté de m'inscrire à la pension Chivers et je pars à deux heures cet après-midi. Si tu ne me réponds pas avant mon départ, je connaîtrai ta décision. J'attendrai. De toute façon, moi, je m'en vais.

Emmène-moi loin d'ici, Callum. Ne me laisse pas aller à Chivers. Je veux être avec toi. S'il te plaît, ne me laisse pas tomber.

~~*Avec tout mon amour,*~~

À toi pour toujours,

Sephy

J'ai glissé la lettre dans une enveloppe. J'ai entendu des pas qui venaient de la cuisine. J'avais de la chance, c'était Sarah.

– Sarah, est-ce que je peux vous demander un service ? Un très grand service.

Je me suis mordu la lèvre.

– Oui. Quoi ?

– Pourriez-vous apporter cette lettre à Callum McGrégor ? Il vit chez sa tante. J'ai écrit l'adresse sur l'enveloppe.

Sarah a secoué la tête.

– Certainement pas, je ne veux pas risquer de perdre mon emploi.

– Sarah, je vous en supplie, c'est très important.

– Qu'est-ce que c'est ?

– Une lettre.

– Oui, je vois, mais qu'est-ce qu'elle dit ?

Je me suis de nouveau mordu la lèvre. Sarah a pris un air horrifié.

– Vous n'êtes pas enceinte ?

J'ai éclaté de rire.

– Apparemment pas, a sèchement lâché Sarah.

– S'il vous plaît, Sarah…

Je n'avais déjà plus envie de rire.

– Je ne vous le demanderais pas si ce n'était pas vraiment très important.

Sarah a réfléchi.

– Bon, d'accord. Mais à une condition.

– Laquelle ?

– Que vous ne preniez aucune décision précipitée…

– Ça marche !

Je l'ai serrée contre moi.

– Hmm !

Elle n'avait pas l'air convaincue. Elle se demandait si elle avait eu raison d'accepter.

J'ai scellé l'enveloppe et je la lui ai glissée dans la main avant qu'elle change d'avis.

– Merci Sarah. Je vous revaudrai ça.

Je lui ai souri avant de m'esquiver.

– Vous me devez déjà beaucoup, mademoiselle Sephy, a crié Sarah derrière moi.

– Je sais !

J'ai monté les marches.

Pas de décision précipitée ! Ce n'était pas une décision précipitée. J'avais réfléchi à mon plan pendant des jours, des semaines, des mois, toute ma vie ! Tout ce que Callum et moi avons fait nous menait là.

Dès qu'il lirait ma lettre, il viendrait.

Nous allions partir ensemble.

La vie me paraissait soudain si belle !

Callum

– Callum, quelqu'un te demande en bas… Qu'est-ce que tu fais ?

Je tournais le dos à Maman. J'ai clos les paupières et les ai rouvertes aussitôt. Je devais éluder toute explication.

– Je pars, Maman.

– Où ?

– Je pars, c'est tout, ai-je répliqué. Je vais là où je servirai enfin à quelque chose.

Silence.

Je me suis retourné. Maman se tenait dans l'encadrement de la porte et me regardait.

– Je vois, a-t-elle dit.

Oui, elle comprenait parfaitement. Et c'était bien ça le problème.

– Quand reviendras-tu ?

– Je ne sais pas, ai-je répondu honnêtement.

Nouveau silence.

– Tu verras ton frère ?

– Je ne sais pas. Probablement.

– Dis-lui… Dis-lui que je l'aime.

Elle a hésité avant d'ajouter :

– Peux-tu faire quelque chose pour moi ?

– Quoi ?

– Reste caché. Et dis à ton frère d'en faire autant.

Maman a tourné les talons. Ses épaules étaient affaissées. Avant de disparaître, elle a marmonné :

– Qu'est-ce que je dis à Sarah ?

– Sarah ?

– Sarah Pike, la secrétaire de Mme Hadley. Elle est en bas.

– Dis-lui que je suis occupé. Je ne veux pas la voir.

La dernière chose dont j'avais besoin aujourd'hui était un sermon de la part du chien de garde de Mme Hadley.

– Je ne peux pas prendre toutes mes affaires, ai-je décidé. Je reviendrai demain après-midi pour le reste.

Maman est redescendue. J'ai mis un dernier T-shirt dans mon sac à dos et je l'ai fermé. Mon départ ferait au moins plaisir à tante Charlotte.

J'avais déjà reçu mes instructions. Je devais me rendre au terminal de bus, à l'extérieur de la ville, m'asseoir sur un banc et attendre. Tout cela le plus discrètement possible. C'était bien des histoires pour pas grand-chose si on me demandait mon avis. Mais si Jude était content avec ça, ça ne me dérangeait pas.

Mon entrée à la Milice de libération me redonnait espoir. Ce n'est pas exactement comme ça que j'avais imaginé ma vie, mais au moins, je n'étais plus seul.

Quand j'ai entendu la porte se refermer, j'ai rejoint Maman en bas.

– Sarah a laissé ça pour toi.

Une lettre était posée sur la table.

– Je la prendrai demain, avec le reste de mes affaires.

Sarah n'avait pas le courage de me parler en face, alors elle m'écrivait ! Ça pouvait attendre. J'avais plus urgent : poireauter tout l'après-midi devant un terminal de bus.

– Je m'en vais, Maman.

Maman a hoché la tête.

– Prends soin de toi.

– Toi aussi.

Nous étions comme deux chiens de faïence dans l'entrée.

– Au revoir, Maman.

– Au revoir, mon fils.

Je suis passé devant elle en veillant à ne pas la heurter avec mon sac à dos. Maman a doucement refermé la porte derrière moi.

Sephy

Il va venir. Non, il ne viendra pas. Il va venir. Non, il ne viendra pas…

– Perséphone, bouge-toi ! a crié Maman. Tu veux aller à Chivers ou pas ?

– J'arrive, ai-je répondu.

J'ai regardé une nouvelle fois vers le chemin, vers le portail. Personne.

Il ne viendra pas.

Une envie de pleurer m'a prise à la gorge.

Les yeux secs, je suis allée jusqu'à la voiture. Karl, le chauffeur, tenait la portière passager ouverte pour moi.

– Sephy !

Minnie courait vers moi.

– Amuse-toi bien à Chivers.

– J'aurais aimé que tu viennes avec moi.

– C'est vrai ?

J'ai acquiescé.

– Maman ne peut pas se passer de nous deux en même temps. Je suis l'aînée et mes examens ne vont pas tarder à pointer le bout de leur nez. Je ne pouvais pas changer d'établissement maintenant.

C'étaient les arguments de Maman, pas ceux de Minnie.

– Je suis désolée, Minerva.

Elle a haussé les épaules.

– Moi aussi.

– Tu ne veux pas essayer encore ? Peut-être que cette fois…

– Ça ne servirait à rien, m'a interrompue Minnie. Elle est déterminée à me garder.

– Tu ne penses pas assez à toi.

– Contrairement à toi. Tu n'écoutes jamais les autres.

C'est vrai, il m'arrivait parfois d'agir avant de réfléchir, mais je ne me fichais pas de ce que les autres ressentaient. C'était d'ailleurs bien mon problème.

– Ne… ne deviens pas trop comme Maman, ai-je murmuré.

– Je ferai de mon mieux.

Minnie m'a adressé un clin d'œil de conspiratrice.

– Et toi, lâche le goulot, d'accord ?

– Je vais essayer.

– J'ai eu l'impression que tu avais arrêté, pendant un temps.

– Oui.

– À cause de quoi ?

Comment répondre à ça ? Je me sentais aimée. Câlinée. J'étais à nouveau bien avec moi-même. Tant de réponses.

– Et pourquoi tu as recommencé ?

J'ai haussé les épaules. Je n'avais pas plus d'explications : je me sentais seule, il me manquait, la vie ressemblait à un gouffre sans fond. Jusqu'à ce que j'écrive cette lettre.

– Sephy, tu n'es pas Maman. Arrête d'essayer de lui ressembler.

– Sephy, tu viens ? a appelé Maman impatiemment.

– Au revoir.

Minnie s'est approchée de moi et a maladroitement posé ses lèvres sur ma joue. Elle ne m'avait pas embrassée depuis des siècles. D'ailleurs, m'avait-elle jamais embrassée ? J'ai jeté un dernier regard vers le chemin.

Il ne viendra pas.

Dis adieu à ton rêve, Sephy.

Je me suis assise près de Maman.

– Enfin, a-t-elle lâché, agacée.

Oh, Callum… pourquoi n'es-tu pas venu ? Ne m'as-tu pas crue ? Ou peut-être n'as-tu pas cru en moi ?

À moins que tu sois le seul de nous deux à avoir un peu le sens des réalités… À moins que tu aies eu peur pour nous deux.

Karl s'est installé au volant et a démarré la voiture.

Callum, pourquoi n'es-tu pas venu ?

Callum

Plus vite ! Plus vite ! Je dois y arriver. Attends. Attends-moi. Je cours comme le vent vers la maison de Sephy. Je cours plus vite que j'aie jamais couru. Je cours comme si ma vie en dépendait. Ma vie en dépend.

Mon Dieu, si vous existez…

Je traverse la roseraie. Juste à temps pour apercevoir la voiture tourner au coin du portail. Sephy est à l'arrière, à côté de sa mère. Elle ne regarde pas par la fenêtre.

Mon Dieu, je vous en supplie...
– Sephy ! Attends ! Sephy ! C'est moi !

Je cours, je cours après la voiture. Je ne respire même plus. Je cours, je cours.

– Sephy...

La voiture a plusieurs mètres d'avance sur moi. Je croise les yeux du chauffeur dans le rétroviseur extérieur. La Mercedes accélère doucement.

Mon Dieu, mon Dieu...

Je trébuche. Je tombe sur le sol, la face en avant. Sonné, je me redresse, mais la voiture n'est plus en vue. Allongé dans la poussière, je serre la lettre de Sephy dans ma main. Tous mes espoirs, tous mes rêves viennent de s'envoler à jamais.

C'est comme si on venait de me claquer une porte au visage.

L'OTAGE

Sephy

C'est drôle, la façon dont les événements se déroulent. Quand je suis arrivée à Chivers, j'ai cru que j'avais commis la plus grosse erreur de ma vie.

J'ai pleuré toute la nuit sur mes rêves avec Callum, sur la vie que nous aurions pu avoir. Sur ce qui s'était passé et ce qui aurait pu se passer. Sur le refus de Callum de s'enfuir avec moi, de vivre avec moi.

Callum n'avait même pas pris la peine de me dire au revoir.

J'ai mis longtemps à cesser de pleurer.

J'avais des tremblements aussi.

Je ne pensais pas que l'alcool me manquerait à ce point. Je ne buvais pas tant que ça et je n'étais certainement pas une alcoolique, mais après le deuxième jour, je me suis rendu compte que je souffrais de manque. L'infirmière du collège a diagnostiqué une grippe et s'est bien occupée de moi, mais mon corps a eu besoin de trois semaines pour se sevrer. Et même après, je devais me battre contre des envies irrépressibles de boire un verre. Je me suis donc plongée dans mon travail scolaire et dans les activités physiques.

Ça commençait à payer.

Chivers est en fait un excellent choix. Je peux doucement me remettre des derniers événements. J'ai enfin cessé de m'accrocher à mon enfance. J'avance. J'ai de nouvelles amies, Jacquelina et Robyn, qui m'apprécient pour ce que je suis et pas pour la position sociale de mon père ou pour l'argent de ma mère.

Le travail est plus difficile ici qu'à Heathcroft. Personne ne me pousse, je dois prendre seule mes responsabilités. Les premiers mois, la maison me manquait terriblement. Aujourd'hui, encore de temps en temps mais beaucoup moins. J'ai passé Noël à Chivers, et à Pâques, Robyn m'a invitée à la neige avec sa famille. C'était génial. Maman et moi nous téléphonons de temps à autre, bien sûr, mais jusqu'à présent, j'ai réussi à rester éloignée de la maison.

Je fais également partie d'un groupe dissident. Composé de Primas qui veulent changer le système. Nous devons être prudents. Nous avons tous fait le serment d'agir selon nos propres moyens – aujourd'hui et plus tard – pour soutenir la cause de l'égalité entre Primas et Nihils. Nous savons que nous devons attendre que les dinosaures de la politique prennent leur retraite. Les dinosaures, comme mon père, qui ne se sont pas encore faits à l'idée que les Nihils ne sont plus nos esclaves. Il fait partie de ceux qui pensent qu'ils ne sont bons qu'à nous servir. Ce groupe est une de mes meilleures raisons d'être venue à Chivers. Il me permet de me battre pour une cause que je crois juste. Je trouve dommage que ma sœur n'ait pas la possibilité de se raccrocher à un combat.

J'ai compris aujourd'hui que seuls quelques individus sont responsables de l'organisation de notre société. Combien d'individus faudra-t-il pour changer cet état de fait ? Je suis sûre que la plupart des Primas n'ont aucun préjugé envers les Nihils. Mais personne n'ose se lever pour crier : « C'est injuste ! » Moi pas plus que les autres. Personne ne veut se faire remarquer. Au moins, notre groupe affirme que la société doit changer, et nous essayons de concrétiser ces changements. Nous avançons comme une armée silencieuse, une armée de termites dévorant les fondations pourries d'une maison. Nous y arriverons. Nous y croyons parce que nous n'avons pas le choix.

Quelques mois après avoir rejoint le groupe, j'ai pensé demander à Minnie d'en faire partie, elle aussi. Mais j'y ai renoncé. Minnie n'a plus qu'une année au lycée, et les deux fois où j'ai discuté avec elle, elle m'a avoué supporter de moins en moins l'ambiance à la maison. Elle veut s'inscrire à l'université. Une université le plus loin possible. Mais Maman crie ou pleure chaque fois qu'elle en parle. Je suis contente d'être partie. C'est égoïste mais vrai.

Selon Minnie, Maman boit toujours. Pas moi. Même quand les filles réussissent à apporter en douce une bouteille ou deux dans le dortoir, je refuse. Je ne me fais pas confiance. C'est si facile de se cacher au fond d'une bouteille. Et puis tout ça appartient au passé. À présent, je suis tournée vers l'avenir.

Un avenir sans Callum.

J'ai décidé de devenir avocate. Mais je ne travaillerai que sur les affaires en lesquelles je crois. Je serai une nouvelle Kelani Adams. Je me lèverai et je prendrai la parole. Je serai si célèbre et si populaire que personne ne pourra m'empêcher de dire ce que j'ai à dire. Ni le gouvernement, ni personne.

J'ai enfin trouvé un but à ma vie.

Je reconnais que je pense souvent à Callum. Très souvent. Mais je ne rêve plus. Peut-être que dans une autre vie ou dans un univers parallèle, Callum et moi aurions pu être ensemble. Mais pas ici. Pas maintenant.

Et je dois l'accepter. Il a sa propre vie et j'ai la mienne.

Je me demande s'il lui arrive de penser à moi. J'en doute. De temps en temps, quand je me lave les cheveux ou que je me coupe les ongles de pied, je me pose la question.

Ça ne dure qu'une seconde.

Ou deux.

Callum

Un jour, mon père a dit quelque chose à propos de la Milice de libération. Il a dit : une fois que vous êtes avec eux, ils ne vous laissent pas partir. J'ai eu le temps de méditer cette phrase, ces deux dernières années. Quand j'ai commencé, je n'étais que simple soldat. Mais j'étais plein de bonne volonté.

De simple soldat, je suis devenu fantassin. J'obéissais aux ordres de tous ceux de la section, composée de six hommes et de trois femmes. De fantassin, je suis devenu caporal et je suis monté jusqu'au grade de sergent. Sergent à dix-neuf ans. Je pouvais être fier de moi.

Pendant que je gravissais un à un les échelons de la Milice de libération, j'en ai profité pour régler quelques comptes. Avec les contacts dont je disposais, il ne m'a pas été difficile de découvrir où habitaient Dionne Fernandez, Lola Jordan et Joanne Longshadow – celles qui avaient battu Sephy parce qu'elle s'était assise près de moi, affichée avec moi, parce qu'elle n'avait pas su rester à sa place. J'ai découvert à leur sujet tout ce que je voulais savoir : vie de famille, goûts, dégoûts… tout. Si j'avais appris une chose à la Milice de libération, c'est que tout le monde a une faiblesse. Il suffit de la trouver.

Je me suis occupé de chacune l'une après l'autre. D'abord Lola, puis Joanne. J'ai gardé Dionne pour la fin. J'ai pris grand soin de lui régler son cas. Il fallait qu'elle souffre. On dit que la vengeance est un plat qui se mange froid. C'est vrai. Cette fois, il était même glacé. Et j'ai perdu une partie de moi-même en agissant de la sorte. Mais c'était dans l'ordre des choses. Le Callum McGrégor qui aimait s'asseoir sur la plage et regarder les couchers de soleil n'existait plus. Il avait disparu et il ne restait que moi.

L'échange n'avait pas été forcément très bénéfique, mais il n'y avait rien à en dire de plus.

Dans la nouvelle section à laquelle je venais d'être affecté, nous étions quatre : Pete, Morgan, Leila et moi. Pete était le chef. Nous le surnommions la force tranquille. Il parlait peu, souriait beaucoup. Je restais toujours sur mes gardes avec lui. Il était redoutable avec un couteau et il en planquait toujours au moins quatre sur lui.

Morgan avait vingt ans. C'était le rigolo de la bande. C'était notre spécialiste en informatique et le meilleur chauffeur de toutes les sections de la Milice de libération à cent kilomètres à la ronde. Leila avait mon âge et était capable de pénétrer dans n'importe quel bâtiment pour le faire sauter. C'était ma partenaire.

Un soir, environ deux mois après mes dix-huit ans, alors que je buvais un café dans un bar pour observer les rondes des gardes devant un grand bâtiment, je l'ai rencontrée pour la première fois.

Plus qu'un bar, c'était un genre de salon de thé, très chic, qui servait des croissants et du café insipide. Il faisait froid, et, à part moi, il n'y avait que trois hommes regroupés autour d'une table à environ deux mètres de la mienne.

Leila s'est dirigée vers moi.

– Vous auriez quelques pièces pour un café ?

– Eh, voilà un billet de cinquante !

Un des crétins à la table d'à côté agitait un billet.

– Qu'est-ce que tu fais pour ce prix-là ?

Je l'ai regardée. Comment allait-elle réagir ?

– Alors ?

L'homme a fait un clin d'œil à ses amis et a continué à agiter le billet sous le nez de Leila.

Je voyais qu'une colère froide l'avait envahie, mais le type était trop occupé à frimer devant ses copains pour le remarquer. Ou peut-être n'en avait-il rien à faire ?

Leila s'est penchée pour prendre le billet, mais le type a aussitôt reculé le bras.

– Viens par là, poulette. Tu peux faire mieux que ça.

– Comment m'avez-vous appelée ? a demandé Leila d'une voix douce.

Je me suis déplacé pour avoir une meilleure vue.

– Je pense que t'es à ma pointure, a grossièrement ricané le type.

Ses amis l'ont imité.

– Levez-vous ! a repris Leila, toujours aussi doucement. Et je vous montrerai ce que je peux faire pour un billet de cinquante.

Le crétin a obtempéré. Deux secondes plus tard, il était plié en deux de douleur. Ses parties intimes étaient entrées en collision violente avec le pied de Leila.

– Vous avez raison, je suis à votre pointure, a lâché Leila en lui arrachant le billet des mains.

Crétin numéro un est tombé. Crétins numéros deux et trois auraient dû rester assis, mais ils ont cru malin de se lever. Grossière erreur. Quand elle a eu fini, ils étaient tous les trois étalés par terre.

J'ai fait signe au serveur qui avait assisté au massacre, les yeux écarquillés d'horreur. Il s'est approché en faisant un grand détour pour éviter Leila.

– L'addition, s'il vous plaît, lui ai-je demandé.

Puis je me suis tourné vers Leila :

– Accepteriez-vous de dîner avec moi ?

Leila m'a regardé, prête à se battre de nouveau.

– C'est à moi que vous parlez ?

– Oui. Je vous invite à dîner. Loin d'ici, bien sûr. La police sera là dans une ou deux minutes.

Elle m'a observé des pieds à la tête avant de répondre :

– D'accord.

J'ai regardé si le serveur arrivait avec l'addition mais il prenait manifestement son temps. J'ai évalué le prix, et j'ai posé le double de la somme sur la table. Nous sommes sortis sans nous presser. Pendant le trajet, elle n'a pas prononcé un mot. Nous sommes entrés dans un bon restaurant de viande. J'avais été pauvre trop longtemps pour être végétarien. Elle s'est assise sur le bord de sa chaise, prête à bondir en cas de nécessité.

– Deux menus, s'il vous plaît, ai-je commandé à la serveuse.

J'ai tendu la main à mon invitée :

– Je m'appelle Callum.

– Leila, a-t-elle répondu en enfonçant ses poings dans ses poches.

C'est comme ça que notre amitié a débuté. Il m'a fallu du temps pour apprendre à la connaître, mais ça valait la peine. Nous avions le même sens de l'humour, ce qui rendait les échanges plus faciles. Je l'ai recommandée auprès de ma section. Elle avait été seule si longtemps qu'elle m'a été reconnaissante de l'avoir fait entrer à la Milice. Reconnaissante à l'excès. Si reconnaissante qu'elle m'a proposé de coucher avec elle. C'était un ou deux mois après notre rencontre. Nous étions dans une des bases retranchées et nous attendions le retour de Pete et Morgan.

– Merci pour la proposition, ai-je répondu, je suis extrêmement flatté, mais je n'ai plus de place que pour une seule chose dans ma vie, et c'est mon travail.

– Tu es sûr ? a-t-elle insisté.

J'ai acquiescé. Alors que je ne m'y attendais pas, Leila m'a embrassée. C'était agréable. Seulement agréable.

– Tu es sûr que tu ne changeras pas d'avis ?

– Sûr et certain, ai-je souri.

– L'offre reste valable.

– Je ne l'oublierai pas.

Et sans un mot de plus, nous avons continué à nettoyer nos armes. En fait, je ne voulais pas être distrait, même si les distractions étaient tentantes. Leila était très jolie : grande, aussi grande que moi, très fine, les cheveux noirs, les yeux verts et toujours prête à sourire malgré tout ce qui lui tombait sur le coin de la figure. Évidemment, Pete et Morgan ne comprenaient pas mon refus. Je les ai entendus discuter tous les deux, sur le fait que j'étais peut-être homosexuel. Ça me faisait rire, mais je les ai laissés se poser des questions. Parfois, quand je me sentais vraiment seul, j'avais envie de profiter de l'offre de Leila, mais je ne l'ai jamais fait. La dernière chose dont j'avais besoin, c'était de querelles d'amoureux, qui auraient risqué de me détourner de mon but.

En peu de temps, je m'étais fait une réputation. J'étais connu comme le fou, le premier à affronter le danger, le dernier sur place. Les membres de ma section me voyaient comme un type aux nerfs d'acier. Au point qu'une fois Pete m'a demandé de me calmer un peu si je ne voulais pas y rester. Personne ne comprenait que justement, c'était peut-être ça que je voulais.

Quand j'ai eu dix-neuf ans, j'avais gagné mes galons et perdu mon âme. Pour devenir fantassin, j'avais dû battre un Primate. J'ai tendu une embuscade à un homme qui rentrait chez lui et je l'ai cogné jusqu'à ce qu'il tombe. Pour être nommé caporal, je devais m'attaquer à trois Primates, mais j'avais le droit d'être armé. J'avais un couteau et on m'avait appris à m'en servir. J'ai gagné une fois encore. Peu après, un des hommes est mort de ses blessures. Je pensais que je ressentirais quelque chose. Mais rien. Confirmation, si j'en avais besoin, que j'étais mort à l'intérieur.

Pour devenir sergent… Peu importe. C'est absurde de s'appesantir sur le sujet. J'ai fait ce que j'avais à faire. Je suis devenu un des plus jeunes sergents de la Milice de libération. Le second de notre section. Un des plus respectés. Un des plus demandés.

Ma mère me manquait. Je lui envoyais de l'argent dès que je pouvais, mais je n'essayais jamais de la voir. Ça aurait été dangereux pour moi comme pour elle. Je ne postais jamais l'argent du même endroit. Dans mon genre de métier, je devais me montrer prudent. Pauvre Maman ! D'une manière ou d'une autre, elle nous avait tous perdus. Et ce n'était vraiment pas sa faute.

Je n'ai jamais croisé mon frère. J'ai entendu dire qu'il dirigeait une section dans le nord. On m'a immédiatement prévenu que je ne devais attendre aucune faveur sous prétexte que j'étais le frère de Jude McGrégor et le fils de Ryan McGrégor. Je n'ai rien demandé. Je ne voulais pas de faveurs. Tout ce qui m'importait, c'était la loyauté entière des membres de ma section. Et une obéissance absolue quand il m'arrivait de diriger une opération.

Sur ces deux points, il n'y avait pas de problèmes.

La police ne connaissait pas mon vrai nom. Personne ne savait à quoi je ressemblais. Ils possédaient en revanche le nom de code de notre section : *stiletto*. Un stiletto est une arme blanche – oui, une arme *blanche* –, très pointue et très tranchante.

Ma section n'avait jamais de mission trop dangereuse. Nous étions le plus souvent chargés de procurer à la Milice de l'argent, des explosifs, des armes à feu. Il suffisait de demander.

Notre cause était juste.

Notre but était juste.

Quelques mois après mon dix-neuvième anniversaire, Pete a reçu une information des plus hauts gradés de la Milice. Ils nous envoyaient un lieutenant pour vérifier l'efficacité de notre section.

– Efficacité, mon cul ! a fulminé Pete. Nous n'avons aucun problème d'efficacité !

Nous avons compris que ce n'était pas le jour de se frotter à lui. Nous ne savions pas quand le lieutenant en question arriverait, et Pete tenait à ce que tout soit nickel pour que cet homme ou cette femme n'ait absolument aucune critique à formuler. Il a ordonné à Leila de passer l'inventaire au peigne fin, pour être sûr que tout était répertorié. Il s'est chargé lui-même de nos comptes, pendant que Morgan et moi, nettoyions la planque de bas en haut, en gueulant. Nous nous étions installés dans des bouches d'égout, sous le parc de célébration. Elles étaient désaffectées et occupées par les rats. Ça ne sentait pas la rose, malgré la ventilation, mais après deux ou trois semaines, on n'y prêtait plus attention. De toute façon, nous ne resterions pas dans cette planque plus d'un mois ou deux, il n'y avait donc pas de raison de se prendre la tête. Morgan et moi avions vérifié que les grilles étaient fixées aux entrées et sorties de chaque tunnel et que toutes les issues étaient dégagées.

Satisfaits de notre travail, nous nous sommes tous attablés pour le dîner. Hamburger et frites.

– Pourquoi n'y a-t-il personne pour garder l'entrée principale ?

J'ai immédiatement reconnu cette voix. Je me suis levé.

– Qu'est-ce que tu fais là ?

– À moins que tu sois le chef de cette section, je te conseille de te rasseoir et de te taire, a répondu la voix.

– C'est moi qui dirige cette section, est intervenu Pete en se levant.

– Vous devriez être en train de m'attendre. Je suis votre nouveau lieutenant, a dit mon frère. Et je vous ai posé une question. Pourquoi est-ce que personne ne garde l'entrée principale ?

Je me suis rassis lentement sans quitter mon frère des yeux. Son regard m'a transpercé et j'ai pu lire dans ses pupilles qu'il se méfiait toujours de moi. Et sa méfiance mettait tous les membres de cette section en danger.

Sephy

Il était temps de rentrer. Les examens étaient terminés et je n'avais pas besoin d'attendre les résultats pour savoir que j'avais tout réussi. Maman avait amèrement fait remarquer que je n'avais plus de raison de rester éloignée de la maison.

Moi j'en voyais bien une : je n'avais pas la moindre envie de rentrer. J'étais partie depuis près de deux ans et demi et je traînais les pieds pour revenir. Mais août était bien entamé et Maman ne voulait plus entendre mes excuses. J'étais à court d'excuses. Maman et Minnie étaient venues me voir, plusieurs fois. Ensemble ou séparément, mais j'avais toujours réussi à ne pas leur rendre leurs visites. J'avais toujours un autre projet : des vacances chez une amie ou chez une autre… j'avais enchaîné les bonnes raisons : balades, camping, résidence à la mer, à la campagne, à la montagne… Tout et n'importe quoi.

Mais cette fois, Maman ne l'entendait pas de cette oreille. Je n'avais pas le choix. Si je l'avais eu, j'aurais attendu d'avoir soixante-dix ans et non pas dix-sept, presque dix-huit, pour remettre les pieds dans cette maison. Je détestais cet endroit. J'y avais trop de mauvais souvenirs.

Karl est venu me chercher à Chivers. Durant le trajet, nous avons échangé les platitudes d'usage. Il allait bien, sa famille allait bien, j'allais bien, mon école était bien. Fin de la conversation.

Le voyage m'a semblé long. Très long.

Quand je suis arrivée, Minnie passait le week-end chez une amie et Maman était allée chez sa tante Paulina. Elle avait laissé un message sur le répondeur, expliquant qu'elle avait eu un problème de voiture et qu'elle n'arriverait donc pas très tôt à la maison. À vrai dire, ça m'arrangeait de ne pas me retrouver tout de suite face à face avec Maman. Je n'avais pas encore décidé de la manière dont j'allais gérer ces retrouvailles. Sourires et humour ? Morosité et sérieux ?

De toute façon, je ne resterais que quelques jours.

J'avais dégoté un job d'été chez un avocat près de Chivers et je commençais la semaine suivante. Les cours reprenaient en octobre et Maman comptait passer la fin de l'été avec moi. Raté.

– Bienvenue, mademoiselle Sephy, m'a accueillie Sarah en me serrant contre elle.

Je l'ai moi aussi serrée dans mes bras.

– C'est bon de vous retrouver, Sarah, ai-je souri.

Sarah a jeté un regard autour d'elle avant de chuchoter :

– Une certaine personne a appris que vous étiez de retour aujourd'hui et a laissé un message pour vous.

Elle m'a glissé une enveloppe brune dans la main et sans un mot, elle est retournée dans le bureau. Je n'avais pas besoin de demander de qui était cette lettre. J'avais reconnu l'écriture. Les battements de mon cœur se sont accélérés. Que voulait-il après tout ce temps ? J'aurais dû jeter cette enveloppe à la poubelle.

Non.

Je l'ai ouverte et j'ai lu.

Sephy,

Je sais que nous ne nous sommes pas vus depuis long-temps et tu ne te souviens peut-être même pas de moi. Moi oui.

Pourrions-nous, s'il te plaît, nous retrouver à neuf heures à notre lieu de rendez-vous d'avant ? C'est très important. Mais je comprendrais si tu ne venais pas. Deux ans, presque trois, c'est long. Une éternité.

C.

Pourquoi voulait-il me rencontrer ? Qu'est-ce qui pouvait être si important ? Tous ces sentiments que j'avais repoussés pendant si longtemps ont refait surface. Avais-je réellement envie de le revoir ? Je me doutais bien que retrouver

Callum risquait de mettre en péril mes projets minutieuse-
ment construits. Il avait suffi d'un petit mot pour me mettre
dans tous mes états.

Non. Je n'irai pas ! Callum avait sa vie, à présent, et j'avais
la mienne. Nous vivions dans deux univers si différents.

Pourtant, je ne l'avais pas vu depuis si longtemps.

Quel mal y aurait-il à lui parler une minute ou deux ?
J'étais une grande fille, après tout. Plus une enfant. Je pouvais me contenter de le saluer, nous pourrions discuter de ce
que nous avions fait ces dernières années et nous nous quit-
terions en meilleurs termes que la dernière fois.

Il n'y avait pas de mal à ça.

N'y va pas, Sephy...

Quel était le mal ?

N'y va pas...

Il n'y avait pas de mal.

Non, n'y va pas...

Callum

– Tout le monde sait ce qu'il a à faire ? a demandé Jude.

Des grognements affirmatifs ont répondu. Une voix aiguë
s'est élevée :

– Ouais, tu nous l'as demandé vingt fois.

– Elle ne viendra peut-être pas, ai-je fait remarquer.

– Si elle a eu ton message, elle viendra, a affirmé Jude.

Il m'a jaugé du regard.

– Qu'est-ce qui t'arrive, p'tit frère ? T'as un problème ? Tu
veux plus y aller ?

J'ai enfilé ma veste en cuir.

– Pourquoi est-ce que j'aurais un problème ?

– Nous devons être sûrs que nous pouvons compter sur toi, c'est tout, a rétorqué Jude.

Tout le monde s'est retourné vers nous. Je n'ai pas cherché à dissimuler mon hostilité envers mon frère.

– Qu'est-ce que tu veux dire par là ?

Jude n'a pas répondu.

Je me suis adressé aux autres.

– Y a-t-il quelqu'un ici qui doute de ma loyauté ?

Silence.

– J'aime mieux ça.

– Si tu nous laisses tomber, a lâché Jude, je m'empresserai d'oublier que tu es mon frère. C'est compris ?

Je n'ai même pas daigné répondre. Mon frère pouvait aller se faire voir.

– Cette opération va nous rendre célèbres, a lancé Morgan en frappant sa main dans celle de Pete.

– Et riches, a renchéri Jude. Pensez à tout ce bel argent que nous allons palper et qui va tomber dans les coffres de la Milice.

– Merci Papa ! a ri Morgan en se frottant les mains.

– Et une fois cette mission accomplie, a ajouté Jude à l'adresse de Pete, tu pourras mener tes propres opérations où tu voudras dans le pays.

Pete a hoché la tête avec satisfaction.

– Ça me plaît.

C'était la première fois que je le voyais sourire à mon frère. La promesse d'une plus grande armée à diriger l'aidait à oublier son ressentiment envers Jude, qui avait usurpé son autorité.

– Ne vendons pas la peau de l'ours avant de l'avoir tué, ai-je dit.

– Toujours aussi optimiste, hein ? a souri mon frère. Si tu fais ce que tu dois faire, tout se déroulera comme sur des roulettes. Je n'en doute pas une seconde.

Sephy

J'ai ôté mes sandales et me suis dirigée vers l'eau éclairée par la lune. Je ne m'étais pas sentie aussi tranquille depuis longtemps. Mes idées s'étaient ordonnées.

Je pouvais penser à Papa et me dire que sa carrière politique était ce qu'il avait de plus important. Il n'aurait jamais de temps pour moi, ma sœur ou ma mère. Nous n'existions que parce qu'il avait besoin d'afficher une famille. Ça ne me faisait plus mal. C'était la vie. Papa avait choisi et je n'en souffrais plus.

J'ai remué mes talons et mes doigts de pied dans le sable fin. J'ai atteint l'eau et je m'y suis avancée jusqu'aux chevilles. J'ai balancé mon pied et regardé les gouttelettes argentées retomber. C'était mon jeu de petite fille.

Et puis j'ai pensé à ma mère et j'ai cessé de jouer avec l'eau.

Je l'avais toujours déçue et ça ne changerait jamais. Je n'étais tout simplement pas comme il faut. Pas assez féminine, pas assez élégante, pas assez jolie. C'était comme ça. Je n'y pouvais rien. Ma mère était déçue par la vie, ses erreurs étaient gravées en rides déjà profondes sur son visage, mais je ne voulais pas la laisser m'utiliser comme une seconde chance. J'avais des projets. En septembre, je serai majeure et j'aurai toute la vie devant moi. Une vie pleine de choix et de décisions à prendre, d'occasions à saisir aussi. Je voulais être la seule à contrôler ma vie.

Pour Callum et moi ? Eh bien, je ne demandais pas la lune. Notre amitié me suffirait. Rien ne serait comme il y a quelques années, peut-être serions-nous capables de trouver une place pour l'autre dans nos vies respectives. Peut-être.

J'ai regardé l'heure, me demandant quand Callum allait se décider à apparaître. Je me suis retournée et…

Callum se tenait devant moi.

Il était arrivé aussi silencieusement qu'un fantôme. Il avait beaucoup changé. Il avait grandi. Il était très mince, presque maigre, mais musclé. Son jean usé et sa veste en cuir lui donnaient une allure mystérieuse. Il portait les cheveux plus longs. Ça lui allait bien. Tout chez lui semblait différent. Callum l'adolescent avait disparu pour laisser place à… J'ai souri intérieurement. J'avais cru inconsciemment que les choses seraient restées exactement comme je les avais laissées. Mais j'étais contente de m'être trompée. Est-ce que moi j'avais autant changé ? Sans doute.

– Tu es plus discret que jamais, l'ai-je félicité en souriant timidement.

J'ai glissé mes pieds dans mes sandales et j'ai ouvert les bras pour le serrer contre moi. Je m'attendais à un accueil plus chaleureux, mais Callum ne souriait pas. Et même dans la pénombre, je devinais que quelque chose ne tournait pas rond.

J'ai laissé retomber mes bras le long de mon corps.

– Callum ?

Callum s'est avancé vers moi et m'a embrassée. Un baiser rapide et glacé sur les lèvres. Puis il a reculé de quelques pas. Son regard… ses yeux étaient emplis de… regret. C'est à ce moment que j'ai vu les autres. Ils étaient derrière lui. Ils étaient quatre. Quatre Nihils. J'ai jeté à Callum un regard d'incompréhension. Il m'a répondu par une expression de résignation. Je ne voulais pas en savoir plus. J'ai tourné les talons et je me suis mise à courir. Je devais m'éloigner. M'éloigner de Callum. Je devais courir pour sauver ma vie. Ils étaient à mes trousses, j'entendais leurs cris. Je ne comprenais pas ce qu'ils disaient et je n'essayais pas de comprendre.

Cours, Sephy. Ne t'arrête pas...

Mes pieds s'enfonçaient silencieusement dans le sable. Ma respiration était devenue rauque. Je ne voyais rien. Des nuages cachaient la lune. L'air iodé me brûlait la gorge.

Cours. Cours. COURS !

Ne regarde pas en arrière... Ils t'attraperont si tu as une seconde d'hésitation... ne regarde pas...

Et surtout ne pense pas. Ne pense pas à lui. Ne pense à rien. Cours, c'est tout.

Tout à coup, j'ai compris mon erreur. J'étais au beau milieu de nulle part. Et ma course m'éloignait des dunes. Et quatre Nihils étaient à mes trousses... cinq Nihils.

Vers la mer. Cours vers la mer.

J'ai pris un virage à 180 degrés et je me suis élancée dans la nuit. Avant d'avoir fait trois pas, j'ai été interceptée. Des bras ont entouré ma taille. Je me suis débattue. Je balançais mes jambes et ma tête dans tous les sens.

« Ouch ! »

Il m'a lâchée et je me suis remise à courir.

– Sale petite pute primate !

Un poing s'est enfoncé dans mon estomac. Je me suis étalée dans le sable.

– Ça, c'est pour ma sœur, a lancé une voix.

Mon estomac était en feu. Je me suis recroquevillée sur moi-même. Des bras m'ont enlacée et m'ont serrée jusqu'à ce que je ne puisse presque plus respirer. L'homme qui me tenait m'a secouée et m'a remise debout. Sans me donner le temps de reprendre ma respiration, il a passé ses mains sous mes aisselles et m'a tirée derrière lui.

Mes talons nus heurtaient des pierres pointues. J'ai essayé de lever les bras pour échapper à l'étreinte de l'homme. Ça a marché mais il m'a récupérée par les mains. Il a continué à me traîner comme ça. Puis il sauté sur un rocher. J'ai cru que mes mains allaient se détacher de mes bras. J'avais mal partout. J'ai fermé les yeux et laissé échapper un gémissement.

Ouvre les yeux, ne t'évanouis pas...

J'ai rouvert les paupières. La lune était juste au-dessus de moi. Pendant une seconde, je n'ai plus ressenti aucune douleur et soudain, ils m'ont enfoncé un sac sur la tête et tout est devenu noir.

Callum

– On a réussi, a triomphé Jude. On a réussi !

Pete et Morgan ont improvisé une gigue. Oui, nous avions réussi. Nous avions kidnappé Perséphone Hadley, la fille de Kamal Hadley. Et elle ne reverrait pas la lumière du jour avant que Kamal n'obéisse à tous nos ordres. Nous avions ligoté Sephy et nous l'avions jetée dans le coffre de la voiture. Nous avions regagné une planque inviolable, située au milieu de nulle part. Nous avions été très habiles.

– Je suis fier de toi, p'tit frère.

Jude m'a donné une grande tape dans le dos.

Je me suis retourné, je l'ai attrapé par le col de sa veste et je l'ai collé au mur.

– Ne doute plus jamais de ma loyauté, tu m'entends ? lui ai-je craché au visage.

Du coin de l'œil, j'ai vu Morgan avancer vers moi, mais Pete l'a retenu. Je m'en fichais. Si je devais leur casser la gueule un par un, pour pouvoir dire à mon frère ce que j'avais à lui dire, je le ferais sans hésitation.

Jude et moi sommes restés silencieux un moment.

– Tu as compris ? ai-je ajouté en le plaquant encore un peu plus contre le mur.

– D'accord, a fini par acquiescer mon frère.

Je l'ai lâché immédiatement. Nous nous sommes observés.

– Tiens donc, la petite souris a appris à rugir, on dirait, a-t-il ricané.

J'ai serré les poings.

– Eh du calme, p'tit frère, du calme !

Jude a levé les mains, manifestement amusé par ma colère.

J'ai serré les poings un peu plus fort. Je n'avais jamais eu autant envie de le cogner. J'avais envie de l'écrabouiller. La haine me dévorait les entrailles, elle se nourrissait d'elle-même, prenait de la force à chaque seconde.

– Tu as fait du bon boulot, m'a félicité Jude d'une voix douce.

Je lui ai tourné le dos. Ses compliments ne m'importaient pas. Morgan, Pete et Leila avaient la même expression d'admiration béate sur leur visage.

– On fait quoi maintenant ? a demandé Pete.

Il ne lui en voulait vraiment plus du tout.

– On fait passer la demande de rançon à Hadley, accompagnée d'une preuve que nous détenons sa fille, a répondu Jude.

– Quel genre de preuve ? ai-je aussitôt voulu savoir.

Ma voix avait une intonation aiguë. Trop aiguë.

– Qu'est-ce que tu proposes, p'tit frère ?

C'était un test. Encore un.

– Je vais m'en occuper. Je lui couperai une mèche de cheveux et je la filmerai avec le journal du jour.

– À mon avis, on a besoin d'un truc un peu plus convaincant qu'une mèche de cheveux, a suggéré Jude.

Encore un test ?

– Tu penses à quoi ?

– À toi de me le dire, p'tit frère ?

J'ai forcé mon cerveau à fonctionner de façon purement mécanique. Ce n'était pas Sephy dans la pièce à côté, ce n'était qu'une Prima qui allait nous permettre d'obtenir ce que nous voulions. Ce n'était pas Sephy…

– Un vêtement à elle, taché de sang, serait sans doute plus efficace, ai-je dit.

– Bonne idée, a acquiescé Jude. On s'y prend comment ?

– Je m'en occupe.

J'ai pris la caméra sur l'étagère et glissé un CD neuf dedans. Un silence étrange avait empli la pièce. Quand j'ai levé les yeux, j'ai vu que tout le monde me regardait.

– Oui ? ai-je demandé, la mâchoire serrée.

Chacun s'est ostensiblement remis à son activité. J'ai pris des ciseaux et un couteau aiguisé dans le tiroir et j'ai attrapé le journal du jour.

J'ai traversé le couloir qui menait à la pièce où nous avions enfermé Sephy. Tout était dégoûtant, graisseux et plein de poussière. Jude avait demandé que tout soit nettoyé, en regardant Leila avec insistance. Elle lui avait répondu en levant son majeur. Nous avions entassé nos sacs de couchage dans le salon avec tout notre équipement : boîtes de conserve, armes, explosifs, un petit téléviseur, une radio… Juste à côté se trouvait la pièce où Sephy était enfermée.

Dès que nous avions appris que Sephy allait rentrer chez elle, Jude et Pete avaient commencé à préparer son enlèvement. Ils avaient obtenu l'autorisation du général lui-même et son bras droit devait venir en personne nous rendre une petite visite dès demain. Il avait fallu une grosse organisation. Nous ne risquions rien dans cette planque, mais pour plus de sûreté, les entrées seraient gardées en permanence.

Chaque détail avait été prévu.

Et nous avions réussi. Nous avions Sephy. Non ! Pas Sephy. Ce n'était qu'une Prima qui méritait tout ce qui lui arrivait. Je pouvais m'occuper de tout ça. Je devais m'occuper de tout ça.

Fais ton devoir, Callum, fais ton devoir…

Je me répétais cette phrase depuis que j'avais rejoint la Milice de libération, chaque fois que j'étais obligé d'agir d'une manière… ignoble.

Fais ton devoir, Callum, fais ton devoir…

J'ai ouvert la porte de la cellule.

Sephy

En entendant la clé tourner dans la serrure, j'ai essayé de me redresser et de m'asseoir. J'étais allongée sur un vieux matelas à ressorts tout défoncé. J'ai émis un grognement et j'ai grimacé. Je me suis pliée en deux. Mon estomac était si douloureux. Tout mon corps me faisait mal, de la pointe des pieds à la racine des cheveux. Avaient-ils essayé de m'étrangler ? Ma gorge était terriblement sensible. La porte s'est ouverte. J'ai retiré mes mains de sur mon ventre. Je ne voulais pas leur donner le plaisir de leur montrer ma douleur.

Callum...

J'ai reçu une flèche en plein cœur. Ce n'était plus le Callum avec qui j'avais grandi. J'avais été stupide de penser qu'il avait pu rester le même. Il m'avait piégée. Il s'est approché de moi. Effrayée, je me suis reculée contre le mur. Un piège. Et comme une imbécile, je m'étais précipitée dans ce piège. J'ai cru une seconde que mon mouvement de recul l'avait fait hésiter, mais ce n'était que mon imagination. Il se fichait de ce que je pouvais penser de lui.

Il m'a tendu la main, je me suis recroquevillée sur moi-même. Il avait des ciseaux à la main. Je me suis mise à trembler et puis j'ai serré les dents pour faire cesser le tremblement.

Quoi qu'il arrive, ne pleure pas. Ne supplie pas.

Callum a posé sa main sur mes cheveux. Je me suis immobilisée. J'ai levé les yeux vers lui. Je ne comprenais pas ce qu'il voulait. Mon esprit était fermé. J'ai entendu le cliquetis des ciseaux et Callum s'est écarté. J'ai été tellement soulagée que j'en ai eu une nausée. J'ai porté la main à mes cheveux. Il m'avait coupé une mèche. C'était tout. Il m'avait juste coupé une mèche de cheveux.

– Je veux que tu tiennes ce journal, a dit Callum.

Sa voix aussi avait changé. Elle était plus grave, plus rauque.

– Pourquoi ? ai-je demandé.

– Je dois te filmer pendant que tu tiens ce journal.

– Je refuse de t'aider.

J'ai croisé les bras sur ma poitrine.

Deux Nihils sont apparus dans l'encadrement de la porte. Un des deux était une femme.

– Tiens ce journal, ou je vais te casser les bras et t'arranger le portrait d'une telle façon que tu n'auras pas le choix, a menacé l'homme.

Callum s'est retourné vers lui. Je l'avais déjà vu quelque part, et je n'arrivais pas à me rappeler où.

– Je n'ai pas besoin d'être surveillé, a marmonné Callum.

– On te surveille pas, on t'observe, p'tit frère.

Jude ! C'était Jude, le frère de Callum.

– Rien de tel qu'un petit enlèvement pour rapprocher les familles, hein ? ai-je lancé sarcastiquement.

– Tiens ce journal devant toi, Sephy, a répété Callum.

J'ai obéi avec réticence. Callum a levé sa caméra et l'a baissée aussitôt.

– Je n'ai pas besoin de spectateurs, a-t-il soupiré.

– Je suis venue admirer la fille du célèbre Kamal Hadley, a répliqué la femme. Elle et la petite cuiller en argent qu'elle a dans la bouche !

Je l'ai défiée du regard en essayant de ne pas réagir à la haine perceptible dans sa voix. Elle ne me connaissait pas mais me détestait. J'étais une Prima et c'est tout ce qu'elle avait besoin de savoir.

– Je parie que tu n'as jamais eu à t'inquiéter de rien d'autre que de la couleur de ton vernis à ongles, a continué la femme.

– Leila, retourne à ton poste à l'entrée, lui a ordonné Jude.

En me lançant un dernier regard haineux, la femme a obéi. Je devais me méfier d'elle. Aucune chance qu'elle me tende la main si j'avais un problème.

– Je veux que tu lises ce message pour ton père, m'a ordonné Callum en me tendant une feuille.

Il a levé la caméra de façon à voir l'écran. J'ai regardé la feuille. S'il croyait que j'allais lire ce truc, il se trompait lourdement. J'ai froissé le papier et je lui ai jeté au visage.

– Papa, ne leur donne pas un sou ! ai-je crié.

Callum a baissé la caméra mais avant qu'il ait le temps d'ouvrir la bouche, Jude avait traversé la pièce et m'avait soulevée de mon matelas. Il m'a giflée, avant de me secouer.

– Ce n'est pas toi qui décides ici ! C'est nous ! Et si tu veux rester en vie, tu vas nous obéir au doigt et à l'œil. C'est compris ?

Je me suis frotté la joue, en essayant de retenir mes larmes.

– Tu vas faire ce qu'on te demande, a poursuivi Jude d'une voix douce, cette fois. Sinon, je vais transformer ton séjour ici en enfer. Aucun d'entre nous n'a l'intention de céder à tes caprices.

Il m'a lâchée si brusquement que je me suis cogné la tête contre une brique. Jude s'est redressé et s'est retourné. Il a traversé la pièce. Il s'est arrêté une seconde près de Callum.

– Fais-toi obéir, a-t-il dit d'une voix assez forte pour être certain que j'entende.

Et il est sorti.

Pendant une seconde, j'ai pensé profiter de ce moment pour tenter une évasion, mais Callum se tenait entre la porte et moi et apparemment, cette fille, Leila, gardait l'entrée. Jude n'hésiterait pas une seconde à me tuer s'il le jugeait nécessaire. Je devais être patiente. Si seulement ma tête pouvait cesser de résonner, si seulement mon estomac pouvait cesser de se contracter, si seulement… si seulement…

Je devais faire parler Callum. L'obliger à se souvenir de moi, de nous. Si je parvenais à lui rappeler que je suis un être humain, avec un nom, des pensées, des émotions au lieu de ce rien que j'étais à ses yeux, maintenant.

– Callum, je comprends pourquoi tu crois devoir agir ainsi, ai-je commencé, mais ce n'est pas la bonne manière…

Rien.

Mais je n'abandonnerai pas.

– Callum, écoute-moi. À Chivers, j'ai participé à des manifestations, des débats… Si tu essaies de changer la société par la violence, tu remplaces une injustice par une autre. Ça ne sert à rien. Il y a d'autres moyens…

– Comme quoi ? Faire des études pour combattre le système de l'intérieur ? J'ai essayé ça. Tu te rappelles ?

– Je sais, mais tu devrais essayer de nouveau… je pourrais t'aider…

– Tais-toi ! Je ne veux pas de ton aide ! Votre charité et votre sympathie me rendent malade ! m'a-t-il interrompue. Tu es comme les autres. Tu crois que nous les Nihils ne pouvons rien faire sans l'aide des Primas, sans que vous soyez là pour superviser !

Il tremblait de rage. Je me suis forcée à poursuivre.

– Ne me déteste pas de vouloir changer les choses. Je crois en toi, Callum. Tu peux changer le monde. Je sais que tu en es capable. Je n'essaie pas de te dire comment tu dois agir, ni de te donner des conseils, je veux vraiment t'aider…

– Arrête ! Tiens ce journal et lis ce que j'ai écrit ! m'a ordonné Callum en me redonnant la boule de papier que j'avais jetée.

Je l'ai regardé.

– Lis ! a-t-il répété.

Il était concentré sur sa caméra. Seulement sur sa caméra.

– Callum, s'il te plaît...
– LIS !
Après un silence, j'ai commencé à lire.

Callum

Papa,
On me force à lire ces lignes. J'ai été enlevée et on m'a dit
que tu ne me reverrais jamais si tu n'obéissais pas aux ins-
tructions. Tu trouveras toutes ces instructions dans l'enve-
loppe qui accompagne ce disque vidéo. Tu as vingt-quatre
heures pour obéir. Si tu ne le fais pas, ils... ils... me tueront.
Si tu préviens la police, ils me tueront. Ils ont les moyens de
suivre chacun de tes déplacements et de contrôler tes appels
téléphoniques. Si tu veux me revoir en vie, s'il te plaît, fais
ce qu'ils te disent.

Sephy a levé les yeux de la feuille. Des larmes coulaient sur
ses joues. Je lui ai indiqué de la main qu'elle devait tenir le
journal plus haut. Elle a immédiatement obéi. J'ai zoomé sur
la date du journal avant de zoomer sur son visage. Elle s'est
essuyé les yeux du revers de la main. Elle ne regardait pas
la caméra. Elle me regardait moi. J'ai éteint la caméra.
– Ça devrait aller.
J'ai repris le journal et je l'ai examinée de la tête aux pieds.
– Qu'est-ce que tu as sur toi ?
– Quoi ?
– Tu m'as très bien entendu.
Déconcertée, Sephy a répondu :

– Un pantalon, un pull et une veste.

– Dis-moi tout ce que tu as sur toi !

Silence.

– Je peux aller regarder moi-même, ai-je menacé.

– Des sandales, un jean, une culotte, une montre, un soutien-gorge, un T-shirt, un pull, un collier, une veste, des boucles d'oreilles.

– Enlève ton T-shirt.

– Non.

– Enlève-le ou je te l'enlève moi-même.

Sephy m'a jeté un regard effrayé. Elle a sans doute pensé que j'étais prêt à mettre ma menace à exécution, parce qu'elle a ôté sa veste.

– Tu vas me tuer, Callum ?

– Ne sois pas ridicule.

J'ai fermé les yeux et je me suis retourné, pour qu'elle ne voie pas mon visage.

– Je n'avais jamais réalisé à quel point toi et ta famille, vous nous détestez, a murmuré Sephy. Jude me regarde comme s'il voulait me réduire en bouillie. Pourquoi me déteste-t-il autant ? C'est moi personnellement ou ce que je représente ?

Je n'ai pas répondu. Je me suis assis pour ranger la caméra dans la sacoche pendant qu'elle continuait à se déshabiller.

– Je ne suis pas idiote, tu sais, a continué Sephy d'une petite voix en se débarrassant de son pull. Vous ne portez pas de masques, vous ne dissimulez pas vos voix. Je suis parfaitement capable de vous identifier, mais vous vous en fichez. Ce qui ne peut signifier qu'une chose : vous avez décidé de me tuer, même si mon père fait ce que vous lui demandez.

Mes gestes sont restés en suspens.

Je me suis retourné vers elle.

– Un d'entre vous va me tuer. La seule question est de savoir quand. Et qui…

Elle a fait passer son T-shirt par-dessus sa tête et l'a jeté par terre.

– Et… et maintenant ? a-t-elle demandé.

– Tu peux remettre tes autres vêtements.

J'ai ramassé le T-shirt.

Pendant qu'elle enfilait son pull, j'ai essayé de ne pas la regarder. J'essayais de toutes mes forces. Mais elle avait tellement changé. Son corps avait tellement changé. Elle avait des seins, maintenant. Son soutien-gorge mauve, loin de les cacher, les mettait en valeur. Sa taille était fine, et son ventre si plat, ses jambes si longues. Son visage avait perdu les rondeurs de l'enfance. Elle était belle. Très belle.

Elle a levé les yeux vers moi et je me suis détourné.

– Si ton père fait ce qu'on lui demande, tout se passera bien…

– Tout se passera bien ? Comme maintenant ? a tristement ricané Sephy. Callum, je sais que c'est pour toi l'occasion rêvée de prendre ta revanche. Cette revanche à laquelle tu ne cessais sans doute de penser alors que tu faisais semblant d'être mon ami.

Tais-toi, tais-toi… Callum, ignore-la. Il te suffit de l'ignorer. Ne laisse pas tes sentiments prendre le dessus. Ne lui montre pas ce que tu ressens pour elle…

– Et cette nuit que nous avons passée tous les deux dans ma chambre ? Est-ce qu'elle n'avait aucune signification pour toi ?

– Tu parles de cette nuit, deux jours avant que vous les Primas n'assassiniez mon père ?

– Ton père n'a pas été assassiné. Il est mort électrocuté en cherchant à s'évader de la prison.

– Mon père a choisi la mort parce qu'il refusait de passer le reste de sa vie en prison pour un acte qu'il n'avait pas commis.

Sephy a baissé les yeux, deux secondes. Elle a relevé le menton pour ajouter :

– Je n'ai pas tué ton père, Callum. Je ne voulais pas qu'il meure.

– Si. Tu l'as tué, toi et tous ceux de ta race !

J'ai refermé la sacoche de la caméra.

– Et donc tu vas me tuer. Mais ce n'est pas toi qui le feras, n'est-ce pas ? Ce n'est pas ton genre. Tu n'as pourtant pas hésité à te servir de notre amitié pour que tes petits copains m'attrapent. Tu laisses toujours le sale boulot aux autres !

Je lui ai lancé un regard noir.

– Tu ne serais pas la première Primate que je tuerais !

– Et ce sera facile, n'est-ce pas ? Après tout, je ne compte pas. Je ne suis rien, juste une sale Primate noire ! Exactement comme toi tu n'es qu'un salaud de Néant !

Une rage froide m'avait envahi. J'étais dans l'état parfait pour ce que j'avais à faire maintenant. J'ai pris la main de Sephy et avant qu'elle ait eu le temps de se débattre, j'ai enfoncé mon couteau dans la chair de son doigt. Les yeux de Sephy se sont emplis de larmes. Et ma colère est aussitôt retombée. Sans doute n'était-elle pas authentique. C'était une colère préfabriquée, forcée, censée m'aider à accomplir ce geste.

Censée m'aider à accomplir tous mes actes.

À accomplir ma vie.

– Pardon, ai-je marmonné, en enroulant son T-shirt autour de son doigt.

Je devais récupérer un maximum de son sang sur le vêtement. Je ne la regardais pas. Je n'en avais pas la force. Le coton blanc buvait le liquide rouge comme du papier buvard. J'ai déplié le T-shirt et j'ai essuyé sa main ensanglantée avec.

– Avec ça, ton père nous prendra au sérieux.

Sephy essayait de retirer sa main, mais je la retenais.

– Tu as l'air d'adorer ça ! a-t-elle sifflé.

– Non, c'est faux !

J'ai libéré son poignet.

Sephy a mis son doigt dans sa bouche en grimaçant. Ça devait la piquer. Puis elle a regardé la blessure. Ça saignait toujours. La blessure était profonde pour nous deux. Je l'avais coupée profondément. Plus profondément que j'aurais voulu. Au moment où elle allait remettre son doigt dans sa bouche, je lui ai repris le poignet. Elle a essayé de se débattre, mais je la tenais fermement. Peut-être croyait-elle que j'allais de nouveau la couper. J'ai mis son doigt dans ma bouche. Et nous sommes restés ainsi immobiles. Combien de temps ? Une seconde ? Une heure ?

Sephy a bougé la première.

Elle a doucement retiré son doigt.

– Quand vous aurez décidé d'en finir avec moi, a-t-elle murmuré, je voudrais… je voudrais que ce soit toi qui le fasses. C'est la dernière faveur que je te demande. Fais en sorte que je meure vite.

Sur ces mots, elle m'a tourné le dos et s'est allongée sur le matelas.

Je ne pouvais détacher mes yeux de son corps allongé. J'étais si tendu que j'aurais pu me briser en deux comme une brindille. J'ai attendu un peu avant de me lever. J'ai quitté la pièce, en prenant soin de refermer à clé derrière moi. Je me suis laissé aller contre la porte, les paupières fermées. Je devais faire mon devoir. Oui, faire mon devoir.

J'ai croisé mon frère dans le couloir en retournant vers le salon. Il m'observait d'un air soupçonneux.

– Quoi ? lui ai-je demandé, agacé.

Il ne me lâchait jamais plus d'une demi-seconde.

– Donne-moi le disque.

Je lui ai tendu le T-shirt et la mèche de cheveux, puis j'ai ouvert la sacoche et j'ai sorti le disque vidéo.

Jude l'a soigneusement glissé dans sa poche. Il a examiné le T-shirt avec attention, puis il m'a adressé un sourire admiratif. Il semblait soulagé.

– Cette fois, je suis sûr que tu es de mon côté. Bien joué, p'tit frère. Pete et moi allons livrer tout ça avec notre demande de rançon. Leila et Morgan garderont la planque. Sephy Hadley est sous ta responsabilité, c'est compris ?

Je n'ai pas répondu. Ce n'était pas dans les règles qu'un chef de section et son second partent en mission ensemble. Pourquoi Jude voulait-il accompagner Pete ? Ça cachait quelque chose…

– Nous serons revenus demain matin, a continué Jude. Si le bras droit du général se présente avant notre retour, accueille-le… une fois qu'il t'aura donné le mot de passe.

– C'est quoi ?

– Homme doré.

Je me suis plaqué contre le mur, pour lui permettre de passer. Jude était mon frère, mais je ne lui accordais aucune confiance. Plus que jamais, j'éprouvais le besoin d'assurer mes arrières. J'avais intérêt si je voulais rester en vie. Je n'avais aucune confiance en lui.

Sephy

La porte s'est rouverte. Je n'ai même pas pris la peine de me retourner. J'étais allongée sur le côté face au mur. Je me frottais l'estomac. La douleur était toujours vive.

– Dîner, a annoncé la voix rauque de Callum.

Je l'ai ignoré et j'ai continué à me frotter l'estomac en attendant que la porte se referme. Mais je n'entendais aucun bruit. Si, tout à coup, les pas de Callum sur le sol en ciment. J'ai immédiatement cessé de me masser le ventre, mais je ne me suis pas retournée. Callum a posé une main sur mon épaule et m'a retournée vers lui.

– Dîner.

Il m'a mis une assiette en plastique sous le nez. Je me suis assise en lui lançant un regard noir. Puis j'ai pris l'assiette et je l'ai jetée contre le mur. L'assiette est tombée par terre la première, aussitôt suivie de la bouillasse marron qu'elle contenait.

– Tu n'aurais pas dû faire ça.

Je me suis de nouveau tournée contre le mur et je me suis rallongée. Silence. Mais je ne voulais pas me tourner pour voir ce qu'il fabriquait. Après un court moment, je l'ai entendu se diriger vers la porte, sortir et refermer à clé.

Il n'oubliait jamais de fermer à clé.

Callum

Si je pouvais m'arrêter de penser pendant seulement cinq secondes, j'arriverais peut-être à m'endormir. Mais je n'y parvenais pas. Et je me retournais dans mon sac de couchage qui s'entortillait à chaque fois un peu plus autour de moi.

Les paroles de Sephy tournaient et tournaient dans ma tête.

Un d'entre vous devra me tuer...

Non, c'était faux. Oui, elle nous avait vus, mais quand nous aurons obtenu ce que nous voulons, nous disparaîtrons dans la nature.

Est-ce qu'elle avait raison ?

Un d'entre vous devra me tuer.

– On dirait que tu as besoin de compagnie.

Leila. J'ai ouvert les yeux lentement, pour faire croire que j'étais profondément endormi.

– Qui est de garde ?

– Je suis venue aux toilettes... si ça ne te dérange pas.

Je me suis assis.

– Si ça me dérange ! Si tu veux pisser, va dans les bois ! Tu ne dois pas laisser l'entrée sans surveillance !

– Eh, je suis pas un garçon, a protesté Leila, je ne peux pas faire pipi debout !

– Ce n'est pas une excuse !

– Callum, tu es en colère mais ce n'est pas une raison pour passer tes nerfs sur moi.

J'ai enfilé mon T-shirt.

– Je ne suis pas en colère et je ne passe pas mes nerfs sur toi. Je te rappelle ton boulot, c'est tout !

– Ne te crois pas obligé de te rhabiller pour moi, a-t-elle murmuré en passant sa main sur ma poitrine.

– Retourne à ton poste ! ai-je aboyé.

Leila s'est levée.

– OK. OK ! À tes ordres. Tu sais quoi ? a-t-elle ajouté.

– Quoi ?

– Je crois que c'est pour ça que je t'aime bien.

J'ai froncé les sourcils.

– Parce que tu es le seul mec que je connais qui ne veut pas à tout prix coucher avec moi, a-t-elle expliqué.

J'ai souri.

– Ne le prends pas contre toi, Leila. Ça n'a rien de personnel.

– Merci ! Mais c'est ce qui rend les choses encore plus difficiles.

Elle est partie et je me suis levé. J'allais prendre une bière et rejoindre Morgan à l'autre entrée. Soudain, j'ai entendu un bruit. La porte s'est ouverte violemment.

J'ai cru que la police nous avait trouvés, mais non, Leila se tenait devant moi avec un étranger. Il faisait à peu près ma taille, et ses cheveux blonds étaient ramenés en queue-de-cheval. Il portait une chemise noire et il avait glissé le bas de son pantalon chic – et sans doute cher – dans ses bottes. Il avait relevé le col de son imper dont les pans battaient comme une cape. Le plus étrange est qu'il tenait Leila par le bras. Morgan a fait irruption dans la pièce.

– Qui dirige cette section ?

Morgan s'est tourné vers moi.

– C'est toi ? m'a demandé l'étranger. Je croyais que vous m'attendiez.

– Lâchez-moi, a crié Leila en essayant de se dégager.

L'homme l'a poussée devant lui. Rudement. Leila a failli tomber. Elle a fait volte-face, prête à se battre avec lui. L'homme a levé une main.

– Je ne ferais pas ça si j'étais toi.

C'est tout ce qu'il a dit, mais c'était suffisant. Leila a ravalé sa colère.

– Voilà donc la fameuse section Stiletto !

L'homme nous a regardés un à un.

– Eh bien, pour le moment, je ne vous trouve pas très impressionnants.

– Vous êtes celui que nous attendons ? a demandé Morgan.

– Exactement.

J'ai croisé mes bras sur ma poitrine.

– Le mot de passe ?

– Toi d'abord, a ordonné l'homme.

– Certainement pas. C'est vous l'intrus ici.

J'ai fait signe à Morgan de se tenir prêt. Il nous avait surpris, mais il était seul et nous, trois.

– Homme d'or ? a-t-il tenté.

– Non, Morgan et moi avons lancé en chœur.

– Homme doré, alors, a souri le type.

Je lui ai envoyé un regard haineux. Je détestais qu'on se fiche de moi et c'est exactement ce qu'il était en train de faire.

Il a tendu la main.

– Andrew Dorn.

Après un moment d'hésitation, j'ai serré sa main. En restant sur mes gardes.

– Vous êtes le second du général ?

La question de Morgan était empreinte de scepticisme.

– Oui. Pourquoi ? Ça vous pose problème ?

Morgan a haussé les épaules.

–Non, je demandais, c'est tout.

Il a hoché la tête et, sans un mot de plus, est retourné à son poste. Leila a fait comme lui en se frottant le bras.

–Bravo pour la réussite de cette première partie de mission, m'a félicité Andrew quand les autres ont été partis. Espérons que le reste se passe aussi bien.

–Y a pas de raison.

–C'est vrai, aucune raison, a acquiescé Andrew.

–Du café ?

–Je ne dirais pas non. Est-ce que je peux voir la prisonnière d'abord ?

J'allais ouvrir la bouche pour dire qu'elle devait dormir, mais je me suis mordu la langue. Nous avons traversé le couloir. J'ai pris la clé dans ma poche et j'ai ouvert. Sephy était assise sur son lit face à la porte. Elle nous a observés en silence.

–J'espère pour toi que ton père t'aime vraiment beaucoup, lui a dit Andrew.

Sephy a froncé les sourcils. Elle a jeté un regard aux bottes d'Andrew et s'est mordu la lèvre. Ces bottes n'avaient rien de particulier. Elles étaient marron et ornées de chaînes en argent au-dessus du talon. Un peu m'as-tu-vu à mon goût, mais à part ça...

–Sois gentille et tu retourneras vite chez toi, a continué Andrew.

Sephy n'a pas daigné répondre. Elle a juste froncé un peu plus les sourcils. Andrew est sorti. Je l'ai suivi et j'ai refermé à clé derrière nous.

–Elle ne doit pas sortir d'ici vivante, a calmement dit Andrew. Ordre du général.

Le sol a oscillé sous mes pieds.

–Compris. Je m'en occuperai moi-même.

– Parfait !

Andrew est reparti vers le salon.

Je n'ai pas pu lui emboîter le pas immédiatement. Je devais d'abord attendre que le sol redevienne stable.

Sephy

De nouveau seule, j'observais la pièce dans laquelle j'étais enfermée. Une ampoule au plafond était l'unique éclairage. Il n'y avait pas de fenêtre et la porte semblait blindée. Le sol était en ciment et les murs en brique et plâtre. J'avais envie d'appeler au secours mais ma raison me soufflait que c'était parfaitement inutile. Je risquais seulement d'être ligotée et bâillonnée. J'ai passé ma main sur les murs. Je ne savais pas ce que je cherchais, peut-être un espoir.

Mais il n'y en avait pas.

L'homme qui était venu avec Callum… je l'avais déjà vu. Impossible de me rappeler où. C'était terriblement frustrant. J'ai tiré le lit vers le milieu de la pièce. Il a fait un boucan de tous les diables. J'ai arrêté et j'ai tendu l'oreille. Non, personne ne venait vérifier ce que je fabriquais. J'ai recommencé plus doucement. Est-ce que j'allais trouver quelque chose qui pourrait m'être d'une aide quelconque ?

Il y avait une marque dans le mur.

À mes camarades primas, gardez espoir.

Je n'étais pas la première à être enfermée ici. L'écriture était tremblante. Elle semblait avoir été tracée à la pointe de l'ongle. *Gardez espoir.* De toute façon, il n'y avait rien d'autre à faire dans ce trou à rats.

Il n'y avait dans la pièce que le lit, une couverture et un seau dans un coin. À moins de me cacher derrière la porte et de frapper avec le seau la première personne qui entrerait, rien ne pouvait servir d'arme.

Gardez espoir…

J'ai repoussé le lit et je me suis allongée. Je me demandais ce que faisait ma famille en ce moment. Minnie, Maman et Papa. Papa savait-il que je m'étais fait enlever. Comment prendrait-il la nouvelle ? Je ne l'avais pas vu depuis plus de six mois. Combien d'argent la Milice exigeait-elle ? Combien est-ce que je valais à leurs yeux ? Peut-être ne réclamaient-ils pas d'argent ? Peut-être demandaient-ils la relaxe de prisonniers… je ne le savais même pas.

Quelle ironie ! J'avais souhaité si fort ne pas rentrer à la maison et maintenant je me couperais le bras droit pour revoir ma famille une dernière fois.

Une dernière fois.

J'ai su, en formulant ces mots dans ma tête, que j'avais abandonné tout espoir.

Callum

« *Nous interrompons nos programmes pour un flash d'information.* »

Nous avions les yeux rivés à la télé. L'atmosphère de la pièce était tendue. J'ai regardé ma montre. Kamal Hadley était apparu sur l'écran à sept heures précises. Comme nous le lui avions ordonné.

– Je suis venu vous annoncer que je vais temporairement cesser toute activité publique pour des raisons familiales. Je n'ajouterai rien pour le moment. Merci.

Il s'est levé aussitôt ces mots prononcés. Jude a eu un geste de triomphe.

– On l'a eu !

– Je ne lui fais pas confiance, ai-je murmuré.

Sur l'écran, le journaliste discutait de la déclaration surprise de Kamal Hadley avec un correspondant politique.

– Je ne fais confiance à aucun de ces connards, a renchéri Jude, mais cette fois, on les a à notre botte !

C'était un soir d'automne un peu froid ; un soir d'automne parfait pour aller chercher notre rançon et informer Kamal Hadley de nos autres exigences. C'est ainsi que Jude avait prévu la chose. L'argent servirait à remplir les caisses de la Milice, mais Sephy ne reverrait son père que s'il obtenait que cinq membres de la Milice de libération soient libérés de prison. Parmi ces cinq membres, trois étaient des pivots de notre groupe. Détail que les autorités ignoraient.

– Prêts pour le relais téléphonique ? a demandé Andrew.

– Oui, a sèchement répondu Jude. On s'est entraînés des dizaines de fois. Leila restera ici avec la fille, Pete, Morgan et moi donnerons les instructions téléphoniques de trois endroits différents pour les empêcher de nous localiser et Callum ira chercher l'argent et déposera nos nouvelles instructions. Tout est arrangé au millimètre près.

– Vous serez tous à vos postes ? a insisté Andrew.

– Évidemment !

Jude s'énervait et n'arrivait pas à le dissimuler.

– Nous ne sommes pas des amateurs. Nous savons ce que nous faisons.

– Très bien, très bien ! Mais je crois qu'il serait plus prudent que Leila se charge de récupérer l'argent. C'est toujours la partie la plus dangereuse et une femme risque moins de se faire repérer.

– Alors, je prends la place de Pete, ai-je aussitôt proposé.

– Non, de tous, vous êtes celui que Hadley connaît le mieux. On ne peut pas prendre le risque qu'il identifie votre voix, a immédiatement tranché Andrew.

– Je refuse de rester ici, ai-je lancé rageusement. Je ne suis pas une baby-sitter.

– On a besoin de toi ici, est intervenu Jude.

– Pourquoi Andrew ne reste pas pour la surveiller ? ai-je demandé.

– Parce que je pars pour une autre région, a répliqué Andrew. Et je suis ici en tant qu'observateur. Pas pour faire votre sale boulot.

– Excusez mon frère, a souri Jude. Il est encore très jeune.

– Je ne veux pas rester, ai-je répété.

– Tu feras ce qu'on te dit, m'a rembarré Jude.

Je le mettais mal à l'aise devant le second du général. Il me le ferait payer à son retour.

– Tu restes ici, point final !

Je me suis tu, mais mon visage fermé leur disait ce que je pensais de leur ordre.

– Allons-y. Et restez sur vos gardes, a dit Andrew. Ne sous-estimez pas les Primates. Beaucoup de nos membres ont commis cette erreur et ils l'ont payé par la prison ou en se balançant au bout d'une corde. Je surveillerai de très près toute l'opération. De très très près.

Ils sont tous sortis. Je les ai regardés partir avec amertume.

Andrew s'est tourné vers moi :

– Si pour une raison ou une autre, la police découvre la planque, tue la fille avant tout. Compris ?

– Compris.

– Bien.

Jude a laissé passer tout le monde devant lui et m'a murmuré avant de partir :

– Ne nous laisse pas tomber, p'tit frère, d'accord ?

– D'accord.

– Je te fais confiance.

Il m'a donné une claque dans le dos et il a levé le camp avec les autres. J'ai refermé la porte derrière eux et je suis resté immobile dans l'entrée. Je n'avais pas envie d'être là. Je ne voulais être nulle part près de Sephy. Je ne voulais pas entendre sa voix, ni voir son visage.

Je veux partir d'ici avant d'oublier pourquoi j'ai choisi cette vie.

Je veux partir d'ici avant que je perde les pédales et que je repense à toutes ces choses affreuses que j'ai faites depuis que nous sommes séparés.

Je n'ai pas besoin de fermer les yeux pour revoir la voiture de Sephy s'éloigner dans le chemin. Ma vie aurait été si différente si j'avais lu sa lettre à temps. Si j'avais pu la rattraper avant qu'elle m'échappe.

Je serais encore en vie, au lieu de n'être plus qu'un bloc de glace.

Un bloc de glace, c'est ce que j'étais devenu. Avant de la revoir.

Je veux partir d'ici avant de faire une chose que je vais regretter toute ma vie.

Sephy

Allongée sur le dos, j'essayais de respirer régulièrement. Inspirer, expirer, inspirer, expirer… La douleur dans mon ventre s'était estompée, mais n'avait pas totalement disparu. Je me massais doucement l'abdomen.

– Qu'est-ce que tu as ?

J'ai ralenti le mouvement de ma main et je me suis tournée sur le côté, les yeux grands ouverts.

– Sephy, qu'est-ce que tu as ?

Callum s'est avancé jusqu'au lit.

– Rien. Va-t'en.

Je lui ai tourné le dos. Même si on me l'avait ordonné, même si on avait essayé de m'y obliger en me frappant, je n'aurais pas pu soutenir le regard de Callum. Le regarder me donnait envie de pleurer et de supplier, et je refusais de m'y abaisser. Je ne lui donnerai pas cette satisfaction. Il était l'un des leurs maintenant. Mon Callum à moi était mort.

Il s'est assis sur le bord du lit. J'ai senti le matelas s'affaisser. Nous ne parlions pas. J'ai continué à me passer la main sur le ventre en cercles réguliers. Si seulement cette douleur pouvait disparaître. Juste une seconde. Le frère de Callum n'avait pas retenu son coup quand il m'avait frappée sur la plage. Il y avait sans doute pris beaucoup de plaisir. Et la coupure sur mon doigt n'était pas encore cicatrisée. Quand j'ouvrais la main, ça se remettait à saigner. À eux deux, les frères McGrégor m'avaient bien arrangée.

Soudain, Callum m'a pris la main et a massé mon ventre. Je me suis tournée vers lui ; j'ai essayé de le repousser.

Doucement mais fermement. Il ne s'est pas arrêté. Je n'arrivais plus à respirer. Mon cœur cognait dans ma poitrine.

– Qu'est-ce que tu fais ? ai-je murmuré.

– Tu as mal.

– Comme si ça t'importait !

– Oui, ça m'importe, a-t-il fini par chuchoter, après une pause.

– Alors laisse-moi partir. S'il te plaît.

– Je ne peux pas.

J'avais honte d'avoir demandé, j'ai essayé de tourner mon visage vers le mur, mais Callum m'en a empêchée. Il n'avait pas cessé de me frotter le ventre ; nous nous sommes regardés. Le silence nous encerclait comme une clôture de fil barbelé. Il n'y avait pas de fenêtre, l'extérieur n'existait plus. Le monde s'était réduit à cette pièce, si petite.

– Je t'aime, a dit Callum tout doucement.

– Alors laisse-moi part…

Callum a posé son index sur mes lèvres.

– Je t'aime, a-t-il répété. Je te l'ai déjà dit une fois, mais tu dormais. J'avais peur que tu m'entendes. Maintenant, je n'ai plus peur.

Callum m'aimait.

Mon cœur dansait la sarabande à m'en faire presque mal. Il y a quelques jours, ces mots m'auraient donné envie de m'envoler. Pas aujourd'hui.

– Tu ne m'aimes pas. Tu ne peux pas m'aimer. Tu m'as dit que tu ne croyais pas à l'amour.

– Si l'amour n'existait pas, je n'aurais pas eu l'impression que le monde s'écroulait quand je t'ai vue t'éloigner vers Chivers. Je suis venu, tu sais. Mais il était trop tard.

– Tu… tu es venu ?

Callum a eu un sourire triste.

– Je n'ai lu ta lettre que vingt minutes avant ton départ. J'ai couru, couru. Mais il était trop tard.

J'ai fermé les yeux pour empêcher mes larmes de couler mais elles ont coulé quand même. Elles ont roulé sur mes joues comme des gouttes de pluie sur une vitre. Si j'avais su que…

– Ne t'occupe plus de moi, ai-je demandé en m'essuyant les yeux. Va-t'en, s'il te plaît.

– Tu me détestes ? a voulu savoir Callum.

J'avais du mal à rassembler mes idées. Il était venu… il avait voulu être avec moi. Partir, fuir avec moi. Sa main continuait de caresser mon ventre mais je n'avais plus mal. La douleur avait été remplacée par un feu qui me chauffait doucement.

– Tu me détestes ? a insisté Callum.

J'ai secoué la tête.

– Un autre lieu, un autre moment… Peut-être toi et moi…

– Je me fiche d'un autre lieu ou d'un autre temps, m'a interrompue Callum. Moi, je suis ici et maintenant.

Il s'est penché et m'a embrassée. Je n'ai pas eu le temps de me dégager. Ses lèvres étaient sur les miennes et je ne voyais plus que son visage. Surtout ses yeux. Ses lèvres étaient douces. Encore plus douces que dans mon souvenir. J'y avais repensé si souvent. Et puis j'avais cessé et enterré mon rêve au plus profond de moi. Mais là, maintenant, Callum m'embrassait. Ses lèvres ont forcé les miennes à s'entrouvrir. Il n'avait pas besoin de me forcer. J'ai fermé les yeux.

Ce n'était pas réel.

Rien de tout ça n'était réel.

C'était interdit. Interdit par la loi.

C'était contre nature.

J'étais en train de rêver. Perdue dans le monde que je m'étais inventé et dans lequel il n'y avait ni Primas ni Nihils. Rien que Callum et moi. Les autres nous souriaient gentiment ou nous tournaient le dos. En tout cas, ils nous laissaient tranquilles. La main de Callum est remontée au niveau de ma taille, puis plus haut. Son baiser s'est fait plus profond.

– Callum...

– Chut... Je ne vais pas te faire mal. Je ne veux plus jamais te faire mal. Je t'aime, a murmuré Callum contre mes lèvres.

Son souffle était chaud et j'ai senti mon ventre frémir. Perdue, j'ai tenté de le repousser, mais il m'a embrassée encore et encore et je n'ai plus bougé. Je me suis collée contre lui, je l'ai enlacé, je lui ai rendu ses baisers. Mon désespoir était le sien, son désespoir était le mien. Comme si le seul rempart que nous avions trouvé contre le monde était notre amour. Et soudain, nous nous sommes enflammés. Combustion spontanée ; nous brûlions tous les deux.

– Je t'aime, a de nouveau murmuré Callum.

Mais je l'entendais à peine, mes oreilles bourdonnaient, ses mains étaient partout sur mon corps. Chacune de ses caresses m'enflammait un peu plus. Mes mains se promenaient sur son dos, ses fesses, ses jambes. Il s'est assis, en me gardant contre lui. Il m'a levé les bras pour m'enlever mon pull. J'ai déboutonné sa chemise. Il a dégrafé mon soutien-gorge, j'ai baissé la fermeture Éclair de son pantalon. Nous nous sommes déshabillés l'un l'autre jusqu'à ce que nous soyons entièrement nus. Je tremblais. Pas de froid. Je n'avais jamais ressenti un tel mélange de peur et de joie. Nous nous sommes agenouillés sur le lit, face à face. Callum m'a regardée. Je ne savais pas avant cela à quel point un regard pouvait être physique. Callum m'a caressé les joues, puis sa main a touché mes lèvres et mon nez et mon front. J'ai fermé les yeux et je l'ai senti effleurer mes paupières. Puis ses lèvres ont pris le relais et ont à leur tour exploré mon visage. Il m'a allongée doucement et ses mains et ses lèvres sont parties à la découverte de mon corps. J'avais envie moi aussi de le toucher de la même manière. Nous allions faire durer ce moment. Le faire durer une éternité. Callum avait raison : nous étions ici et maintenant. C'était tout ce qui comptait. Je me suis laissée aller, prête à suivre Callum partout où il voudrait m'emmener. Au paradis. Ou en enfer.

Je me suis redressée et j'ai cherché à la hâte mon pantalon et mon pull. Je ne pouvais m'arrêter de pleurer. Mon cœur battait à tout rompre, mon nez coulait et ma gorge brûlait.

– Sephy... a commencé Callum.

Est-ce que je lui ressemblais ? Avais-je ce même air triste ? Je ne voulais plus le regarder. Callum était un miroir pour moi. Je me suis rhabillée et j'ai cherché mes sandales. Près de moi, Callum remettait ses vêtements lui aussi.

– Arrête de pleurer... arrête...

Mais je n'y arrivais pas. Je m'étais trompée de pied. Je ne savais pas quoi faire. J'ai violemment retiré mes sandales et je les ai remises. Sans cesser de pleurer.

– Sephy, s'il te plaît...

Callum a essayé de passer son bras autour de mes épaules. Je l'ai repoussé. Il m'a attirée contre lui, ce qui n'a eu pour effet que de redoubler mes larmes. Je l'ai de nouveau repoussé.

La porte s'est ouverte. Morgan et Jude sont entrés en courant et se sont arrêtés brusquement en nous voyant sur le lit. Callum a bondi sur ses pieds, mais c'était trop tard.

Arrête de pleurer. Si seulement tu pouvais arrêter de pleurer...

Callum

Ce n'est pas ce que vous pensez… c'est exactement ce que vous pensez… que quelqu'un dise quelque chose. N'importe quoi.

Rien.

– Que s'est-il passé ? ai-je fini par demander.

– À toi de nous le dire, a répliqué Jude d'un ton menaçant.

Son regard allait de moi à Sephy et de Sephy à moi.

– Où est Leila ?

– Elle a été arrêtée, a dit Morgan.

– Et Pete ?

– Il est mort, a dit Jude. Il y avait des flics partout. Ils avaient dû mettre sur écoute toutes les cabines téléphoniques de la ville. Ou alors, ils savaient exactement où nous serions. Morgan et moi avons changé notre position au dernier moment, sinon ils nous auraient eus aussi. On a eu de la chance de s'en sortir vivants.

Jude a sombrement toisé Sephy.

– Je pensais que nous pourrions prendre la fille et trouver une autre planque, mais maintenant…

Il s'est tourné vers moi, la fin de sa phrase en suspens.

Qu'est-ce que j'ai fait ? Sephy, pardonne-moi, je nous ai tués tous les deux.

– Je prépare les affaires, ai-je tenté.

Jude a secoué la tête.

– Non, je ne crois pas. Morgan, va mettre de côté seulement le strict nécessaire. Le reste, on le laisse ici.

Morgan est sorti sans un mot. Jude a désigné Sephy du menton.

– Pourquoi elle pleure ?

Mon visage était en feu. J'ai serré les lèvres.

– Et puis, son pull est à l'envers.

Jude a plongé son regard dans le mien. Qu'est-ce que je pouvais répondre à ça ? Rien. Jude avait déjà décidé de ce qui s'était passé en son absence.

– Tu es un crétin ! Tu nous as passé une corde autour du cou.

Jude m'a attrapé par mon T-shirt.

– On aurait pu obtenir ce qu'on voulait et la laisser partir. Je me fous pas mal des ordres d'Andrew Dorn. Ils ne nous auraient jamais retrouvés.

Il ponctuait ses phrases en me frappant le visage.

– Maintenant, on est coincés ! Tu l'as violée et maintenant, c'est elle ou nous ! Crétin ! Crétin…

J'avais serré les poings et soudain Jude s'est retrouvé par terre, le nez en sang.

– Ne me frappe plus jamais, tu m'entends, plus jamais ! lui ai-je craché au visage.

Il a bondi et s'est jeté sur moi. J'ai bloqué son bras et lui ai envoyé un autre coup de poing. Voilà où nous en étions, à nous taper dessus, à essayer de nous faire mal. Vraiment mal.

Une silhouette est passée en courant près de moi, mais je n'y ai pas pris garde. Jude m'a repoussé.

– Arrête-la ! Arrête-la ! Elle s'échappe, attrape-la !

J'ai regardé autour de moi. Où était Sephy ? La porte était grande ouverte. Jude et moi nous sommes lancés à sa poursuite.

– Morgan, par ici ! a hurlé Jude. Elle s'est tirée !

J'étais dehors. Il faisait nuit et je ne voyais Sephy nulle part. La pleine lune pourtant éclairait le chemin.

– Elle est là ! a crié Morgan en montrant un bosquet un peu plus loin.

Je me suis retourné juste à temps pour voir Sephy disparaître entre les arbres. Je devais la retrouver avant les autres. Je devais.

Que Dieu me vienne en aide si je n'y parvenais pas.

Sephy

Cours Sephy. Ne t'arrête pas.

Les ombres s'allongeaient, menaçantes, autour de moi. Je passais entre les troncs, évitant les branches.

Je ne voulais pas retomber entre leurs mains. Tout plutôt que ça. Une douleur dans mon pied. J'avais marché sur quelque chose de pointu. J'ai poussé un gémissement. Je me suis aussitôt mordu la langue, mais trop tard.

– Là ! a crié une voix derrière moi.

Tout près de moi.

J'ai filé sur la gauche. Je ne savais pas où j'étais ; je ne savais pas où j'allais. Peu importe. Je fuyais.

J'ai entendu le bruissement des feuilles, le craquement des brindilles. Ils se rapprochaient.

Cache-toi, Sephy.

J'ai aperçu un buisson. Non, je ne voulais pas m'allonger. Si j'étais découverte, je ne pourrais pas me remettre à courir assez vite. Je me suis plaquée contre un tronc d'arbre.

Je vous en supplie, mon Dieu.

Les pas ont ralenti, puis se sont arrêtés. Ils étaient si près. J'ai retenu ma respiration. Je ne devais plus émettre un souffle. Mon Dieu, mon Dieu…

– Perséphone, je sais que tu m'entends…

C'était la voix de Jude.

– On est à des kilomètres de toute habitation. Tu vas errer dans cette forêt pendant des jours sans croiser âme qui vive. Tu n'as pas de nourriture, rien à boire. Viens avec nous et nous ne te ferons pas de mal. Je te le promets.

Silence.

Un instant plus tard, Jude a lâché un juron étouffé. J'en ai profité pour prendre une longue inspiration avant que mes poumons n'explosent. Le vent agitait les feuilles, on aurait dit que les arbres murmuraient, commentant ce qui se passait à leurs pieds. J'ai expiré tout doucement. L'air tiède me réchauffait les lèvres. J'ai fermé les yeux.

Mon Dieu, je vous en supplie, mon Dieu…

– Sephy, montre-toi, et aucun mal ne te sera fait…

La voix de Jude s'éloignait à présent.

J'en étais presque sûre.

– Si tu ne te montres pas et que nous te trouvons…

La menace est restée en suspens.

Les pas étaient de plus en plus distants. Oui. J'ai ouvert les yeux. Je me dirigeais dans la direction opposée à la voix quand… Callum. Il se tenait devant moi, à moins d'un mètre. J'ai cru mourir de peur.

– Callum…

– C'était quoi ? a demandé une voix d'homme que je n'avais pas encore entendue.

Callum a posé un doigt sur ses lèvres.

– C'est moi, a-t-il dit. J'ai trébuché.

– Faut la retrouver.

La voix de l'autre homme était de plus en plus proche.

– Je la vois, là ! a soudain crié Callum.

J'ai secoué la tête, mes yeux l'ont imploré.

– Elle essaie de ruser, elle se dirige vers la maison, a continué Callum.

– Merde !

L'homme s'est mis à courir. Il s'éloignait de moi. De nous. Callum s'est approché et m'a tendu la main. Il a levé les yeux.

– Tu vois la constellation d'Orion ? m'a-t-il murmuré.

J'ai levé les yeux à mon tour et j'ai acquiescé.

– Avance en la laissant toujours derrière toi. Quand tu auras atteint la route, tourne à droite et continue.

– Callum...

– Vas-y, Sephy.

Il m'a lâché la main et a tourné les talons.

– Callum, nous devons parler.

– Non. Va-t'en.

– Callum...

Soudain, je me suis rappelé où j'avais vu l'homme à la queue-de-cheval. J'ai retenu Callum.

– Attends, l'homme, le blond...

– Quoi ?

– Il travaille pour mon père. Je l'ai vu, il y a environ deux ans, à la maison.

Un pli a barré le front de Callum.

– Tu es sûre ?

– Certaine. C'était lui. Il est aux ordres de mon père. Il portait les mêmes bottes avec les chaînes en argent. Je ne me trompe pas.

– Merci.

Un instant plus tard, Callum avait disparu entre les arbres. J'ai essayé d'apercevoir sa silhouette, mais il était parti.

Je me suis mise à courir.

L'AVEU

Callum

Les journalistes entouraient Kamal Hadley. Les flashs crépitaient. On aurait dit un feu d'artifice. Il a levé les mains et le silence s'est fait. Le feu d'artifice a continué.

– Je... Je vais faire un bref compte-rendu, pas de détails...

Kamal Hadley a passé sa paume sur ses joues avant de poursuivre.

– Ma fille a été retrouvée inconsciente ce matin. Les médecins présentent son état comme critique mais stable. La police est prête à l'interroger dès qu'elle se sera réveillée. Nous avons capturé les ravisseurs, grâce à des informateurs. Un d'entre eux a ouvert le feu sur la police et a donc été abattu. Aucune rançon n'a été versée. C'est tout ce que je peux dire pour le moment.

– Combien y avait-il de ravisseurs ?

– Où était séquestrée votre fille ?

– Est-elle gravement blessée ?

Kamal Hadley n'a pas ajouté un mot. Les caméras l'ont filmé en train de rentrer dans l'hôpital. Jude a coupé le son de la télé. Je me suis renversé sur le dossier de ma chaise, épuisé. Nous avions trouvé une nouvelle planque à des centaines de kilomètres de l'endroit où nous avions séquestré Sephy. Dans un vieil hôtel miteux, avec des lits jumeaux pour Jude et Morgan et un sac de couchage pour moi. Les murs n'avaient pas dû être repeints depuis trois générations et les vitres étaient graisseuses. Il y avait un tapis élimé et délavé au sol. De toute façon, j'avais autre chose à faire que me préoccuper de la déco. Jude et Morgan étaient prêts à me faire subir un jugement en règle. J'ai décidé de leur révéler ce que j'avais appris sur Dorn.

– Qui t'a dit ça ?

– Sephy.

– Elle mentait.

– Non.

– Comment peux-tu en être aussi sûr ?

– Parce que je la connais. Si elle affirme que Dorn travaille pour son père, je la crois. Et puis, elle m'a donné cette information spontanément.

– Elle voulait que nous nous méfiions les uns des autres, a jeté Morgan avec mépris. Andrew Dorn n'est pas un traître. C'est le second du général !

– Alors, explique-moi comment la police savait exactement où chacun d'entre vous était placé ? Seules cinq personnes étaient en possession de ces informations. Six avec Andrew. L'une est morte, l'autre a été arrêtée et les trois autres, nous, sont obligées de se terrer comme des rats.

Jude et Morgan ont échangé un regard. Au moins, je les avais fait réfléchir.

– Vous m'avez dit que vous aviez changé tous les deux vos plans au dernier moment, ai-je poursuivi, et c'est à ça que vous devez d'être encore en vie. Dorn nous a trahis. Sephy avait raison.

– Mais pourquoi… c'est…

Morgan n'arrivait pas à comprendre.

Je me suis rappelé autre chose.

– Il ne cessait de me répéter que Sephy devait être éliminée. Il m'avait ordonné de la tuer si les policiers faisaient irruption dans la planque. Si je lui avais obéi, je n'aurais eu aucune chance de m'en sortir vivant.

Jude et Morgan sont restés silencieux.

Il m'avait fallu du temps pour les ébranler, mais finalement, la mort de Pete et l'arrestation de Leila avaient joué en ma faveur. La police connaissait forcément nos plans, l'opération aurait réussi sinon. Et seul Andrew avait pu leur fournir ces informations.

— Je l'attraperai, dussé-je y passer le reste de ma vie, a sifflé Morgan entre ses dents. Et quand je le tiendrai, mes mains et sa gorge auront des trucs à se raconter.

Nous avons évalué les différents moyens qui se présentaient à nous pour empêcher Andrew de nuire à nouveau à la Milice de libération. Le problème était notre manque de preuves. Ce n'était pas possible d'accuser, comme ça, le bras droit du général. Du moins pas si on avait envie de rester en vie.

— De toute façon, a dit Jude en me regardant, on a un autre problème à régler. Plus urgent.

— On ne pourra jamais rester quelque part suffisamment longtemps pour réfléchir. Ils n'arrêteront pas de nous rechercher après ce que tu as fait, a ajouté Morgan.

— Je ne l'ai pas violée, ai-je marmonné.

— C'est toi qui le dis ! a ricané Morgan. Mais la prochaine fois, garde ton pantalon ou ne laisse pas de témoins !

— Je ne l'ai pas violée, ai-je répété en m'adressant à Jude. Mais il ne me croyait pas.

— Tu n'aurais pas dû, s'est-il contenté de lâcher.

J'ai fermé les yeux. Parler à ces deux-là équivalait à se taper la tête contre un mur de briques.

Et le pire, c'était que Jude avait raison. Je n'aurais pas dû.

— Morgan, je crois que nous devrions nous séparer pour un temps, a suggéré Jude. Si nous restons ensemble, la police ne mettra pas longtemps à nous retrouver. Essayons de nous planquer chacun de son côté pendant, disons, six mois.

– Bonne idée, a acquiescé Morgan.

– On se retrouvera le jour de l'anniversaire de Callum. Aucun d'entre vous ne fait allusion à Andrew Dorn entre-temps, a continué Jude. S'il apprend que nous le soupçon-nons, il risque de dénoncer d'autres sections avant que nous ayons pu prouver quoi que ce soit.

– On ne peut pas le laisser trahir la Milice sans rien faire ! a protesté Morgan.

– Aucun d'entre nous ne connaît le général, a répliqué Jude. Si nous essayons de lui faire passer un message, il passera d'abord entre les mains de Dorn. On n'a pas d'autre choix que de gagner du temps.

– Et en attendant, d'autres membres de la Milice vont être envoyés en prison ou pendus ! a dit Morgan.

– Oui. Nous n'avons pas le choix, a tranché Jude. Nous devons perdre cette bataille pour gagner la guerre.

– C'est naze !

– Cette idée ne m'emballe pas plus que toi, a grondé Jude. Mais c'est comme ça. Est-ce que tu peux aller nous chercher un truc à bouffer ?

– Quoi ?

– N'importe ! Ce que tu veux ! s'est impatienté Jude. Un hamburger ou un kebab.

Morgan a haussé les épaules et est sorti.

– Tu sais que nous aurons de la chance si nous arrivons à échapper à la police pendant plus d'un mois ? m'a demandé Jude d'une voix calme. Nous sommes recherchés par la police et sans doute par la Milice… Andrew a dû ordonner notre… élimination.

Je n'avais pas besoin de lui pour m'expliquer ce que j'avais déjà compris.

Jude s'est frotté les yeux.

– Est-ce que tu veux que je te raconte un truc marrant, p'tit frère ?

Je n'avais aucune envie de rire.

– Tu te souviens quand Maman a dû aller à l'hôpital après s'être foulé le doigt en donnant une gifle à Papa ?

J'ai acquiescé.

– Tu te rappelles qu'à un moment, elle t'a demandé de t'éloigner parce qu'elle voulait me parler ?

– Oui.

– Regarde-la !

Il me montrait une photo de Sephy – tout sourire – qui venait d'apparaître à la télé.

J'ai détourné les yeux. J'étais incapable de soutenir la vision de ce visage plus d'une demi-seconde.

– Elle et sa putain de famille ont gâché nos vies. C'est comme s'ils avaient pris ça comme un job. Ils se sont toujours crus meilleurs que nous.

– Où tu veux en venir ?

– Le grand-père de Maman, notre arrière-grand-père, était un Prima. C'est ce que Maman m'a révélé ce jour-là à l'hôpital. Que nous avions du sang prima dans les veines.

– C'est... c'est pas vrai... ai-je bafouillé.

– Eh si ! Maman ne me l'a dit que parce que j'avais décidé de faire partie de la Milice de libération. Elle disait qu'une partie de moi était prima et que je tuerais des gens de ma propre race. Pauvre Maman. Ça a joué contre elle, finalement.

– Je... je ne savais pas...

Jude a haussé les épaules.

– Et comment l'aurais-tu su ? On va se séparer et je ne sais pas si nous nous reverrons, mais j'ai un conseil à te donner, Callum. Ne t'approche plus de Sephy Hadley.

– Je… oui… évidemment…

– Ne t'approche plus d'elle, Callum, m'a interrompu Jude. Elle causera ta mort.

Sephy

Une fois de plus, j'étais penchée sur la cuvette des toilettes et je vomissais ma bile. Il était sept heures du matin et je venais de me réveiller. Mon estomac était complètement vide. Mon nez et ma gorge me brûlaient, ma bouche se remplissait d'une acidité écœurante. Ça avait commencé au début de la semaine.

Après m'être relevée lentement, je me suis lavé les dents et je me suis rincé la bouche pendant au moins deux minutes. Mais je me sentais toujours barbouillée. J'ai descendu les marches. Comme si tout ce qui m'était arrivé ces dernières semaines n'était pas suffisant, j'avais attrapé un coup de froid.

Ces dernières semaines. Cinq exactement.

Après que j'ai repris conscience, j'ai eu l'impression que tous les médecins du pays s'étaient associés pour me faire passer test après test. À croire qu'ils me prenaient pour un rat de laboratoire. Et la police m'avait posé trois mille questions.

Des questions parfois gênantes.

Spécialement sur ce que mes ravisseurs m'avaient fait.

– Quoi qu'il se soit passé, vous ne devez pas vous sentir coupable. Vous étiez impuissante. Vous ne pouviez pas vous défendre. Vous pouvez tout nous raconter, nous comprendrons, me répétait sans cesse la femme policier.

Elle s'était montrée patiente, compréhensive, gentille. Et moi, j'avais envie de la gifler.

Elle m'interrogeait devant un grand miroir vers lequel elle ne cessait de jeter des coups d'œil quand je refusais de répondre à ses questions. Me croyait-elle assez stupide pour ne pas reconnaître un miroir sans tain ?

Je n'avais rien à dire. Rien à révéler sur mon enlèvement. Je ne voulais même plus y penser. Ça me faisait mal à la tête et me donnait envie de pleurer. Pas l'enlèvement. C'est penser à Callum qui me faisait cet effet. Et je n'arrêtais pas d'y penser. Il était toujours dans un coin de ma tête. Et ça me rendait folle.

Je suis entrée dans la cuisine et je me suis préparé des tartines grillées et une tasse de thé à la mûre. Je me sentais moins mal. Un peu moins mal.

– Ah, tu es là ! a lancé Minnie en entrant.

Elle s'est assise en face de moi.

– Ça va ?

– Oui. Enfin, j'ai attrapé un coup de froid.

– Ça fait plusieurs matins que tu es malade, n'est-ce pas ?

– Comment tu le sais ?

– J'ai entendu tes râles résonner sur la porcelaine des toilettes !

J'ai haussé un sourcil et j'ai continué à manger mon toast. Je n'étais pas d'humeur à apprécier les prétendues blagues de ma sœur.

– Quand est-ce que tu vas te décider à raconter ce qui t'est arrivé pendant ta séquestration ? a-t-elle soudain lâché.

– Jamais.

– Tu ne devrais pas garder tout ça pour toi.

– Lâche-moi, Minnie. Mon enlèvement n'aura aucune réper-cussion sur ta vie, alors fiche-moi la paix !

– Arrête ! Je m'inquiète pour toi.

– Mais oui, c'est ça !

– Qu'est-ce qu'ils t'ont fait ? a insisté Minnie d'une voix douce.

– J'ai été enlevée, je me suis échappée. C'est tout.

J'ai avalé ma dernière bouchée de toast et je l'ai fait des-cendre avec une gorgée de thé tiède.

– Sephy... Est-ce que tu es enceinte ?

– De quoi tu parles ? Bien sûr que non... je...

Je me suis tue.

– Tu pourrais être enceinte, n'est-ce pas ? a répété Minnie. De qui ? Un de tes ravisseurs ?

– Non... C'est... c'est impossible. Je ne peux pas être enceinte... ai-je murmuré.

– C'était qui, Sephy ? Tu peux te confier à moi. Je ne le répé-terai à personne, je te le promets.

Je me suis levée d'un bond et je suis sortie de la cuisine comme une flèche. Espérant laisser les mots de ma sœur loin derrière moi.

Allons, Sephy ! Courage ! Ton test de grossesse ne mar-chera pas si tu te contentes de le garder dans ta main. Décide-toi ! Le résultat ne mettra pas plus d'une minute à s'afficher. Si c'est blanc, tu n'es pas enceinte et tu peux gar-der ton secret.

Et si c'est bleu...

Bon sang, arrête et fais ce test. Tout vaut mieux que cette attente !

J'ai relu la notice d'utilisation. Ça semblait assez simple. Un indicateur inclus, ajoutez juste l'urine. Y avait plus qu'à. J'ai pris une longue inspiration et j'ai fait comme c'était expliqué. C'était idiot de toute façon. Je savais que je n'étais pas enceinte.

Non. C'était impossible. Pas maintenant. Pas comme ça.

J'ai posé le test sur le dessus des toilettes et je me suis lavé les mains. Il ne restait plus qu'à attendre. Une petite minute.

La plus longue minute de ma vie. Je me suis assise sur le couvercle des toilettes. Je ne pouvais pas voir le test mais j'ai quand même fermé les yeux et j'ai compté jusqu'à soixante. Je me suis arrêtée à cinquante-neuf, incapable de penser le dernier nombre. Et encore moins de le prononcer.

Je ne suis pas enceinte. Mes vomissements sont sans aucun doute dus au choc de tout ce qui m'est arrivé ces dernières semaines. C'est tout. Raide comme la justice, je me suis retournée, les yeux toujours fermés.

Je n'ai pas eu besoin de le prendre dans mes mains. D'où j'étais, je voyais très bien la couleur.

Qu'est-ce que je vais faire ? Mon Dieu, qu'est-ce que je vais faire ?

Callum

Je ne peux plus me raccrocher à rien. Même plus à la Milice de libération. Je ne dois pas revoir Morgan ni mon frère avant encore trois bons mois. Ils me manquent. Quand on travaille avec des gens pendant si longtemps, qu'on a l'habitude de leur confier sa vie et d'avoir la leur entre les mains, ils deviennent presque une famille. Plus même qu'une famille. J'avais pensé retourner voir Maman. J'étais même allé jusqu'à la maison de ma tante. J'avais tant de questions à lui poser. Et puis, j'avais changé d'avis. Il valait mieux que certaines choses ne soient jamais dites. Et me voir risquait de peiner Maman encore plus que de ne pas me voir. Surtout que ce ne serait que pour quelques heures.

Parfois, tard le soir, quand je suis seul dans une chambre, ou que je dors dans la rue, je regarde la lune ou les étoiles et je me dis qu'elle les regarde aussi.

Pourquoi a-t-elle pleuré ?

Je ne le saurai sans doute jamais. Je ne la reverrai sans doute jamais.

J'ai commencé à me faire à cette idée. Je suis mort. Je suis mort, il y a longtemps. Je me suis réveillé en enfer. Quand j'y pense, je devais même être mort avant d'entrer à Heathcroft.

Je sais que j'ai raison.

Sephy

Quelqu'un a frappé à ma porte. Je me suis rapidement essuyé les yeux et je me suis installée devant ma coiffeuse. J'ai pris ce qui me tombait sous la main – un peigne –, et j'ai fait semblant de me coiffer.

– Entrez.

Minnie est entrée et a refermé la porte derrière elle. Je l'ai regardée dans le miroir. Elle m'observait étrangement depuis quelques jours. Ou depuis quelques semaines peut-être.

– Sephy, tu vas bien ?

J'ai froncé les sourcils.

– C'est pour me demander ça que tu viens me voir ?

– Oui.

– Je vais très bien. Arrête de me poser cette question toutes les deux minutes.

– Je m'inquiète pour toi.

– Tu perds ton temps. Je te l'ai déjà dit, je vais parfaitement bien. C'est la grande forme. Je ne me suis jamais mieux sentie de ma vie. Alors va-t'en !

Minnie a secoué la tête.

– Alors pourquoi n'es-tu pas retournée en classe ?

– Parce que je n'ai pas envie que tout le monde me montre du doigt et prenne un air désolé en me parlant.

– Et pourquoi est-ce que j'ai toujours l'impression que tu viens de pleurer ou que tu vas éclater en sanglots ?

– C'est toi qui as trop d'imagination.

– Et pourquoi tu ne mets plus que des grands pulls et des pantalons super larges ?

Je commençais à perdre patience.

– Minerva ! Depuis quand est-ce que tu t'intéresses à la façon dont je m'habille ?

– Tu es enceinte ! J'en suis sûre. Tes grands pulls te servent à dissimuler ton ventre qui s'arrondit.

– Pas du tout ! Je porte des grands pulls parce que... parce que...

Comme une idiote, j'ai éclaté en sanglots.

Minnie s'est agenouillée près de moi et m'a pris les mains.

– Oh, Sephy ! Pourquoi est-ce que tu n'es pas venue m'en parler ? J'aurais pu t'aider. Nous aurions tous pu t'aider. Pourquoi est-ce que tu choisis toujours le chemin le plus ardu ?

– Minnie, ai-je reniflé. Je ne sais pas quoi faire ; j'y ai repensé des milliers de fois et je n'ai pas trouvé de solution.

– Ignorer cette grossesse n'est de toute façon pas la bonne solution, a soupiré Minnie, exaspérée.

– C'est facile pour toi, ai-je dit avec colère. Ce n'est pas toi qui es enceinte.

– Tu dois en parler à Maman !

Je me suis éloignée de Minnie.

– Tu es folle ?

– Sephy, elle va de toute façon finir par s'en apercevoir. Même si tu arrives à cacher ton ventre pendant toute ta grossesse, comment comptes-tu faire avec un bébé ?

– Je ne sais pas. J'ai trop peur pour y réfléchir.

– Tu devrais pourtant commencer à y penser.

– Minnie, promets-moi que tu n'en parleras à personne, ai-je supplié.

– Mais Sephy…

– S'il te plaît, promets-le-moi. J'en parlerai à Maman, mais je veux choisir le moment et la manière dont je le ferai.

– D'accord, a soupiré Minnie. Mais si tu tardes trop, je risque de changer d'avis.

J'ai serré ses mains dans les miennes avec reconnaissance. Je venais de gagner quelques jours, quelques semaines même.

– Est-ce que tu veux me parler de tes ravisseurs ?

J'ai secoué la tête.

– Le père de ton enfant est l'un d'entre eux, n'est-ce pas ?

Je n'ai pas répondu.

Minnie s'est redressée.

– Si tu veux parler, ma chambre est juste à côté de la tienne…

– D'accord. Merci.

Minnie avait à peine refermé la porte de ma chambre que je me suis jetée sur le lit en larmes. Tous mes projets étaient réduits à néant. Tous mes rêves d'avenir s'étaient transformés en... bébé.

Callum

– Toi, Callum, qu'est-ce que tu ferais si tu possédais tout l'or du monde ?

Gordy n'avait pas su lire sur mon visage ce que je pensais de cette discussion.

– Allez, m'a-t-il taquiné. C'est juste pour se marrer un peu.

Quatre mois étaient passés depuis... l'enlèvement. Je travaillais comme mécanicien dans un garage à trois cents kilomètres de chez moi, dans une ville du nom de Sturham. Nous étions en décembre. Le ciel s'obscurcissait déjà. Dans l'atelier, le chauffage était poussé à fond, mais on avait super froid. Le travail était abrutissant. Ce n'était pas plus mal. Les types avec qui je bossais étaient plutôt sympas. Gordy était un Nihil, qui réparait des voitures depuis l'âge de treize ans. Il en avait maintenant cinquante-sept. Rien n'avait jamais changé dans sa vie. Le lendemain ressemblerait à la veille et ainsi de suite jusqu'à sa mort. Quand je le regardais, je voyais mes oncles et le vieux Tony et même mon père – jusqu'à la mort de Lynette. Quand je le regardais, j'avais peur de me voir, moi, dans dix, vingt, trente ans.

Rob avait deux ans de plus que moi. Il aimait refaire le monde avec de la parlote. Il se plaignait sans arrêt. Je ne travaillais avec lui que depuis trois semaines et j'avais été à plusieurs reprises obligé de serrer les poings au fond de mes poches et d'aller aux toilettes me calmer pour ne pas lui casser la figure.

– Alors ? T'as pas de rêves ? Tu te crois trop bien pour les partager avec nous ? a continué de plaisanter Gordy.

Je me suis forcé à sourire.

– Ça ne m'intéresse pas de rêver à un truc que j'aurai jamais.

– On ne sait jamais, a bêtement répliqué Rob.

– Alors, a insisté Gordy, tu ferais quoi ?

– Je construirais une fusée et je quitterais cette planète. J'irais vivre sur la lune ou n'importe où ailleurs qu'ici.

– Si t'avais tout l'or du monde, t'aurais pas besoin de te barrer sur la lune, a reparti Rob. Tu pourrais faire tout ce que tu veux ici.

– Tu sais comment on appelle un Nihil avec plein d'argent ? ai-je demandé sans sourire.

Rob et Gordy ont secoué la tête.

– Un Prima.

Ils n'ont pas ri. De toute façon, cette blague n'était pas censée être drôle.

– Ce serait pas pareil si on avait plein de thune, a repris Rob, borné.

J'ai essayé – sans y parvenir – de dissimuler mon irritation et mon mépris.

– Il faut plus que de l'argent, Rob. Il faut de la détermination et du sacrifice et… et…

Rob et Gordy me regardaient comme si j'avais pété un plomb. Je me suis tu.

– Laissez tomber, ai-je lâché.

– Ouais, on devrait t'appeler le penseur, a dit Gordy. Ou mieux, le grand penseur !

– T'as pas intérêt, l'ai-je prévenu.

– On viendra te demander de l'aide, tu nous guideras sur les chemins de la sagesse…

Gordy s'est penché en avant, les mains jointes, comme en prière.

– Ô grand penseur, partage avec nous tes pensées mystiques et fais-nous profiter de ta lumière.

– Eh vous ! a crié Snakeskin en passant la tête par la porte de son bureau, si le job vous plaît pas, y en a des tas qu'attendent dehors !

Sans un mot, nous nous sommes remis au travail. Nous avons attendu, les épaules rentrées, que le patron retourne au chaud.

– Quel connard ! a lancé Rob.

– Y en a un paquet comme lui, ai-je soupiré.

– Amen, a acquiescé Gordy.

– J'aimerais bien savoir comment… a commencé Rob

– Chut !

Je l'ai fait taire d'un geste. Une nouvelle à la radio avait attiré mon attention. Je suis allé monter le volume.

« … a refusé de confirmer ou d'infirmer que sa fille Perséphone Hadley est enceinte depuis plus d'un mois, c'est-à-dire depuis son enlèvement. Nous ne pouvons qu'imaginer ce que la pauvre jeune fille a subi de ses agresseurs nihils. Perséphone elle-même refuse de parler des journées terrifiantes qu'elle a passées entre les mains de ces hommes, tant le souvenir doit être douloureux… »

– Hey !

Gordy me regardait, les yeux écarquillés. Je me suis demandé pourquoi, jusqu'au moment où j'ai vu le poste de radio, en mille morceaux par terre. Je l'avais jeté contre le mur.

– Faut que je parte d'ici !

Je me suis dirigé vers la sortie.

– Eh, Callum ! Qu'est-ce que tu fais ?

– Faut que je parte !

– Hey ! Sûrement pas ! m'a rappelé Snakeskin.

– T'as qu'à croire !

– Si tu franchis cette porte, c'est pas la peine de revenir !

Je ne me suis même pas retourné.

Sephy

Maman était assise sur le canapé du salon. Papa faisait les cent pas devant moi. J'ai regardé Minnie.

– Merci d'avoir tenu ta promesse !

Elle a au moins pris la peine de détourner le regard. J'aurais dû me douter qu'elle ne serait pas capable de tenir sa langue. Certains secrets sont trop brûlants. Et puis, elle en profitait en même temps pour me faire payer toutes ces années où je l'avais appelée Minnie au lieu de Minerva. Elle ne s'était manifestement pas contentée de tout raconter à Papa et Maman, elle avait confié son scoop à quelqu'un qui l'avait dit à quelqu'un d'autre, etc. Inévitablement, la presse avait fini par tomber sur l'info. Peut-être que c'est ce que Minnie voulait depuis le début. Je ne le lui pardonnerai jamais.

– Nous devons régler ce problème au plus vite, a déclaré Papa.

– C'est le mieux pour toi, ma chérie, a renchéri Maman, en me tapotant le dessus de la main.

– Nous avons réservé une place dans une clinique, demain, a continué Papa. Demain soir, ce ne sera plus qu'un mauvais souvenir. Tu ne seras plus enceinte et nous pourrons laisser cette histoire derrière nous.

– Je sais que c'est dur, ma chérie, a acquiescé Maman, mais c'est ce qu'il y a de mieux à faire.

– Vous voulez que je me fasse avorter !

– Tu ne veux quand même pas le garder ! s'est exclamée Maman. L'enfant d'un de tes ravisseurs ? Un bâtard de Néant !

– Bien sûr qu'elle ne veut pas le garder, est brusquement intervenu Papa.

Il s'est tourné vers moi.

– Tu aurais dû nous en parler plus tôt, ma princesse. Nous t'aurions dit comment il convenait d'agir ; nous aurions résolu le problème plus rapidement et évité toutes ces rumeurs.

– Je t'emmènerai moi-même à la clinique, a ajouté Maman en souriant.

– Nous t'accompagnerons tous les deux, a affirmé Papa. À cette heure-ci demain, tout sera terminé.

– Nous pourrons oublier cette sale histoire, a repris Maman.

– C'est normal que tu aies du mal à réfléchir et à prendre des décisions en ce moment, a lancé Papa.

Papa et Maman enfin d'accord. J'avais réussi ce miracle. Je n'arrivais même plus à les distinguer l'un de l'autre.

– Nous sommes avec toi, ma chérie, a dit Papa. Et quand tout sera terminé, nous partirons en vacances tous ensemble. Tu pourras enfin te ressourcer et repartir du bon pied.

Repartir du bon pied. Laisser toute cette histoire derrière moi. Il croyait réellement à ce qu'il disait. Une petite opération et hop, tout serait oublié ? Mon père était un étranger ;

il ne me connaissait pas. Et ça ne me rendait même pas triste.

– Je ne veux pas aller à la clinique demain, ai-je prononcé lentement.

– Tu ne seras pas seule, nous resterons avec...

– Mais vous, vous irez tout seuls, parce que moi, je ne mettrai pas les pieds dans cette clinique.

– Pardon ?

Papa me fixait sans comprendre.

– Je veux garder mon bébé.

– Ne sois pas ridicule.

Papa ne criait pas. Il semblait ne pas me croire.

– Je veux garder mon bébé, ai-je répété.

– Bien sûr que non.

– C'est mon corps et c'est mon bébé.

– Perséphone, sois raisonnable. Tu n'as que dix-huit ans. Comment pourrais-tu garder cet enfant ? Tout le monde saura comment il a été conçu. On te montrera du doigt et tu ne provoqueras que la pitié. C'est ce que tu veux ?

Décidément, Papa ne me connaissait vraiment pas.

– Je le garde.

– Tu changeras d'avis demain.

– Non. Je le garde.

Callum

J'avais parcouru tout le chemin pour arriver sur la côte. J'ai téléphoné à Sephy en utilisant notre code secret. Je ne savais pas si elle était chez elle, mais je devais tout tenter. J'avais besoin de la voir. J'avais besoin de savoir.

Il m'avait fallu une journée entière pour le trajet et j'avais encore dû attendre la nuit pour aller de ma cachette sur la plage à la roseraie, sous la fenêtre de Sephy. C'était l'attente la plus longue et la plus éprouvante de ma vie. J'étais si près d'elle. Mais peut-être refuserait-elle de me parler ? Un monde fait de doute et de peur se dressait entre nous. Je savais pertinemment que m'approcher de chez elle était l'acte le plus stupide que j'avais décidé de ma vie. Et pourtant, rien n'aurait pu m'empêcher de me trouver là.

Je devais la voir.

J'allais la voir.

Sephy

Il est là. Je n'ai pas besoin de regarder par la fenêtre pour en être sûre. Il est caché dans la roseraie, sous ma fenêtre. Je le sens. Mon corps tremble, ma bouche est sèche et mon ventre se contracte. Que devais-je faire ? Que ferais-je s'il me tenait le même discours que Papa et Maman ?

Va le voir, Sephy. Tu te dois bien ça. Tu lui dois bien ça.

Va le voir.

Callum

La roseraie était maintenant sous serre. Une immense serre. J'avais réussi à éviter le garde qui se tenait à l'entrée. Une fois à l'intérieur, le parfum des roses m'avait presque étourdi. Les rosiers avaient pris beaucoup d'ampleur depuis que j'étais venu la dernière fois. C'était il y a si longtemps. Les arches étaient couvertes de fleurs. Dans l'obscurité, je ne distinguais pas toutes les couleurs.

Était-elle chez elle ?

Viendrait-elle ?

– Callum.

Ce n'était qu'un murmure. Presque imperceptible. Mon cœur semblait vouloir s'échapper de ma cage thoracique, mes paumes étaient moites. Elle se tenait à moins d'un mètre de moi. Comment avait-elle réussi à s'approcher si près sans que je l'entende ? J'étais tellement plongé dans le passé… La revoir était… comme recevoir un rayon de soleil en plein hiver. Elle portait une robe noire ou peut-être bleue. Elle avait coupé ses cheveux. Mais ses yeux n'avaient pas changé.

J'ai ouvert la bouche mais les mots sont restés au fond de ma gorge. Je devais ressembler à un poisson hors de l'eau.

– Tu n'aurais pas dû venir, a murmuré Sephy sans me lâcher des yeux. Tu prends des risques.

– Je devais venir.

Ma voix était rauque. J'avais moi-même peine à la reconnaître.

– Je devais venir, ai-je répété. Est-ce que c'est vrai ?

– Oui.

Nous nous sommes regardés et puis elle s'est approchée. Je l'ai prise par la taille et elle a posé sa tête sur mon épaule. Je l'ai serrée contre moi. Elle était enceinte. Elle portait notre bébé. J'étais émerveillé. J'ai levé son visage vers le mien et je l'ai embrassée. Elle s'est serrée contre moi, plus fort. Nos langues dansaient. La glace qui emprisonnait mon cœur a éclaté en mille morceaux. Nous partagions un monde d'espoir, de regrets, de plaisir et de douleur dans ce baiser. Nos bouches ne se sont séparées que lorsque nous avons manqué de souffle. Nous étions étourdis. Je me suis écarté tout doucement pour poser ma main sur son ventre. Sa main s'est posée sur la mienne. Son ventre était à peine arrondi, mais dès que je l'ai touché, j'ai senti comme une décharge électrique. Comme si mon enfant essayait de me parler. Sephy portait notre enfant. J'ai regardé Sephy, mais je ne la voyais pas à travers mes larmes.

– Si c'est un garçon, a-t-elle chuchoté, je l'appellerai Ryan, comme ton père.

– Et si c'est une fille, appelle-la… Rose, ai-je dit en regardant autour de moi.

– Callie Rose.

– Non !

– Si.

Nous avons éclaté de rire. Tout ça était si étrange. Je savais que Sephy ne se laisserait pas convaincre pour le prénom.

– Bon d'accord, va pour Callie Rose.

Sephy s'est collée à moi.

– J'ai cru que je ne te reverrais jamais.

– Sephy, je voudrais te poser une question… à propos de… Cette nuit-là…

– Quoi ?

– Pourquoi as-tu pleuré ?

Sephy a reculé et a baissé les yeux.

– Ne me demande pas ça.

– Je t'ai fait mal ? Sephy, si c'est le cas, je…

– Non, tu ne m'as pas fait mal. Tu le sais bien.

– Alors, pourquoi ?

J'ai d'abord cru qu'elle ne répondrait pas et puis…

– Quand nous avons fait l'amour, j'ai su que je t'aimais plus que tout au monde. Que je t'avais toujours aimé et que je t'aimerai toujours. Mais j'ai aussi compris ce que tu me répétais depuis toutes ces années. Tu es un Nihil, je suis une Prima et nous ne pourrons jamais vivre ensemble. Personne ne nous laissera jamais vivre en paix. Même si nous avions fui, comme je le désirais, ça n'aurait pas marché plus d'un an ou deux. Un jour ou l'autre, les gens auraient trouvé un moyen de nous séparer. C'est pour ça que je pleurais. C'est pour ça que je ne pouvais plus m'arrêter de pleurer. Pour tout ce que nous aurions pu vivre et que nous ne vivrons jamais.

– Je comprends.

La même douleur m'avait transpercé le cœur toute ma vie.

– Quand tu as dit…

Sephy s'est interrompue, gênée.

– … Quand tu as dit que tu m'aimais, c'était vrai ? Dis-moi la vérité. Ce n'est pas grave, si ce n'était pas vrai… enfin, si, mais…

J'ai tendu ses mains dans les miennes.

Notre amour était comme une avalanche qui allait tout dévaster sur son passage. Et au lieu de nous éloigner, nous courions au-devant.

– Sortons d'ici, ai-je souri. Partons. Essayons d'être ensemble, même si ça ne dure pas longtemps, nous n'avons qu'à ess…

Des lumières aveuglantes se sont allumées les unes après les autres.

– Callum, cours, cours !

J'ai mis une main au-dessus de mes yeux, mais je ne voyais rien. Puis j'ai senti un choc derrière la tête et tout est devenu noir.

Sephy

– J'étais sûr que les ravisseurs essaieraient une nouvelle fois de s'en prendre à toi, c'est pourquoi j'ai fait installer ce système de sécurité pendant que tu étais à l'hôpital.

– Vous n'avez pas arrêté la bonne personne ! ai-je hurlé. Callum n'a rien fait !

Mais personne ne m'écoutait. J'avais supplié les policiers de ne pas l'arrêter, de ne pas l'emmener, mais ils m'avaient ignorée. J'avais essayé de m'accrocher à Callum, de le retenir, mais Papa m'avait entraînée dans la maison en m'ordonnant de cesser de me donner en spectacle.

– Callum n'a rien fait, nous étions juste en train de parler.

J'avais arrêté de crier. Peut-être que si je parlais plus bas, Papa m'écouterait.

– Tu mens ! a-t-il affirmé. Je sais par mes informateurs que Callum McGrégor était un de tes ravisseurs.

– Alors tu dois également savoir qu'il m'a sauvé la vie. Quand je me suis échappée dans les bois, Callum m'a retrouvée. Au lieu de prévenir les autres, il m'a indiqué comment m'en sortir...

– Il t'a violée et fait un enfant ! a lâché Papa amèrement.

– Kamal, s'il te plaît… a gémi Maman.

– Callum ne m'a pas violée. Il ne m'a pas violée.

Maman a froncé les sourcils.

– Mais il t'a forcément violée puisque tu es enceinte, a-t-elle lancé étourdiment.

– Tu ne comprends rien ! ai-je crié avec colère. Je suis enceinte parce que nous avons fait l'amour et c'était le moment le plus magique et le plus merveilleux de toute ma vie. Mon seul regret est de ne pas pouvoir recommencer…

Papa m'a giflée si fort que j'ai dû me rattraper au mur pour ne pas tomber. Maman a voulu se précipiter à mon côté, mais Papa l'a repoussée. Il a bombé le torse et m'a toisée avec une expression de mépris.

– Tu n'es plus ma fille ! Tu n'es qu'une pute à Néants ! a-t-il craché. Et je te préviens, tu vas aller dans cette clinique et tu vas te faire avorter et tu ne me causeras plus jamais de problème ! Tu m'as bien entendu ? Tu m'as bien ENTENDU ?

– Oui, je t'ai entendu.

Je me suis frotté la joue sans me préoccuper de mes larmes.

Papa a tourné les talons et, grand seigneur, est sorti de la pièce.

Maman m'a regardée, dévorée par l'angoisse.

– Oh, Sephy… Sephy… a-t-elle murmuré.

Puis elle est partie à son tour.

J'étais seule.

C'était ce que j'étais à présent. Ce que mon père avait dit. Une pute à Néants. J'ai enfoui mon visage dans mes mains et j'ai pleuré.

DÉCISIONS

Callum

Je suis allongé sur ma paillasse à la prison. On parlait toujours de moi dans les journaux mais je n'avais plus l'honneur des premières pages. Et ce qu'ils disaient de moi était toujours aussi peu intéressant. Je lisais ces articles pour passer le temps. Je n'avais pas grand-chose d'autre à faire. Pourtant un article a attiré mon attention.

Une « taupe » dans la Milice de libération
Certaines sources au sein même de la Milice de libération nous informent que le mouvement suspecte un des leurs d'être un agent double infiltré par le gouvernement. Cette taupe serait un membre important du groupe. Notre informateur a souhaité préciser que la Milice cessait toutes ses activités tant que la taupe n'aura pas été démasquée.
Suite page 7

Bien joué, Jude, ai-je pensé.

Je n'étais bien entendu pas sûr qu'il était responsable de cette indiscrétion. Il était peut-être déjà mort.

Nous n'avions pas la possibilité d'avertir directement le général, il ne restait donc qu'à faire courir quelques rumeurs choisies. Je ne pouvais qu'espérer que le général confondrait Andrew Dorn avant qu'il ait le temps de disparaître sans laisser de trace. J'ai froissé le journal et je l'ai laissé tomber dans la corbeille près de mon lit.

À quoi bon lire les infos ? Ça ne m'était d'aucune utilité.

J'ai pensé à Lynette. Je pensais souvent à elle ces derniers temps. Elle avait toujours été là pour moi. Elle avait rendu notre maison vivable. Chaque fois que j'avais été sur le point de craquer, elle avait su me sourire et me rasséréner. Quand elle s'était suicidée, je l'avais accusée de lâcheté. Je l'avais détestée pour m'avoir abandonné. Je n'avais pensé qu'à moi. À présent, je pensais à tout ce qu'elle avait traversé. Mes souffrances à moi avaient fini par m'ôter toute humanité. Attaque avant qu'on t'attaque. Telle était la devise que je m'étais choisie. Lynette avait trouvé une meilleure solution. Disparais jusqu'à être prêt à réapparaître. Mais elle avait réapparu trop tôt. Avant d'être prête. C'est pour ça qu'elle était morte. Elle était revenue de son monde imaginaire trop tôt.

– Cal, une visite, m'a prévenu Jack.

– Une visite ?

Jack a acquiescé, le visage sombre. Jack était un gardien prima. En peu de temps, nous étions devenus amis. Je dirais même bons amis. Ce qui était formellement interdit par le règlement interne de la prison. Mais si Jack s'en fichait, moi, je ne pouvais qu'en faire autant.

À l'expression de son visage, la visite allait être plutôt désagréable. Je n'arrivais pas à deviner de qui il pouvait s'agir. Je n'avais eu droit à aucune visite depuis le début de mon incarcération. J'étais pour le moins curieux.

– Homme ou femme ? ai-je demandé.

– Homme.

– Je suppose que je suis obligé de le voir ?

– Tu supposes bien.

– Je prends mon T-shirt et je te suis…

– Te dérange pas, m'a interrompu Jack. Il a tenu à te rencontrer dans ta cellule.

– Ici ?

– Ouais.

J'ai quand même enfilé mon T-shirt. Les cellules étaient de véritables fours dans la journée, et même si nous n'avions en théorie pas le droit de nous déshabiller, les gardiens fermaient les yeux quand nous nous mettions torse nu. Je gardais mon T-shirt jusqu'à ce qu'il me colle à la peau comme du film plastique. Des pas ont résonné dans le couloir. Les pas d'un homme de poids, les pas d'un homme déterminé. Quand il est apparu devant mes barreaux, j'en suis resté bouche bée. C'est bien la dernière personne que je m'attendais à croiser ici.

Kamal Hadley.

Il est entré dans la cellule. Jack est resté à l'extérieur. Le père de Sephy portait un costume très distingué, gris foncé et une chemise bleu roi avec une cravate assortie. Ses chaussures noires étaient si bien cirées que j'aurais pu me voir dedans.

– Vous pouvez nous laisser, a ordonné Hadley à Jack sans me quitter des yeux.

– Mais... a protesté Jack.

Hadley s'est tourné vers lui. Jack s'est éloigné. Je me suis dit que c'était une occasion en or pour frapper le père de Sephy en plein visage. Ensuite j'aurais pu tenter de m'échapper.

Mais je ne serais pas allé loin.

Je pouvais toujours cogner Hadley, juste pour le plaisir.

C'était tentant.

– Je suppose que tu devines pourquoi je suis là, a-t-il commencé.

En fait non. Du coup, je n'ai pas répondu.

– Je suis venu te proposer un marché.

– Quel genre ?

– Si tu agis comme je te le demande, je m'assurerai que tu ne sois pas pendu. Tu seras condamné à une peine de prison à perpétuité et je ferai en sorte que tu sois libre au bout de huit ou dix ans. Tu seras encore jeune et il sera temps de refaire ta vie.

J'étudiais son visage pendant qu'il parlait. Il lui en coûtait d'être là, et de me demander une faveur. J'ai souri intérieurement. Je possédais quelque chose qu'il désirait intensément. Mais quoi ?

– Et que devrais-je accomplir en échange de cette… générosité ?

– Je veux que tu reconnaisses publiquement que tu as enlevé et… violé ma fille. Je veux que tu reconnaisses tes crimes spontanément.

– Pourquoi ?

Hadley a hésité avant de répondre.

J'ai attendu. J'avais la vie devant moi.

Je n'avais pas de rendez-vous.

– Ma fille ne sera pas capable de mettre un point final à toute cette affaire et de recommencer sa vie si tu n'en fais pas autant, a-t-il lâché. Elle a l'impression de te devoir quelque chose parce que tu lui as sauvé la vie dans les bois. Si elle apprend que tu ne meurs pas, elle sera ravie de se débarrasser du bébé. Un bébé qu'elle n'a jamais désiré. Un bébé qu'elle ne désire toujours pas.

Chacun de ses mots était mûrement réfléchi et dûment pesé pour causer le plus de souffrance possible. Et ça marchait. Je me suis laissé tomber sur ma paillasse. J'avais les entrailles nouées. Et il le savait.

– C'est elle qui vous a dit tout ça ?

– Oui.

Je ne le croyais pas. Du moins… Non, il mentait. Mais si c'était vrai ?

Ma vie ou mon enfant ?

Est-ce que Sephy avait décidé de le garder parce qu'elle se sentait redevable vis-à-vis de moi ? Je ne pouvais pas le croire. Je ne savais plus que croire.

Ma vie ou mon enfant ?

– Est-ce que c'est l'idée que Sephy et moi ayons un enfant ensemble qui vous révulse, ou les enfants métis en général ? ai-je demandé.

– On n'est pas là pour discuter de mes opinions !

Hadley a repoussé ma question d'un revers de la main.

– Quelle est ta réponse ?

Ma vie ou mon bébé ?

Sephy, que devais-je faire ? Que ferais-tu ?

– J'ai besoin d'y réfléchir.

– Je veux ta réponse immédiatement.

Je me suis levé lentement.

– Alors ?

Il était temps de choisir. La vie ou la mort. J'ai regardé Hadley droit dans les yeux. Et je lui ai fait connaître ma réponse.

Je sais qu'elle me condamnait aux enfers, mais c'était le bon choix.

Sephy

Papa a fait irruption dans ma chambre sans frapper. Il était près de minuit, mais je ne dormais pas. Je n'arrivais pas à me rappeler quand j'avais passé une bonne nuit pour la dernière fois. J'étais assise à mon bureau et j'écrivais dans mon journal. J'ai fermé mon cahier et j'ai tourné sur ma chaise. Nous n'avions pas échangé un mot depuis qu'il m'avait giflée. Il s'est assis sur le bord de mon lit. Il avait l'air épuisé.

– Je ne tournerai pas autour du pot, Perséphone. Callum va être pendu pour ce qu'il t'a fait.

J'ai encaissé en silence.

– Tu es la seule qui peut empêcher ça, a continué Papa.

Chaque cellule de mon corps était en alerte. J'ai attendu qu'il poursuive.

– Il est en mon pouvoir de lui garder la vie sauve. Il écopera d'un long emprisonnement, mais il s'en sortira.

Il y avait forcément un prix à tout cela. J'ai tenu ma langue. Je voulais en savoir plus.

– Tout ce que tu as à faire, c'est te faire avorter.

On aurait dit qu'il me demandait de choisir entre manger mes légumes ou aller au lit.

– Pourquoi ? ai-je murmuré.

– Pourquoi ? a explosé Papa. Mais parce que tu es trop jeune pour avoir un enfant ! Parce c'est un enfant que tu n'as pas désiré…

– Je t'ai déjà dit que Callum ne m'avait pas violée…

– Mais tu n'avais pas prévu de tomber enceinte, il me semble.

– De toute façon, c'est trop tard pour un avortement.

– Il existe des moyens. Des médicaments qui te donneront des contractions. Ce sera relativement sans douleur pour toi.

Et mortel pour le bébé.

– Et si je refuse ? Tu me kidnappes et tu me fais avorter de force ?

Papa a secoué la tête.

– Je sais que nous ne sommes pas proches, toi et moi, et je reconnais que c'est ma faute, mais jamais je ne ferais une chose pareille.

Il semblait terriblement blessé par ce que je venais de suggérer. J'en ai eu honte malgré moi.

– Ce que tu me demandes n'est pas très différent, ai-je crié. Tu n'utilises pas la force, mais le chantage ! La vie de Callum contre celle de mon enfant. Tu essaies de me forcer à prendre ta décision.

Papa s'est levé.

– La vie de ce garçon est entre tes mains. Je sais que tu feras le bon choix.

Sur ces mots, il est sorti.

J'ai remis mon journal dans un tiroir que j'ai refermé à clé. Je me suis levée.

J'aurais aimé que mon cerveau s'arrête. Je ne voulais pas décider. Mais ça ne marchait pas de cette façon.

Si je me faisais avorter, je sauvais Callum. Et il ne passerait pas le reste de sa vie en prison. À chaque seconde de mon existence, je m'emploierai à le faire sortir. Ensuite, nous pourrions enfin être ensemble. Nous pourrions faire d'autres enfants. La chance d'un avenir se présentait à nous. Mais serions-nous capables de vivre avec cet enfant mort entre nous ? Le fantôme de cet enfant ne risquait-il pas de nous séparer ?

La vie de Callum ou mon bébé ? Je devais choisir.

Oh, Callum, que devais-je faire ? Que ferais-tu ?

Et soudain, j'ai eu ma réponse. Je n'avais pas réellement le choix. J'allais pouvoir prévenir Papa.

Que Dieu me vienne en aide, j'étais sûre de moi.

LA FIN DE L'ESPOIR

Callum

– Jack, tu n'es pas au jeu !

Jack jette ses cartes sur la table.

– Je n'ai plus envie de jouer.

– Je croyais que c'était moi le caractériel de nous deux ?

– Désolé.

Je ramasse les cartes. Pauvre Jack. C'est presque aussi difficile pour lui que pour moi. Presque ! C'est lui qui me tient au courant de tout ce qui se passe à l'extérieur depuis mon jugement d'opérette.

Sephy a pris la parole en public, pour déclarer que je ne l'avais pas violée et que je ne méritais pas d'être pendu. Elle a clamé partout où elle le pouvait que les autorités refusaient de recevoir son témoignage en ma faveur. Et apparemment, quelques journaux nationaux commencent à discuter de ma condamnation. J'espère que pour une fois Kamal Hadley ne sortira pas blanc comme neige de cette histoire.

Dans un journal spécialisé, un éminent psychiatre a affirmé que Sephy était victime du syndrome de Stockholm, c'est-à-dire qu'elle s'était prise d'une sympathie déplacée pour ses bourreaux. Un blabla psychanalytique qui prétendait examiner à la loupe les rapports ambigus entre ravisseurs et victimes.

En ce qui concernait Sephy, c'était un tissu de bêtises. Si j'avais pu lui parler, je lui aurais demandé de ne pas chercher à me défendre. Personne au monde n'aurait pu décider les juges à revenir sur leur décision. La raison en est simple : je suis un Nihil qui avait osé tomber amoureux d'une Prima. Et pire, qui avait fait l'amour avec elle. Et encore pire : qui lui avait fait un enfant. Et elle ne semblait même pas en avoir honte.

Pauvre Sephy ! Elle n'avait jamais été capable de voir quand elle menait des batailles perdues d'avance. Je savais que je serais pendu avant même que les jurés prêtent serment.

Et aujourd'hui est mon dernier jour sur cette Terre.

Et je ne veux pas mourir.

– Il est quelle heure, Jack ?

– Six heures moins dix.

– Encore dix minutes. Juste le temps pour une petite partie de rummy…

– Callum…

Je jette les cartes.

– OK, j'ai compris. Moi non plus, je n'ai pas vraiment envie de jouer de toute façon.

Les secondes s'égrènent. Je ne veux pas passer les dix dernières minutes de ma vie dans le silence.

– Est-ce que tu t'es déjà demandé comment serait le monde, si nos positions étaient inversées ?

Jack hausse un sourcil interrogatif. J'explique :

– Que se passerait-il si les Blancs avaient le pouvoir à votre place ?

Mon ami hoche la tête.

– Je n'y ai jamais réfléchi.

Je soupire.

– Moi si. Souvent. J'ai rêvé de vivre dans un monde sans discrimination, sans préjugés, où la police serait juste, la justice équitable, le système égalitaire…

– Eh bien ! C'est une thèse ou un conte de fées ? demande Jack sèchement.

– Comme je te l'ai dit, j'y ai souvent pensé.

– Je ne crois pas en cette société dont tu parles, Callum. Les gens sont ce qu'ils sont. Que ce soit les Primas ou les Nihils qui dirigent le monde, il ne changera pas.

– C'est ce que tu penses ?

Jack secoue la tête.

– Tu ne crois pas que ça va de mieux en mieux, qu'un jour le monde tournera rond ?

– Quand ?

– Ça peut prendre du temps.

– Mais tu crois que ça arrivera ?

– Oui, je crois.

Mais à ce moment, je serai mort depuis longtemps.

Un long silence s'installe entre nous.

J'ouvre la bouche, mais Jack parle avant moi.

– Ta copine, Perséphone Hadley, elle a essayé de venir te voir. Plusieurs fois, m'annonce-t-il d'une voix douce. Mais des ordres du gouvernement interdisaient que tu reçoives la moindre visite.

J'encaisse la nouvelle avec une pointe de regret.

– Jack, est-ce que je peux te demander un service ?

– Tout ce que tu veux.

– Ça pourrait te créer des ennuis.

– Ma vie monotone a besoin d'un peu de piment.

Je souris avec gratitude.

– Peux-tu essayer de faire passer une lettre à Sephy ?

– Perséphone Hadley ?

– Oui.

– D'accord.

Jack prend l'enveloppe que je lui tends. Je lui serre le poignet.

– Tu dois la lui remettre en mains propres.

– C'est promis.

Je le lâche et je le regarde glisser l'enveloppe dans sa poche. J'appuie mon dos contre le mur frais. J'ai encore tant à accomplir, tant à découvrir. J'aurais aimé revoir Maman. Juste pour lui dire à quel point j'étais désolé. Dieu seul sait combien d'épreuves elle a traversées. Son mari est mort. Meurtre ou suicide, au choix. Sa fille est morte dans un « accident ». Son plus jeune fils va être pendu à cause de sa bêtise, et son fils aîné a disparu et est recherché mort ou vif.

Pauvre Maman.

Elle n'a pas mérité ça.

Mes pensées vagabondent à présent.

Où est Jude ? Il me manque. J'aimerais savoir s'il va bien. Est-il en sécurité quelque part, ou en prison lui aussi ? A-t-il repris contact avec Morgan ? A-t-il trouvé un moyen pour démasquer Andrew Dorn ? Un article dans le journal, ce n'était pas suffisant. Dorn devait payer pour tout ce qu'il avait fait. Jude trouverait-il un moyen ?

Je ne le saurai jamais.

Et Sephy, que pense-t-elle de moi, maintenant ? A-t-elle gardé notre enfant ? Je suis sûr que son père et sa mère ont tout fait pour la convaincre de s'en débarrasser. Peut-être que c'est déjà fait. Ce dernier moment que nous avons passé dans la roseraie a été si court. J'avais tant de choses à lui dire. Tant de choses que je vais devoir taire à jamais.

Si seulement je pouvais la voir une dernière fois, rien de tout ça n'aura été inutile.

La serrure de la porte de sécurité cliquette. Jack se lève brusquement et reprend son poste devant ma cellule.

Nous y sommes. J'enfile mon T-shirt. Des gouttes de sueur roulent sur ma peau.

Je ne veux pas mourir...

Le directeur Giustini me demande d'un air sombre :

– Avez-vous une dernière volonté ?

– Qu'on en finisse rapidement.

Ma voix tremble. Je ne dois pas craquer.

Mon Dieu, si vous existez, empêchez-moi de m'effondrer...

Je ne prononcerai plus un mot.

Ne leur montre pas à quel point tu es terrifié, Callum. Ne leur montre pas que tu meurs d'envie de tomber à genoux et de les supplier de te laisser la vie. Ne leur montre pas...

– Mets tes mains dans ton dos, me demande Jack.

Je le regarde. C'est étrange. Ses yeux sont brillants. J'essaie de le réconforter d'un bref sourire. En remerciement de sa compassion. Puis je me retourne, les mains dans le dos, pour qu'il me passe les menottes.

– Désirez-vous un prêtre ou un autre conseiller spirituel ? me demande Giustini.

Je secoue la tête. Je ne croyais pas en Dieu de mon vivant, alors il me semble hypocrite de réclamer de l'aide de ce côté maintenant...

De mon vivant...

Je ne suis pas encore mort. Pas encore. Chaque seconde compte. J'ai encore un peu de temps. Je peux garder espoir. Espoir jusqu'à la fin. Les miracles, ça existe. Giustini ouvre plus grand la porte de ma cellule et sort. Je le suis. Nous sommes accompagnés de deux gardiens que je n'ai encore jamais vus. Jack marche à mes côtés.

– Tu t'en sors super bien, me murmure-t-il. Sois fort. Ça ne sera plus long, maintenant.

Nous remontons l'interminable couloir. Je n'avais jamais pris cette direction. Les rayons du soleil matinal traversent les fenêtres et dansent devant moi. Les grains de poussière s'agitent en tous sens. Qui aurait pu croire que de la poussière pouvait être aussi jolie ? Je marche le plus lentement possible. Je me repais de chaque image, de chaque son. Pour que chaque instant dure une éternité.

– Bonne chance, Callum !

– Crache-leur à la gueule, Callum !

– Au revoir Cal !

Des prisonniers crient sur mon passage. J'ai envie de me tourner vers eux, d'observer leur visage, mais ça me prendrait trop de temps. Et le temps est ce qui me manque le plus. Je garde les yeux fixés devant moi. Au bout du couloir, une porte à deux battants est ouverte. C'est une journée idéale. Nous sortons. Je m'arrête brusquement.

Des visages. Une mer de visages devant moi. Encore plus que le jour de l'exécution de mon père. Des Primas qui sont venus assister au spectacle. Mais j'ai le soleil en face et je suis obligé de plisser les yeux. Et puis l'échafaud se dresse devant moi. Le nœud coulant se balance doucement dans la brise matinale.

Ne regarde pas cette corde.

J'ai envie de pleurer.

Mon Dieu, ne me laissez pas pleurer.

Mon Dieu, ne me laissez pas mourir.

Giustini et les gardiens se placent de chaque côté de l'échafaud. Jack me mène devant les marches. Je monte. Il suit.

– Pardonne-moi, Callum, murmure-t-il.

Je me tourne vers lui.

– Ne sois pas idiot, Jack. Tu n'as rien fait.

– Toi non plus, repartit Jack.

Je lui souris.

– Merci pour ça.

Nous sommes en haut de l'échafaud à présent ; la corde est à deux pas. Dessous, il y a une trappe. Je jette un œil vers le directeur. À côté de lui, un Nihil aux cheveux blonds, vêtu d'un costume noir, a posé sa main sur un levier. Le levier qui actionne la trappe.

Je ne veux pas mourir.

Il y a toujours du temps. Encore de l'espoir.

J'examine chaque visage dans la foule. Mais je ne la vois pas. Si seulement je pouvais la voir une dernière fois. Où est-elle ? Est-elle venue ? Sephy. Et mon enfant que je ne verrai jamais. Que je ne serrerai jamais contre moi. Que je ne connaîtrai pas.

Est-elle venue ?

Mon Dieu, s'il vous plaît…

– Je dois te mettre la cagoule maintenant, Callum, me prévient Jack d'une voix douce.

– Je n'en veux pas.

Comment la retrouver avec une cagoule sur la tête ?

– Tu n'as pas le choix. C'est le règlement, s'excuse Jack.

Il commence à me passer la cagoule. Je le repousse. Je n'essaie pas de fuir, je veux juste la voir. Une dernière fois. La cagoule me tombe sur le visage. Je ne vois plus rien. Jack me tire par le bras et m'approche de la corde.

Mon Dieu, je vous en supplie, je ne veux pas mourir…

Sephy…

Je pleure.

À présent, je suis content d'avoir la cagoule.

CALLUM, JE T'AIME…

Attendez…

JE T'AIME, CALLUM, ET NOTRE ENFANT T'AIMERA AUSSI. JE T'AIME CALLUM. JE T'AIMERAI TOUJOURS…

La corde est autour de mon cou. Mais je l'entends. Je l'entends…

Elle est là. Elle est venue.

JE T'AIME, CALLUM…

Merci, mon Dieu, merci…

JE T'AIME AUSSI, SEPHY…

Est-ce qu'elle m'entend ?

JE T'AIME SEPHY, JE T'AIME, SEPHY…

Attendez, s'il vous plaît, attendez… Encore un instant…

JE T'AIME, CALLUM…

SEPHY, JE T'AI…

Sephy

La trappe s'est ouverte.

Je crie de toutes mes forces.

JE T'AIME, CALLUM.

Il tombe comme une pierre. Les mots meurent sur mes lèvres.

Plus un bruit. Seul le grincement de la corde qui frotte contre la potence. Le balancement de Callum.

M'a-t-il entendue ? Je ne le sais pas. Oui, il m'a sûrement entendue. A-t-il crié qu'il m'aimait ? Mon imagination m'a-t-elle joué des tours ? Je ne suis sûre de rien. Je ne sais pas.

Mon Dieu, faites qu'il m'ait entendue.

S'il vous plaît.

S'il vous plaît.

Si vous existez.

Quelque part.

Carnet rose

À minuit, ce 14 mai,
à l'hôpital public de la Pitié,
est né un merveilleux bébé,
fille de Perséphone Hadley
et Callum McGrégor (décédé).
Son nom est Callie Rose.
Perséphone Hadley précise que l'enfant
portera le nom de son père, McGrégor.

À suivre...

Note de l'auteur :

Les inventeurs et pionniers afro-américains mentionnés page 122 et suivantes ont tous existé et ils ont tous vraiment réalisé ces découvertes et ces exploits. Je n'en ai jamais entendu parler à l'école, à l'exception de Robert Peary, l'explorateur blanc. Je le regrette. Mais cette lacune est peut-être ce qui m'a poussée à écrire ce livre...

M. B.

DANS LA MÊME SÉRIE

MACADAM

MILAN

La couleur de la haine
de Malorie Blackman

Traduit de l'anglais
par Amélie Sarn

Imaginez un monde. Un monde où tout est noir ou blanc.
Où ce qui est noir est riche, puissant et dominant. Où ce
qui est blanc est pauvre, opprimé et méprisé.
Noirs et Blancs ne se mélangent pas. Jamais. Pourtant,
Callie Rose est née. Enfant de l'amour pour Sephy et
Callum, ses parents. Enfant de la honte pour le monde
entier. Chacun doit alors choisir son camp et sa couleur.
Mais pour certains, cette couleur prend une teinte dange-
reuse... celle de la haine.

Extrait :

*J'ai compris que je ne savais rien de la manière dont je
devais m'occuper de toi, Callie. Tu n'étais plus une chose
sans nom, sans réalité. Tu n'étais plus un idéal romantique
ou une simple manière de punir mon père. Tu étais une
vraie personne. Et tu avais besoin de moi pour survivre.*
*Callie Rose. Ma chair et mon sang. À moitié Callum, à
moitié moi, et cent pour cent toi. Pas une poupée, pas un
symbole, ni une idée, mais une vraie personne avec une vie
toute neuve qui s'ouvrait à elle.*
Et sous mon entière responsabilité.

Le Choix d'aimer
de Malorie Blackman

Traduit de l'anglais
par Amélie Sarn

Imaginez un monde. Un monde où tout est noir ou blanc.
Où ce qui est noir est riche, puissant et dominant. Où ce qui
est blanc est pauvre, opprimé et méprisé.
Dans ce monde, une enfant métisse est pourtant née, Callie
Rose. Une vie entre le blanc et le noir. Entre l'amour et la
haine. Entre des adultes prisonniers de leur propres vies, de
leurs propres destins.
Viendra alors son tour de faire un choix. Le choix d'aimer,
malgré tous, malgré tout...

Extrait :
« Voilà les choses de ma vie dont je suis sûre :
Je m'appelle Callie Rose. Je n'ai pas de nom de famille.
J'ai seize ans aujourd'hui. Bon anniversaire, Callie Rose.
Ma mère s'appelle Perséphone Hadley, fille de Kamal Hadley.
Kamal Hadley est le chef de l'opposition – et c'est un salaud
intégral. Ma mère est une prima – elle fait donc partie de la
soi-disant élite dirigeante.
Mon père s'appelait Callum MacGrégor. Mon père était un
Nihil. Mon père était un meurtrier. Mon père était un vio-
leur. Mon père était un terroriste. Mon père brûle en enfer. »

DANS LA MÊME COLLECTION

Manhattan macadam
d'Ariel et Joaquin Dorfman

Traduit de l'anglais (États-Unis) par
Nathalie M.-C. Laverroux

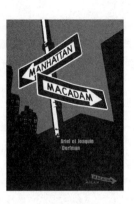

New York.
Une ville monstrueuse, sans état d'âme. Une ville qui avale
les gens sans aucune pitié. Chacun vit dans son coin, vaque
à ses petites affaires… Et quand les mauvaises nouvelles arrivent, plus personne n'est là pour tendre la main. Sauf Heller,
ce garçon anonyme qu'on ne remarque pas, mais qui rappelle
à chacun ce qu'il y a d'humain en lui.

Extrait :
« Le monde entier va fondre », se dit Heller.
C'était le 4 juillet, et tout Manhattan transpirait. La sueur
suintait des rues, des immeubles, des robinets. Toutes les
radios parlaient d'un temps inhabituel. Les couples se
réveillaient dans des draps humides. Les ouvriers du bâti-
ment travaillaient torse nu, et les agents de change desser-
raient leurs cravates avec un soupir d'envie. Les touristes se
plaignaient, les vendeurs de glaces souriaient, et le mercure
menaçait de faire exploser le thermomètre.
Heller Highland voyait tout ça, et ce qu'il ne pouvait pas voir,
il le savait, tout simplement.

XXL
de Julia Bell

Traduit de l'anglais
par Emmanuelle Pingault

Le poids a toujours été un sujet épineux pour Carmen. Rien de surprenant : sa propre mère lui répète comme une litanie qu'être mince, c'est être belle ; c'est réussir dans la vie ; c'est obtenir tout ce que l'on veut... Alors c'est simple : Carmen sera mince. Quel qu'en soit le prix.

Extrait :
– Si j'étais aussi grosse qu'elle, je me tuerais, dit Maman en montrant du doigt une photo de Marilyn Monroe dans son magazine.
Je suis dans la cuisine, en train de faire griller du pain. Maman n'achète que du pain danois à faible teneur en sel, le genre qui contient plus d'air que de farine. Son nouveau régime l'autorise à en manger deux tranches au petit déjeuner.
– Tu me préviendrais, hein ? Si j'étais grosse comme ça ?
Je me tourne vers elle, je vois ses os à travers ses vêtements.
Je mens :
– Évidemment.

Pacte de sang
de Wendelin Van Draanen

Traduit de l'anglais (États-Unis)
par Nathalie M.-C. Laverroux

Joey ne devrait pas être inquiet. Il sait qu'un véritable ami ne trahit jamais un secret. Même un secret terrible, qui les ronge peu à peu...

Extrait :
J'ai l'impression que Joey et moi, nous passions notre temps à sceller des pactes. Un nombre incroyable, qui nous a conduits à cet ultime serment. Joey me disait toujours :
– Rusty, j'te jure, si tu en parles à quelqu'un...
– Je ne dirai rien ! Juré !
Il tendait le poing et nous exécutions toujours le même rituel, qui consistait à cogner nos phalanges les unes contre les autres. Puis, après nous être entaillé un doigt avec un canif, nous mélangions nos sangs, et Joey poussait un soupir.
– Rusty, tu es un véritable ami.
Et notre pacte était scellé.
Pour la vie.

La Face cachée de Luna
de Julie Anne Peters

Traduit de l'anglais (États-Unis)
par Alice Marchand

Le frère de Regan, Liam, ne supporte pas ce qu'il est. Tout comme la lune, sa véritable nature ne se révèle que la nuit, en cachette. Depuis des années, Liam « emprunte » les habits de Regan, sa sœur. Dans le secret de leurs chambres, Liam devient Luna. Le garçon devient fille. Un secret inavouable. Pour la sœur, pour le frère, et pour Luna elle-même.

Extrait :
En me retournant, j'ai marmonné :
– T'es vraiment pas normale.
– Je sais, a-t-elle murmuré à mon oreille. Mais tu m'aimes, pas vrai ?
Ses lèvres ont effleuré ma joue.
Je l'ai repoussée d'une tape.
Quand je l'ai entendue s'éloigner d'un pas lourd vers mon bureau – où elle avait déballé son coffret à maquillage dans toute sa splendeur –, un soupir de résignation s'est échappé de mes lèvres. Ouais, je l'aimais. Je ne pouvais pas m'en empêcher. Cette fille, c'était mon frère.

11h47 Bus 9 pour Jérusalem
de Pnina Moed Kass

Traduit de l'anglais
par Alice Marchand

Le hasard. C'est le hasard qui les réunit, dans le même bus, à la même heure. Quelque part entre un aéroport et Jérusalem. Des voyageurs de passage, et un poseur de bombe. Chacun a son histoire, qui l'a conduit à cet endroit. À cette heure-là, à cette minute-là.

CSU
PORTÉE DISPARUE

de Caroline Terrée

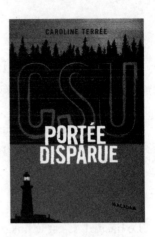

Sur le parking d'une forêt de Vancouver, la voiture d'une jeune femme est retrouvée abandonnée.

C'est celle de Rachel Cross, 24 ans, étudiante… et fille unique d'un sénateur américain multimillionnaire.

Fugue ? Enlèvement ? Assassinat ?

Pour Kate Kovacs et son équipe du CSU, tout est possible.

Et le temps est compté…

CSU
LE
PHÉNIX

de Caroline Terrée

Incendie criminel. Une évidence devant les restes calcinés de l'église de la petite ville de Squamish, non loin de Vancouver. Une piste s'impose : la secte du Phénix, installée dans les montagnes qui surplombent la ville.

Affaire délicate pour le CSU. Très vite, Kate Kovacs et son équipe se retrouvent au cœur d'un terrible engrenage de haine, de violence et de drames humains…

LE DRAGON ROUGE

de Caroline Terrée

OD : mort d'un officier de police.

L'un des pires codes qui soient…

Pour Kate et son équipe, l'enquête se révèle peut-être plus délicate que les autres. D'autant que la fusillade a fait plusieurs victimes, dont un membre de la Triade du Dragon Rouge, la mafia locale.

Chinatown, règlements de comptes, racket… Un mélange explosif entre les mains du CSU.

CSU

MORT BLANCHE

de Caroline Terrée

« Mort blanche ». Pour les amateurs de montagne, ce nom signifie désastre. Mais pour d'autres, il est synonyme d'adrénaline.

Suite à un accident d'hélicoptère, les membres du CSU sont amenés à enquêter sur les causes de ce drame... Un drame aux circonstances troubles, entre parois rocheuses et couloirs d'avalanche. Un drame où la vie ne pèse pas grand-chose, face à la mythique mort blanche...

Les paroles de la chanson citées p. 7
sont de Bruce Hornsby and the Range :
The Way it is.
Paroles et musique de Bruce Hornsby
© 1994 Basically Zappo Music, USA
Warner/Chappell Music Ltd, Londres, W6 8 BS
Reproduit avec l'autorisation de International Music Publications Ltd
Traduction : Amélie Sarn

Achevé d'imprimer en France par France-Quercy, à Mercuès
Dépôt légal : 3ᵉ trimestre 2007
N° d'impression : 42047/a